BUCH&media

Rhodope, die zierliche und schöne, aber auch schnippische und selbstbewußte Tochter armer Fischer aus Nordgriechenland wird als junges Mädchen von phönikischen Piraten geraubt und an einen reichen Händler auf Lesbos verkauft.

Mit nie versiegender Neugier und bewundernswerter Lebenskraft nimmt sie ihr Schicksal auf sich, das sie in die denkwürdigsten Situationen bringt und zu den verschiedensten Männern verschlägt: Zunächst auf die Insel Lesbos, wo sich Larichos, der Bruder der Dichterin Sappho, so in sie verliebt, daß sein Vorhaben, sie wiederzufinden und freizukaufen, alle seine weiteren Pläne bestimmt …

Iris von Bredow versteht es meisterhaft, mit dem Aufstieg der in der Antike hochberühmten Hetäre Rhodope das gesellschaftliche Bild des frühen Griechenlands zu verlebendigen.

I RIS VON BREDOW wurde am 28. Februar 1948 in Hannover geboren. In Sofia (Bulgarien) studierte sie Alte Geschichte und Altphilologie. Nach Promotion und Habilitierung arbeitete sie viele Jahre an der Bulgarischen Akademie der Wissenschaften und an der Sofioter Universität. In diesen Jahren entstanden ein Buch über die hethitischen Gottheiten und eine Reihe von Artikeln. Daneben übersetzte sie zahlreiche Bücher aus dem Bulgarischen, Russischen und Englischen. Seit 1995 ist sie als Lehrbeauftragte an den Universitäten Stuttgart, Heidelberg und Frankfurt und als Übersetzerin tätig.

Iris von Bredow
Die zierliche Rhodope

Ein Roman aus dem frühen Griechenland

BUCH&media

Weitere Informationen über den Verlag und sein Programm
unter www.buchmedia.de

Bibliographische Information der Deutschen Bibliothek

Die Deutsche Bibliothek verzeichnet diese Publikation
in der Deutschen Nationalbibliographie;
detaillierte bibliographische Daten sind im Internet
über <http://dnb.ddb.de> abrufbar.

Januar 2007
© 2007 Buch&media GmbH, München
Umschlaggestaltung: Kay Fretwurst, Freienbrink
Herstellung: Books on Demand GmbH, Norderstedt
Printed in Germany
ISBN 978-3-86520-238-3

Inhalt

1 Die Phönikier kommen · 7
2 Die Flucht zu den einsamen Wegen · 19
3 Der Künstler und das Mädchen · 33
4 Der Besuch · 47
5 Ares und Aphrodite · 59
6 Der Tod des Tyrannen · 77
7 Den Wüstensaum entlang · 92
8 Der weise Pittakos · 107
9 Der Herr Heropompos und sein Haus · 122
10 Das Exil in Sizilien · 138
11 Eros und Thanatos · 151
12 Der Kauf · 167
13 Die Quelle der Kyra · 182
Epilog: Zwanzig Jahre danach · 198

Die Phönikier kommen

»Habt ihr es schon gehört?«

Gongyla war völlig außer Atem. Die Locken ihres Haares flogen aufgelöst um Nacken und Schulter, das weiße, hochgegürtete Kleid war verrutscht, ihre Augen glänzten und blitzten und wollten ihren Freundinnen alles erzählen, noch bevor sie wieder sprechen konnte. Den ganzen Berg war sie hochgerannt und vor Begeisterung sogar hochgesprungen, so daß die kleinen Eidechsen in Panik von dem heißen, staubigen Weg ins verdorrte Gebüsch geflohen waren. Der Weg war nicht lang, aber sehr steil und steinig. Man mußte sich schon abmühen, um zum Hain der Aphrodite zu kommen, dorthin, wo tagtäglich die jungen Mädchen von ihrer *älteren Freundin*, wie sie sie mit Ehrfurcht und Liebe nannten, im Singen und Musizieren zu Ehren der Göttin unterrichtet wurden und zudem noch viele heilige Geschichten und alte Sagen zu hören bekamen.

Gongyla hatte sich verspätet, doch daran dachte sie in diesem Moment überhaupt nicht. Das war ganz und gar nicht wichtig.

»Warum sitzt ihr denn noch hier?«

Sie hatte die Worte kaum herausbringen können, so sehr rang sie noch um Atem.

Die fünf angesprochenen Mädchen saßen auf einer langen, weißen Marmorbank und musterten sie unwillig erstaunt und etwas empört. Gongyla hatte die Erzählung ihrer Lehrerin gerade da unterbrochen, wo sie am spannendsten gewesen war.

Adanna beugte sich weit zur Lehrerin vor.

»Und wie ging es weiter?« fragte sie ungeduldig. »Heirateten sie dann schließlich doch?«

Gongyla hatte endlich Sprache und Atem wiedergefunden.

»Was interessieren dich irgendwelche Märchenhochzeiten?« fragte sie spitz. »Du solltest endlich mal an deine eigene denken.«

Als die Lehrerin sie vorwurfsvoll ansah, senkte sie ihren Blick dann doch verschämt, wie es sich geziemt, nestelte schnell an ihrem Kleid, hob verlegen die Haare, obwohl sie dadurch noch unordentlicher wurden, legte ihre Handflächen aneinander und murmelte mit leichter Verbeugung eine Entschuldigung.

Doch sofort sprudelte es wieder aus ihrem Mund heraus wie das übermütige Lied eines Wildbaches im Frühling:

»Und ihr habt es wirklich noch nicht gehört? Und auch nichts gesehen? Es stehen doch schon alle unten am Strand mit prallen Geldbeutelchen. Die Phönikier sind gekommen!« stieß sie mit Triumph in der Stimme aus.

Das wirkte.

»Die Phönikier? Wann sind sie gekommen? Haben sie schon angelegt? Sind es die gleichen wie die vor einem halben Jahr? Was verkaufen sie denn dieses Mal?«

Viele weitere Fragen schwirrten in die flimmernde Sommerhitze hinaus, während sie schon den kleinen, gewundenen Pfad herunterhüpften, der vom Berg zur Küste führte. Sie schürzten ihre langen, faltenreichen Kleider, ihr Haar löste sich auf wie das von Gongyla und niemand beachtete Sappho, die Lehrerin, die mit ärgerlich gerunzelter Stirn auf der Bank sitzengeblieben war. Man hätte sie doch zuerst fragen oder ihr zumindest durch einen Zuruf oder Blick Bescheid geben sollen. Wie die kleinen Kinder!

Sappho fuhr sich über die schweißnasse Stirn. Sie hatte den Sprung von ihrer Erzählung über Hektor und Andromache in die Wirklichkeit noch nicht geschafft, und nun wurmte es sie, daß ihre Schülerinnen so schnell aus der Erzählung herausgeschlüpft waren. Hatten sie etwa zu wenig Phantasie, sich in diese alten, goldenen Zeiten hineinzuversetzen? Interessierten sie sich etwa nicht mehr für die alten Geschichten über das Zeitalter der Helden und ihres großen Kampfes um Troja? War ihnen die Liebe – übergroß, wie alles in dieser Zeit der Helden und Heroen gewesen war – vielleicht zu fremd, um von ihr gefesselt zu werden? Sie seufzte tief auf und wußte selbst nicht, worüber: über die Leichtfertigkeit der Mädchen, über die Liebe dieser großen epischen Gestalten oder über ihr eigenes Unvermögen, die Wirklichkeit mehr zu schätzen als die Phantasie der Gedichte, aus der sie ihre eigene Kraft schöpfte.

So, die Phönikier waren also gekommen. Nun ja, da würde sie auch hinuntersteigen. Vielleicht brachten sie tatsächlich etwas Schönes und Interessantes. Und vielleicht würde sich die Möglichkeit ergeben, mit einem der Seefahrer ins Gespräch zu kommen, um Neuigkeiten oder Geschichten aus der Fremde zu erfahren, zu hören, welche Kriege jetzt in der Welt waren, welche noch unbekannten Ungeheuer am oder im Ozean hausten und welche neuen Wundertaten die Götter vollbracht haben.

Am Strand hatte sich schon eine große Menschenmenge angesammelt, die unter lauten Rufen und stürmischem Schwenken der Arme auf die beiden Schiffe starrten, die an der Küste vor Anker gegangen waren. Auf den Schiffen herrschte reges Treiben. Schon sah man die ersten Sklaven, denen man große Ballen und mächtige Gefäße auf den Rücken geladen hatte, bis zum Gürtel im Meerwasser stehend mit schwankenden Schritten dem Ufer zustreben. Je näher sie kamen, desto weiter wich die Menge zurück. Sie wurde vor Spannung und Erwartung allmählich immer stiller, bis alle Rufe schließlich verstummten und nur hier und da noch Mädchengetuschel zu hören war. Sappho erkannte in einer kleinen Gruppe junger Männer, die direkt am Ufer stand, ihren jüngeren Bruder Larichos. Er sprach aufgeregt mit seinem besten Freund Alkaios, der ihm offenbar eine lange, interessante Geschichte erzählte, während Larichos oft zustimmend den Kopf wiegte. Wie auf Zehenspitzen ging sie auf ihn zu und berührte ihn leicht an der Schulter.

»Worüber sprecht ihr so angeregt? Alkaios, wenn du etwas erzählst, möchte ich es auch hören!«

»Ah, Sappho, sei gegrüßt! Ich sprach gerade mal wieder über meine Heldentaten auf dem Feldzug für Sigeion. Mir steckt der Schreck immer noch in den Knochen.«

Sappho lachte. Sie hatte schon von anderen davon gehört, daß sich Alkaios in diesem Krieg, den Mytilene vor kurzem gegen Athen um ein Städtchen in Kleinasien, gegenüber ihrer Insel Lesbos, geführt hatte, nicht gerade mit Ruhm bekleckert hatte. Man stellte ihn allen jungen Männern nun als abschreckendes Beispiel für Feigheit und Untugend hin. Ohne übrigens bei diesen jungen Männern die gewünschte Reaktion erzielen zu können.

»Ich habe sogar schon ein Gedicht geschrieben, um mich zu rechtfertigen«, sagte Alkaios.

Sappho nickte.

»Ja, ich kenne es schon von Larichos. Was du da geschrieben hast, ist aber so neu für uns alle. Ich fürchte, daß du damit noch mehr Ärger bekommen wirst, als mit deiner Flucht aus Sigeion. Die Alten werden es auf keinen Fall für eine Rechtfertigung halten.«

Und sie zitierte:

Gerettet ist Alkaios, nicht aber sein Speer.
Athener hängten ihn auf
Im Tempel der eulengesichtigen Göttin.

»Du meinst doch auch, daß das Leben wichtiger ist, als in Ehren für einen Tyrannen zu sterben, der uns unterdrückt, in die Verbannung schickt und sogar heimtückisch ermorden läßt?«

»Sei leise, Alkaios, sonst wirst du der nächste Verbannte aus Lesbos sein! Nein, natürlich bin ich völlig deiner Meinung: Wenn doch nur alle Waffen dieser Welt in Heiligtümern hingen statt an den Schultern unserer Männer!«

»Das sind wohl neue Händler, die noch nie hiergewesen sind?« wandte sie sich an Larichos.

Dieser nickte.

»Hermeas, der ja alles weiß, sagt, er habe sie noch nie gesehen. Deswegen sollen wir ihnen nicht zu nahekommen.«

Sappho nickte. Wenn fremde Händler zum ersten Mal in den Hafen einfuhren, mußte man aufpassen, denn aus Händlern wurden oft gemeine Piraten. Doch auch die fremden Seefahrer waren meist vorsichtig, denn oftmals wurden sie Opfer angriffslustiger oder auch rachsüchtiger Einwohner. Daher wurde der Handel auch diesmal nicht wie üblich abgewickelt.

Diese Phönikier waren auch mißtrauisch, ängstlich, wahrscheinlich sogar feige. Vielleicht konnte man mit ihnen überhaupt nicht ins Gespräch kommen. Sie würde abwarten.

Die Männer von den Schiffen hatten nun ihre Lasten auf den Strand getragen. Während die einen zurückwateten, um neue Waren zu holen, begannen die anderen, die Bündel aufzuschnüren und ihren Inhalt ordentlich auf dem Sand auszubreiten. Da waren Umhänge und Kleider, Stoffe und Tücher, Hüte und Hemden in frischem Weiß, mit bunten Stikkereien oder, das waren die teuersten, mit dem Saft der Purpurschnecke in den verschiedensten Rottönen gefärbt. Manchmal waren sie auch mit Goldfäden in verschlungenen Ornamenten fein durchwirkt. Daneben standen große und kleine Schüsseln und Schalen, in deren Metall sich die Sonnenstrahlen widerspiegelten. Sappho kniff ihre großen, schwarzen Augen zu kleinen Schlitzen zusammen, um sie besser sehen zu können. Einige von ihnen zeigten eingehämmerte Ornamente, die sie aber nicht genau erkennen konnte, andere schienen sogar Figuren zu zeigen. An den Henkeln saßen die Köpfe verschiedener Tiere oder auch solche von Ungeheuer und Dämonen. Sie konnte zyprische, kleinasiatische und syrische Stücke unterscheiden.

Danach kamen einige riesige ungeschlachte Tongefässe ohne jeden Schmuck zum Vorschein, die verschiedene östliche Lebensmittel und Weine enthielten, und in größerem Abstand davon viele kleine Gegenstände. An dem Glanz, den die Sonne ihnen gab, und ihrer Farbenfülle konnte man vermuten, daß es Schmuckstücke waren.

Die Phönikier gingen geschäftig hin und her und ordneten ihre Waren, bis schließlich alles an Land gebracht war. Dann zogen sie sich wieder auf ihre Schiffe zurück, von wo sie aufmerksam beobachteten, was sich auf dem Strand tat.

Die Menge kam in Bewegung. Es entstand ein wildes Gedrängel um die ausgelegten Artikel, die nun ausgiebig bestaunt und besprochen wurden. Die Mädchen scharten sich um die Schmuckstücke und Kleider und begutachteten sie ausführlich und legten die Stoffe probehalber um oder streiften sich bewundernd Fingerringe oder Armreifen über. Der Strand glich nun einer wahren Festgesellschaft mit lautem Lachen, erstaunten Ausrufen und erhitzten Gesichtern. Es war ein Tag, der keinem gewöhnlichen glich, ein Tag, der unerwartetes Glück versprach. Und doch ließ man sich Zeit und kostete alle Möglichkeiten der Kaufwonne voll aus.

Sappho hatte sich ebenfalls alles angeschaut, ohne aber auch nur bei einem Stück länger zu verweilen. Sie war mehr von der Anmut und Schönheit der übermütigen und eitlen Mädchen und von der forschen Haltung der Jungen gebannt, die den mit allen Neuheiten der Technik ausgerüsteten Schiffen der Phönikier entgegenwateten, um sie zu begutachten. Auch wenn sich die Erwachsenen den Anschein gaben, behäbig und gelassen zu sein, funkelte in ihren Augen doch dieselbe Gier nach der fremden Ware.

Sogar die Frau des Melanchros, des Tyrannen von Mytilene, war heruntergekommen. Zwei ausländische, grimmig ausschauende Krieger begleiteten sie. Prokne – so war ihr Name – kreiste um die ausgelegten Waren wie ein Mäusebussard, der im Sturzflug seine Beute krallt. So kam es, daß ihre furchteinflößenden Begleiter nach geraumer Zeit nicht nur Schwerter, Lanzen und Dolche, sondern auch erlesene Tücher, schwere Amphoren und goldbestickte Gürtel mit sich trugen.

Es dauerte nicht lange, bis die ausgelegten Stücke verschwunden waren. Nur die Metallgefäße waren nicht verkauft worden. Sie waren zu teuer. Einzig Prokne hatte eine prächtige Silberschale mit getriebenen Lotosblüten erstanden. Wie ein Ausstellungsstück hielt sie sie triumphierend vor ihren ausladenden Bauch.

Anstelle der Stoffe, Schmuckstücke und Haushaltswaren lagen jetzt überall Häufchen von Silber- und Bronzemünzen auf kleinen Tuchfetzen am Strand.

Die Sonne stand schon niedrig am Horizont, als Hermeas, der Hafenaufseher, ein Zeichen gab. Daraufhin zogen sich die Leute etwa zweihundert Meter zurück und warteten. Viele hielten die Waren der Phönikier in ihren Händen und drückten sie an sich, als könnten sie ihnen gestohlen werden. Man mußte ja bei fremden Händlern, die den Hafen zum ersten Mal anliefen, sehr vorsichtig sein.

Wieder stieg ein Mann vom Schiff und watete an Land. Er blieb vor den übriggebliebenen Metallgefäßen stehen und betrachtete lange den Warenstrand. Dann schritt er ihn langsam ab, wobei er sich bei jedem Geldhäufchen bückte, es aufnahm und umständlich zählte. Als er damit fertig war, setzte er sich mit gekreuzten Beinen in den Sand und zählte nochmals alles durch. Schließlich stand er auf und hob die Hand. Offensichtlich war er mit dem Handel zufrieden.

Aus der Menge drangen die ersten Rufe zur Begrüßung. Nicht nur Sappho hatte sich so sehr gewünscht, von den weitgereisten Seeleuten Neuigkeiten zu erfahren. Auch viele der Inselbewohner waren deswegen an den Strand gekommen und wollten nun die Phönikier kennenlernen.

Hermeas schritt langsam mit vorgestreckten Armen auf den Phönikier zu. Dieser steckte das Geld sorgfältig in seinen Beutel. Seine Haltung zeigte zwar höfliches Entgegenkommen, aber auch eine gewisse Spannung. Er war zufrieden mit dem Geschäft. Die Bewohner von Lesbos hatten nicht geknausert und nicht versucht zu betrügen und, was ihn mit zufriedener Genugtuung erfüllte, die Waren richtig eingeschätzt. Es waren also zivilisierte Leute, nicht etwa solche Kulturbanausen wie die Leute aus Abdera und anderen nordägäischen Städten, die sie vorher angesteuert hatten, die Gold nicht von Elektron unterscheiden konnten. Und dieser Mann in dem weißen Chiton im besten Alter – er erinnerte sich, daß die Griechen ihren Leibrock mit genau diesem semitischen Wort bezeichneten –, der offensichtlich der Hafenaufseher war, machte einen durchaus vertrauenerweckenden Eindruck. Vielleicht würde er ihn und seine Gefährten sogar einladen und bewirten.

Er ließ den Griechen zu sich herantreten, hob die Handflächen leicht nach oben und sprach ihn mit »Schalom« an. Zu seinem Erstaunen und seiner Erleichterung antwortete Hermeas ihm auf phönikisch, denn er konnte selbst nur einige Brocken Griechisch.

Die beiden Männer wurden sich schnell einig. Arzibaal, so hieß der Kapitän eines der phönikischen Schiffe, winkte den Seeleuten, an den Strand zu kommen, und Hermeas gab den Griechen ein Zeichen, näherzutreten.

Bald saßen alle Erwachsenen im Kreis zusammen, während die Mädchen und Jungen im Hintergrund blieben und verschiedene Befehle ausführen mußten.

Zuerst wurde der Götter gedacht. Auf zwei kleinen Altären, die man auf dreifüßige Bronzeständer stellte, verbrannte man Weihrauch und andere wohlduftende Samen und Hölzer, bis bald blaugrauer Rauch kräuselnd in den windstillen Abendhimmel stieg. Nachdem die Phönikier ihrem Gott Melqart für die sichere Fahrt und den erfolgreichen Verkauf und die Freundlichkeit der Mytilener gedankt und die Griechen Zeus, den Garanten der Gastfreundschaft, angerufen und seine Güte und Voraussicht gepriesen hatten, begann das gemeinsame Mahl, bei dem man sich kennenlernte und anfreundete, und sich gütlich tat am Wein und den herumgereichten Broten und dem auf Tüchern angebotenen Käse. Außer Hermeas gab es noch einige andere, die als Dolmetscher einsprangen, und es entspannen sich mühsame Gespräche, wie immer, wenn man sich selbst ständig unterbrechen muß, um dem Dolmetscher Zeit zu geben, die eigenen Worte in fremde umzuformen. Doch die beiderseitige Zufriedenheit über den Handel, die aufkommende Kühle des Abends und der schwere, wenn auch mit Wasser gemischte Wein, ließen bald die Stimmung einer griechisch-phönikischen Verbrüderung aufkommen.

»Habt ihr eigentlich alle Waren hier ausgelegt, oder gibt es im Schiff noch etwas?« fragte Skamandrios, Sapphos betagter Vater, Arzibaal.

Er hatte dabei an Metallbarren gedacht, die er für eine Weihstatue brauchte. Schon lange hatte er sie Poseidon, dem stampfenden Gott der Meere, versprochen. Damals, als er auf seiner Flucht nach Lesbos inmitten eines fürchterlichen Seesturmes an der anatolischen Küste fast ums Leben gekommen war.

»Wir haben alles ausgelegt, was wir hatten«, antwortete Arzibaal. »Das einzige, was wir im Schiff gelassen haben, sind einige Sklaven aus dem Norden, die wir zum Verkauf nach Delos bringen wollen. Aber wenn ihr uns einen guten Preis für sie zahlen wollt, lassen wir sie auch gerne hier.«

Sofort begann der großmäulige Leocharis, einer der Freunde des Tyrannen Melanchros, ein Großhändler und Neureicher der Insel, zu rufen:

»Wenn sie was taugen, nehme ich sie!«

»Der hat in der letzten Zeit mal wieder gute Geschäfte gemacht«, raunte Hermeas dem Skamandrios zu, »denn Melanchros hat ihn von den meisten Zöllen befreit. Und jetzt braucht er eine Besatzung für sein neues Handelsschiff.«

Die Frage des Skamandrios nach Metallbarren wurde verneint, doch seine Bestellung aufgenommen. In einigen Monaten würde er die Statue endlich in Auftrag geben können.

Inzwischen wurden die Sklaven vom Schiff geholt. Es war eine recht kleine Gruppe überwiegend junger, hochgewachsener Männer, armselig bekleidet und mit Eisenketten gefesselt. Man sah ihnen an, daß sie tagelang kaum etwas zu essen bekommen hatten.

Sofort richteten sich alle Augen auf sie. Selbst Larichos schaute sie an, obwohl ihn Sklaven in keiner Weise interessierten. Das waren Zwittergestalten, ein wenig wie Mensch, ein wenig wie Vieh. Nichts Besonderes.

Plötzlich fiel sein Blick auf ein Mädchen, das unscheinbar in der Mitte der Gruppe stand und seine Augen müde auf den Sand geheftet hielt. Ihr Anblick verschlug ihm den Atem. Er glaubte, nie in seinem Leben etwas Schöneres gesehen zu haben. Sie war nicht älter als fünfzehn oder sechzehn, von fast so kleinem Wuchs wie seine Schwester, aber im Unterschied zu ihr hatte sie rotblondes Haar, das die untergehende Sonne in einen unbeschreibbaren Goldglanz versetzte. Auch das grobe, schmutzige Kleid konnte die weichen Formen ihres zierlichen Körpers nicht verbergen. Alles an ihr war weich und wunderschön. Er meinte, sogar die Weichheit ihres Geistes und ihres Herzens empfinden zu können. Und plötzlich durchzuckte ihn ein Gedanke, der ihn Zeit seines Lebens nicht mehr loslassen sollte: Ich muß sie haben, koste es, was es wolle!

Sappho, der unentwegt Beobachtenden und Horchenden, war der faszinierte Blick ihres Bruders nicht entgangen. Sie kannte Larichos wie sich selbst. Wie vor einer Seherin in göttlicher Trance breitete sich vor ihr das Schicksal ihres Bruders aus. Nein, er durfte sein Leben nicht zu solch einem Flickwerk machen, wie sie es mit ihrem getan hatte.

Sie sprang auf, trat dabei Anyto, ihrer Tante, auf die Zehen, die daraufhin laut aufschrie, achtete nicht auf die deftigen Schimpfworte, die ihr nachgerufen wurden, und lief wie von bösen Dämonen gejagt zu der Gruppe junger Männer, in der Larichos stand. Er ließ seinen Blick nicht von dieser Sklavin ab, und sein Gesicht wurde immer fester und entschlossener.

Sie packte ihn hart an den Schultern und riß ihn herum.

»Nein, das tust du nicht! Komm sofort mit mir nach Hause!«

Larichos hob heftig den rechten Arm, wie um sie zu schlagen, ließ ihn aber sofort wieder fallen. Sein Gesicht ähnelte einer schmerzverzerrten Maske, wie man sie beim Fest zu Ehren der Artemis trug. Sappho schüttelte und zerrte ihn unaufhörlich weiter. Larichos schwankte unter der Gewalt ihrer kleinen Hände, ließ sich aber nicht wegziehen. Alkaios starrte sie fassungslos an, unschlüssig, ob er eingreifen sollte.

Es mögen die auffallenden Bewegungen der beiden gewesen sein, die die junge Sklavin aufschauen und ihren Blick auf Sappho und Larichos richten ließen. Ein müder, abwesender Blick, der Larichos tief bewegte.

»Verschaffe mir Geld, wenn du meine Schwester bist. Mindestens zehn Statere!«

»Woher denn?« fuhr ihn Sappho an. »Du bist von Sinnen! Komm nach Hause!«

»Bringe mir von irgendwoher Geld!«

Seine Stimme schwoll an. Einige Umstehende drehten sich verwundert um. Man hatte noch nie gesehen, daß sich die beiden ernsthaft stritten. Sappho wußte, daß diese Szene so schnell wie möglich beendet werden

mußte. Gerade ihre Familie konnte sich keinen öffentlichen Skandal leisten.
»Ich komme gleich wieder«, sagte sie leise und verschwand.
Larichos konnte das starke Zittern nicht mehr unterdrücken. Noch nie in seinem Leben hatte er so mit seiner Schwester gesprochen. Schweiß trat auf seine Stirn, er fühlte sich schwach und hilflos wie nie zuvor.
Über der von mehreren kleinen Feuern beleuchteten Strandgesellschaft lag ein lebhaftes Murmeln, das von einigen laut hervorgerufenen Trinksprüchen und Ausrufen unterbrochen wurde.
Die Phönikier hatten das westliche Meer befahren, kannten die Inseln Italiens und sogar die nördlichen und nordwestlichen Küsten, wo, wie sie in ihrer seltsamen, gleichsam knackenden Sprache erzählten, ungeheure Schätze von Gold und Eisen ihrer Bergung harrten und wohlwollende Könige ihnen freigiebige Gastfreundschaft und sogar ihre Töchter anboten. Auch Griechen hätten sie dort getroffen, die ihnen von hochgewachsenen, rothaarigen Männern mit durchscheinend weißer Haut aus dem Inland berichtet hätten. Es seien freundliche Leute, gute Krieger und sogar Handwerker, doch eigentlich zu barbarisch. Und sie erzählten von Meeresungeheuern, von bleichen, geschwänzten Dämonen, die sie des Nachts manchmal an den Anlegeplätzen überfielen und dergleichen mehr – die Griechen bekamen vor lauter Aufregung rote Köpfe.
Inzwischen schloß Leocharis mit Arzibaal sein Geschäft ab. Er wollte die ganze Sklavengruppe kaufen. Nur für das schmächtige Mädchen hatte er keinen Bedarf. Er brauche kräftige, einsatzfähige Sklaven. Doch Arzibaal beharrte auf seiner Bedingung: Entweder alle zusammen oder keinen. Schließlich wolle er nicht wegen einer nicht sehr tauglichen Sklavin den Umweg nach Delos machen müssen. Er würde dann gleich an der Ostküste entlang über Zypern zurück nach Tyros fahren. Leocharis aber war auch stur: Was solle er denn mit solch einem Mädchen? Zu Hause habe er schon zwei Sklavinnen, mehr brauche er nicht. Aber er würde sie ernähren und kleiden müssen, also ein absolutes Verlustgeschäft. Arzibaal rückte an ihn heran.
»Sieh sie dir doch genau an: Sie ist schön. Für solch eine hübsche Sklavin bezahlt mancher sogar das Doppelte und Dreifache. Ein wahrer Mann weiß immer solche Lotosknospen zu schätzen.«
Das brachte den ältlichen, beleibten Unternehmer, der mit solchen Lotosknospen nicht mehr viel anzufangen wußte, auf einen vorzüglichen Gedanken, und damit war der Handel abgeschlossen. Ein Geldbeutel wechselte seinen Besitzer, ohne daß andere es wahrnahmen, und Leocharis betrachtete mit Vergnügen sein neues Eigentum.
Larichos rückte im Halbdunkel vorsichtig der Sklavengruppe näher, stieß aber mit dem Phönikier zusammen, der sie bewachte. Beide

erschraken und entschuldigten sich ausnehmend höflich. Unschlüssig und unbeholfen standen sie sich gegenüber.

Larichos zeigte auf die junge Sklavin.

»Ihr Name?« fragte er.

Auf das schmale Gesicht des Phönikiers legte sich ein breites Grinsen. Er streckte Larichos auffordernd seine rechte Hand entgegen. Larichos verstand und hielt ihm die wenigen Geldstücke hin, die er bei sich trug, kleine Bronzemünzen, nicht viel wert. Der Phönikier beäugte sie unzufrieden, schüttelte den Kopf und klopfte energisch auf seine ausgestreckte Handfläche. Er wollte mehr!

Larichos sah ihn bittend an und versuchte ihm verständlich zumachen, daß er später zu seinem Geld kommen würde. Doch damit war der Phönikier nicht einverstanden.

Die Sklavin heftete wieder ihren Blick auf Larichos und es durchfuhr ihn wie ein Feuerball, obwohl ihre Augen nichts als Müdigkeit und Apathie ausdrückten.

Er bückte sich, zog seine feinriemigen Sandalen aus (sie kamen aus Ägypten) und hielt sie dem Phönikier hin. Der nahm sie in die Hände, wendete sie nach rechts und nach links, verglich sie dann mit der Größe seiner rissigen, nackten Füße und legte sie an. Sie paßten. Mit einer ganz leichten Bewegung gab er Larichos zu verstehen, daß er kurz mit dem Mädchen sprechen könne. Aber nur ganz kurz.

Als Larichos an dem Phönikier vorbei auf die Sklaven zuging, blinzelten sie feindselig und mißtrauisch zu ihm rüber. Er ging sofort zu dem Mädchen.

»Woher kommst du?« fragte er. »Kannst du mich verstehen?«

»Was willst du von mir?« fragte das Mädchen.

Larichos sah sich um. Der Phönikier hatte ihm den Rücken zugekehrt, doch er wußte, daß er nur Sekunden Zeit hatte.

»Ich will dich befreien«, flüsterte er. »Ich werde dich abkaufen und dir die Freiheit schenken. Sag mir deinen Namen!«

Plötzlich kam Leben in das Mädchen.

»Warum willst du das machen?«

»Sag mir, bei Gott, deinen Namen. Ich muß sofort wieder zurück.«

»Man nennt mich Rhodope. Meine Heimat ist Abdera. Dort wurde ich mit meiner Familie von Thrakern versklavt und an die Phönikier verkauft. Wenn du mich befreist, werden dir die Götter dafür danken.«

Sie sprach mit leiser, weicher Stimme, die sich in Larichos wie ein Brandsiegel einbrannte.

Plötzlich spürte er die Pranke des phönikischen Wächters auf dem Arm.

»Die Götter werden mir und dir helfen!« rief er Rhodope zu, dann war er schon wieder im Kreise der Seinigen. Niemand hatte etwas gemerkt. Zu vertieft waren sie in den Austausch von Informationen über neue Handelswege und -plätze, Rohstoffpreise und gefährliche Winde und Strömungen. Als Skamandrios seinen Sohn sah, forderte er ihn auf, sich den andern Jugendlichen und Kindern anzuschließen, die inzwischen von ihren Eltern nach Hause geschickt worden waren. Wie im Fieber machte sich Larichos auf den Weg. Auf der Anhöhe ließ er seinen Blick über das Ufer streifen. Die Gruppe der Sklaven hockte in völligem Dunkel am Strand. Doch er wußte, sie war da unten.

Sappho wäre fast über ihn gefallen, als sie ihm auf dem Weg vom Hügel entgegeneilte. Sie hielt sich an ihm fest, um nicht zu stürzen.

»Geh nach Hause«, flüsterte sie ihm zu. »Ich habe das Geld und werde versuchen, das Mädchen von den Phönikiern abzukaufen.«

Larichos sprang auf und umarmte sie wie von Sinnen, er küßte sie auf Wangen und Stirn und drehte sich mit ihr im Kreis.

»Ich wußte, daß du mir helfen würdest. Du bist doch die beste, würdigste, göttergleichste Schwester auf der ganzen Welt!«

Sappho machte sich los. Es war ihr peinlich, zumal ihr das alles ganz und gar nicht gefiel.

»Was wäre mir anderes übriggeblieben?« fragte sie. »Sonst würdest du irgendeinen unmöglichen Unfug machen, der uns allen schaden könnte.«

Larichos lachte glücklich heraus: »Und wie ich das gemacht hätte, liebe Schwester! Aber nun geh und komm schnell mit Rhodope zurück!«

Rhodope also heißt sie. Nein, so konnte sie nicht heißen. Rhodopís mußte ihr Name sein, Rhodope war nur eine der vielen kleinen Fallen, die sie auslegt: Rhodope die rosenäugige, Rhodopen hieß das hohe Gebirge, das Griechenland von dem kalten und wilden Thrakien trennt. Ein zu vieldeutiger Name.

Aber wie dem auch sei. Erstmal mußte sie versuchen, Schlimmes zu verhindern und danach die Wogen zu glätten. Sie würde am nächsten Morgen zum Heiligtum der Aphrodite gehen, ihr ein reiches Opfer darbringen und sie um Hilfe für Larichos bitten. Schließlich war diese Göttin für solche Fragen zuständig. Obwohl sie bislang ihren Bitten für sich selbst nur zu selten Gehör geschenkt hatte.

Arzibaal war schon recht angetrunken. Leocharis hatte ihn gerade zu sich in sein Haus eingeladen, und nun versuchte Arzibaal auf seine Beine zu kommen. Das war gar nicht so leicht, und Leocharis konnte ihm dabei nicht helfen, weil er immer wieder auf seinen langen Chiton trat und zum Sitzen gezwungen wurde. Sappho, die noch im Dunkeln stand, zögerte. Nicht nur, daß sie Leocharis persönlich nicht ausstehen konnte, er war auch ein alter, ausgemachter Feind ihres Vaters und ihrer ganzen Familie. Er hatte sich auf die unwürdigste Weise bei Melanchros eingeschmeichelt und ihn noch zusätzlich gegen Skamandrios aufgestachelt. Skamandrios war früher ein angesehener Großgrundbesitzer in der Troas gewesen. Er hatte im Streit mit einer feindlichen Familie einen jungen Mann getötet. Um der Blutrache zu entgehen, hatte er die freiwillige Verbannung gewählt und sich auf der nahen Insel Lesbos niedergelassen. In den Jahren, in denen Melanchros gegen die Adelsfamilien in Mytilene gekämpft hatte, um sich als Alleinherrscher aufzuschwingen, hatte Skamandrios auf der Seite seiner Freunde und Anverwandten – also gegen ihn – gestanden. Allerdings besaß er keinen großen Einfluß: Man ließ ihn zwar unbestraft, behielt ihn aber weiterhin im Auge Und gerade Leocharis war ein wichtiger Überbringer für Melanchros, und sein Mund war noch größer als seine Augen.

Sappho gab sich einen Ruck und zog den um Gleichgewicht ringenden Arzibaal in die Höhe. Dieser war über die unerwartete Hilfe höchst erstaunt und faßte sie falsch auf. Stark schwankend gurrte er ihr phönizische Komplimente ins Ohr und suchte nach ihren Brüsten. Bei Phönikiern gibt es nur eine verständliche Sprache: Sappho hielt ihm ihren Geldbeutel unter die Nase. Sofort versuchte er, danach zu grapschen. Blitzschnell versteckte sie es hinter ihrem Rücken und deutete auf die Sklavengruppe. Da verstand Arzibaal und wurde sogar etwas nüchtern. Er schüttelte den Kopf und zeigte auf Leocharis, der immer noch mit seinem Chiton haderte.

»Bei Dionysos«, jammerte er, »soll ich denn die ganze Nacht auf diesem verdammten Sand sitzen bleiben?«

»Möge die Herrin Athene dir etwas mehr Verstand geben«, bemerkte Sappho spitz. »Stimmt es, daß du diese Sklaven dort gekauft hast?«

Leocharis plumpste vor Erstaunen wieder in den Sand.

»Was interessiert dich das?« fragte er lauernd.

Sappho war es gelungen, beide Männer zu ernüchtern.

»Hast du sie alle gekauft?« bohrte sie weiter.

»Alle, alle«, lallte der beleibte Händler. »Wer Geld hat, kann alles kaufen.«

Sappho wandte sich ab und ging. Jetzt konnte sie nichts mehr tun. Schlimmer hätte sich die ganze Geschichte nicht entwickeln können. Warum hatte Larichos Aphrodite auch so erzürnt, daß sie ihm dieses Schicksal schicken mußte? Warum hatte er nicht ihren Ratschlägen gehorcht und Adanna, ihre Lieblingsschülerin, die ihn heimlich so tief liebte, als Frau heimgeführt?

Während sie müde und verzweifelt den Weg bergauf stieg, sammelten sich ihre Gedanken um verschiedene Auswege, bis einer hängenblieb: Ich muß Larichos weit weg von Lesbos schicken. Er darf keinen Tag länger hierbleiben, sonst geschieht ein großes Unglück.

Die Flucht zu den einsamen Wegen

Nach dem Weihrauchopfer am nächsten Morgen verharrte Sappho lange mit verhülltem Haupt an dem kleinen Seitenaltar vor dem Heiligtum. Ab und zu stöhnte sie. Mal streckte sie ihre Arme hoch in die Luft, den Kopf weit nach hinten gebeugt, mal ließ sie sich zu Boden fallen, um sich dann erneut aufzurichten und tief nach beiden Seiten zu neigen. Das Unglück des Larichos, das sie wie ein eigenes stachelte, und die Gewißheit der göttlichen Anwesenheit machten sie taub für alles andere und überhöhten ihren Schmerz zu Grenzen hin, die vielleicht nur sie kannte. Sie schloß ihre Augen und sprach in leisem Gesang ein Gebet:

Oh Aphrodite, du unsterbliche, göttliche,
ach du, auf deinem buntschillerndem Thron!
Dich flehe ich an.
Erdrücke mein Herz, meine Herrin, nicht so
mit Leid und mit Qual!

Komm zu mir, wie auch sonst, und erlöse
mich von Verzweiflung und Furcht,
erhör mich, hilf mir, stehe mir bei
als treue Gefährtin!

Sie hatte die Hände bei diesem Gebet hoch erhoben. Langsam ließ sie sie sinken und öffnete ihre Augen, die sie jedoch vor der blendenden Sonne sofort wieder schloß. Hinter den Lidern zuckten Feuerbälle wie auf bizarren Irrbahnen hin und her. Sie horchte in sich, horchte in die ganze Welt hinein. Doch sie hörte nichts, außer dem Klopfen und Summen ihres eigenen Körpers.

Sie verneigte sich nochmals kurz und erhob sich.

Diese Göttin war einfach unverständlich: Zum einen nahm sie die Menschen plötzlich ganz in ihre Macht, drang in sie ein, lebte sich in ihnen aus und stürzte sie in die unmöglichsten Glücksgefühle, um sie dann anschließend, sozusagen ohne sich zu verabschieden, zu verlassen. Und kein Beten, kein Bitten, keine Opfer und keine Gesänge konnten dann helfen. Sie war weg, nicht da und trieb sich in irgendwelchen anderen Gemütern und Gebeinen herum. Dabei war sie doch so schön, schöner als alle anderen Götter! Und oft so nah! Hatte Sappho sie nicht schon einige Male in sich wüten hören, und war sie nicht eins mit ihr geworden? Die schönsten Stunden, und immer mit den schrecklichsten Folgen? Warum hatte Aphrodite ihr einen Mann gegeben, den sie so sehr liebte, daß die ganze Welt und der Himmel mit all seinen Sternen zu klein war, um diese Liebe zu erfassen, auch jetzt noch, da er schon mehrere Jahre nicht mehr unter den Sterblichen weilte?

Lange noch hätte sie der Macht der Götter im Menschen nachgegrübelt, hätte sie nicht von unten, von Mytilene herauf, lautes Geschrei und Poltern gehört. Sehen konnte sie nichts, denn ein kleiner Hügel trennte sie von den Häusern und Höfen. So blieb sie stehen, schüttelte ihr Tuch vom Kopf und neigte ihr Gesicht gegen den Wind, um besser lauschen zu können. Das Brüllen vieler Männer, Gekreisch von Frauen, ein Krachen wie gegen Mauern prallende Steinbrocken und der hohe metallische Klang zusammenstoßender Waffen drangen an ihr Ohr. Der Lärm kam von Leocharis' Hof.

Sappho raffte ihr Kleid und lief den Pfad hinunter. Sie trieb das undeutliche Wissen, daß irgendeine Gefahr drohte, wohl von den Göttern, die sie mit so viel Unverständnis verlassen hatte.

Erfassen konnte sie die lärmende Szene erst, als sie über den Hügel gekommen war und der Hof des Leocharis direkt unter ihr lag.

Man hatte sie sofort entdeckt. Plötzlich durchschnitt die hohe, durchdringende Stimme des Hofbesitzers die Luft, der schwer und dick außerhalb einer dichten Menschenmenge stand und aufgeregt mit seinem wurstigen Zeigefinger auf sie deutete.

»Faßt sie! Sie und ihr Vater haben ihn angestiftet! Alle sind Verschwörer und Verbrecher! Sie ist mitschuldig!«

Augenblicklich eilten drei Sklaven auf sie zu. Zwei packten sie an den Armen, der dritte stieß sie von hinten in den Rücken, um sie zum Gehen zu bewegen. Sappho beachtete sie nicht, sondern starrte auf die Menschen dicht unter sich und versuchte herauszufinden, was das alles bedeuten könnte.

Leocharis trat mit hämischem Lachen auf sie zu.

»Aha, haben wir das Vögelchen, haben wir das unschuldige Täubchen!

Natürlich, im Aphroditeheiligtum ist sie wieder gewesen. Tut so gottesfürchtig und gottesklug, doch nur, um unsere Jugend zu verderben, ihnen schlechte Sitten beizubringen, um sie aufzustacheln gegen Recht und Ordnung!«

Er mußte eine kleine Pause machen, um sich Speichelspuren aus den Mundwinkeln zu wischen.

Die Menge war still geworden. Alle starrten sie an. Mit der Stimme der Lehrerin, die keinen Widerspruch duldete, unterbrach sie Leocharis' schniefendes Atmen, das eine erneute Tirade anzukündigen drohte.

»Leocharis, Dionysos muß dir diese Nacht einen besonders bösen Kater beschert haben, der seine Krallen immer noch in deinem Kopfe wetzt. Was soll das alles? Bist du von Sinnen? Ich werde sofort den Wachmann rufen.«

Leocharis lief rot an.

»Rufe nur, rufe! Er wird bald eintreffen, denn ich habe schon nach ihm gerufen.«

Sie hörte ein leises, sehr krampfhaft unterdrücktes Kichern der Sklaven, die sie immer noch an den Armen hielten und sah so manches versteckte Grinsen auf einigen Gesichtern.

Sappho erinnerte sich, daß eben dieser Wachmann am griechisch-phönikischen Verbrüderungsfest wacker mitgehalten hatte und mit seinem Eintreffen wohl nicht so bald zu rechnen sei.

Sie wandte sich an Mikkas, einen kleinen, wendigen Tagelöhner, der ihr am nächsten stand.

»Mikkas, sage mir bitte: Was ist vorgefallen? Und was habe ich damit zu tun?«

Jetzt hatte Leocharis Sprache und Worte wiedergefunden.

»Ja, ja, frage nur die lausigen Tagelöhner! Zu diesem Pack gehörst du. Und ich schwöre beim Herakles, bald wirst auch du bei ihnen wohnen!«

Myrsilos, ein Nachbar Leocharis', trat zwischen die beiden, ein Händler aus dem alten lesbischen Geschlecht der Kleanaktiden und höchst angesehen bei den Bewohnern von Mytilene. Zuerst befahl er den Sklaven, die Frau loszulassen, und als Leocharis lauthals zu protestieren begann, schalt er ihn:

»Du kannst keine adlige Frau, deren Schuld nicht bewiesen ist, von Sklaven packen lassen. Das ist unerhört. Außerdem kann sie nicht entfliehen, das weißt du genau.«

Leocharis schluckte und schwieg. Myrsilos war ein guter Freund des Melanchros. Er konnte es sich nicht leisten, mit ihm in Streit zu kommen.

Und dann erfuhr Sappho die ganze Geschichte.

Während sie am Schrein der Göttin um Hilfe gefleht hatte, war Larichos von allen guten Göttern und Geistern verlassen worden: Er hatte versucht, mit Gewalt in das Haus des Leocharis einzubrechen. Nur mit Müh und Not hatte das Gesinde ihn überwinden können, wovon die vielen Kratzer und geschwollenen Stellen auf den Gesichtern der Sklaven ein beredtes Zeugnis gaben. Flink und gerissen sei ihr Bruder gewesen: Wie er es angestellt habe, daran könne sich niemand genau erinnern, kurz und gut, er sei entflohen.

»Weit kann er nicht sein«, schnaubte Leocharis. »Wir werden ihn noch bis zum Mittag fangen. Und dann wehe ihm, wehe dieser ganzen üblen, frevelhaften, verbrecherischen und widerwärtigen Familie!«

Er spuckte heftig in den Staub des Hofes.

Sappho wandte sich ab. Ekel über den dicken Neureichen, helle Empörung über die Tat ihres Bruders und Angst um das Schicksal ihrer ganzen Familie vermischten sich miteinander zu einem Abscheu gegen alle und alles.

Myrsilos nahm sie am Arm und sagte leise:

»Ich werde dich nach Hause begleiten, damit dir nichts geschieht.«

Sappho ließ sich mit einem leisen Anflug von Dankbarkeit von ihm führen.

Myrsilos war tatsächlich einer der wenigen Männer auf Lesbos gewesen, der Melanchros bei seinem Kampf unterstützte. Offiziell blieb er dessen Freund und Berater. Doch in gewissen Kreisen wußte man sehr gut, daß die Beziehungen zwischen ihnen immer mehr abkühlten, weil Myrsilos nicht mit der brutalen Politik des Tyrannen, der Mytilene wirtschaftlich an den Ruin brachte und sie politisch und kulturell von den übrigen Städten isolierte, einverstanden sein konnte: Seine eigenen Geschäfte hatten dadurch fühlbaren Schaden genommen. Schon lange trug er in sich den Gedanken, selbst Herr von Mytilene zu werden. Doch wie, das wußte er nicht, und vor offenen Kämpfen schrak er zurück. Trotz aller politischen Wirren aber war er Skamandrios' Freund geblieben, denn sie hatten viele gemeinsame Interessen und Neigungen: Die Gespräche über die alten Helden, wie sie Homer aufgeschrieben hatte, über die politischen Ereignisse in den übrigen griechischen Staaten, über das richtige Wirtschaften auf den Gütern und über vieles andere mehr.

Sie waren bereits eine gewisse Weile schweigend nebeneinander gegangen, als Myrsilos ihr zuflüsterte:

»Du weißt, wie ich euch alle liebe und achte. Ich bewundere Larichos für seinen Mut und seine Tapferkeit. Er ist nur noch zu jung und unerfahren, doch er wird später vielleicht einmal die Rettung unserer Insel sein.«

Das waren Gedanken wie aus einer anderen Welt.

»Ich verstehe dich nicht. Ich verstehe auch nicht, warum Larichos solch eine unüberlegte Tat begangen hat«, erwiderte Sappho vorsichtig.
»Dein Vater hat dir noch nichts gesagt?«
Myrsilos war sehr überrascht.
»Er bespricht doch sonst alles mit dir.«
»Nein, er konnte es nicht, denn ich war seit Sonnenaufgang am Schrein der Göttin und habe gebetet.«
»Ach so, das erklärt alles. Dann sage ich es dir: Heute morgen, kurz nach Sonnenaufgang, hat Melanchros – mögen alle Götter diesen grausigen Tyrannen bestrafen – unser aller Freund Alkaios mitsamt seiner ganzen Familie verbannt. Gestern Abend am Strand hat unser junger Freund beim Wein einige witzige Strophen gegen ihn gesungen – du weißt ja, wie hitzig und schlagfertig er mit Versen umzugehen weiß –, und Leocharis hat ihn sofort angezeigt. Sie konnten nur wenige Bündel packen und mußten sofort auf ihrem Schiff fliehen. Alkaios und sein Bruder Antimenidas setzten zur kleinasiatischen Küste über, während die armen Eltern zu Gastfreunden auf Thasos fuhren. Larichos muß dies erfahren und versucht haben, Alkaios zu rächen und den Denunzianten anzugreifen. Ich verstehe Larichos sehr gut und würde mich, wäre ich so jung und stark wie er, genauso auflehnen. Ein Unheil, daß unsere jungen Leute nicht alle so sind wie er.«
Sappho wurde von einem lautlosen, hysterischen Lachanfall geschüttelt. Hatte Aphrodite hier, in diesen komplizierten Schlingen der sich überstürzenden Ereignisse etwa wieder ihre Hände im Spiel? Doch: Konnte ihr Humor so tiefschwarz sein?
Myrsilos deutete ihr starkes Zittern auf andere Weise und schwieg. Nur kurz berührte er in einer beschwichtigenden Geste ihre Schulter.
Alkaios, der liebe, gute Freund, der junge, so gotterfüllte Dichter, dessen Verse schon in ganz Griechenland gesungen wurden! Was würde aus ihm werden? Würde er in der Fremde überleben können? Larichos, der von Leidenschaft, Wut und Verzweiflung gebeutelte Bruder: Wie würde er sich retten können? Der alte, leicht kränkelnde Vater: Wie könnte er neues Unglück ertragen?
Sie blieb stehen.
»Myrsilos, wir müssen meinen Bruder schützen. Hilfst du uns dabei?«
»Warum fragst du mich? Aber natürlich! Doch wie könnte ich dabei helfen?«
»Ich bitte dich, hilf mir, ihn zu suchen und dann in Sicherheit zu bringen. Du weißt, mein Vater kann es nicht mehr. Zu schwach ist er geworden.«
Myrsilos strich mit seiner rechten Hand bedächtig über seinen krausen Bart.
»Ja, das könnte ich tun.«

Sie überlegten lange hin und her, wo sich Larichos versteckt haben könnte.

Er wäre in jedem der vielen Haine der Gottheiten in Sicherheit. Nicht einmal der Tyrann würde es wagen, das heilige Asylrecht der Götter zu verletzen: Die Leute fürchteten ihn zwar, doch offensichtlichen Frevel würden sie nicht hinnehmen. Larichos wäre in einem gläsernen Gefängnis, ohne Hoffnung, von dort weiterfliehen zu können, deshalb verwarfen sie diesen Gedanken.

Auch bei Freunden hatte er sicherlich nicht um Aufnahme gebeten: Er hätte sie in eine zu große Gefahr gebracht. Das würde Larichos nie tun.

So verwarfen sie auch diesen Gedanken.

Er mußte sich irgendwo in den Bergen verborgen halten, die genügend sichere Verstecke boten und von wo er wahrscheinlich hoffte, in den nächsten Tagen heimlich auf einem Boot die Insel verlassen zu können. So mußte es sein!

Myrsilos versprach, seine Leute mit kleinen Schaf- und Ziegenherden in die Berge zu schicken, um unauffällig nach ihm Ausschau zu halten, und er trug ihr auf, so schnell wie möglich nach Hause zu eilen und ihren alten Vater zu trösten.

Sappho war dankbar, gute Freunde zu haben. Doch ein Gedanke nagte schwer an ihr: Larichos würde nicht versuchen, ohne Rhodope zu fliehen. Doch das hatte sie Myrsilos nicht sagen können. Niemand sollte von diesem Wahnsinn ihres Bruders erfahren, solange eine Vertuschung möglich war. Als sie in das väterliche Haus trat, lief ihr kleines Töchterchen ihr weinend entgegen.

»Mama, warum habt ihr mich den ganzen Tag mit dieser alten Kröte allein gelassen?« jammerte sie und zeigte in spielerisch übertriebener Abscheu auf ihre Erzieherin, die alte, ergebene Artemidora, die schon Sappho auf ihrem Schoß gewiegt hatte.

Sappho nahm das Mädchen zärtlich in ihre Arme.

»Wie kannst du nur so vorlaut und vor allem so ungerecht sein, Charitis! Sofort mußt du dich entschuldigen!«

Artemidora, die gute Seele, stand unschlüssig und betrübt in einer Ecke und nestelte an ihrem Übertuch. Das Mädchen bekam ein rotes Köpfchen, rannte eilig zu ihr hin und versteckte sich in den breiten Falten ihres dunklen Hemdes.

»Ich habe es doch gar nicht so gemeint. Nicht wahr, das weißt du doch!«

Artemidora fuhr über ihre Zöpfe.

»Ich weiß, ich weiß!« murmelte sie begütigend. »Aber solche Worte machen mich traurig.«

»Aber warum warst du nicht hier!« piepste die kleine Charitis. »Und der Onkel hatte mir sogar versprochen, mich zum Angeln mitzunehmen. Wo ist er denn?«

»Jetzt frag nicht soviel, sondern geh schnell ins Bett! Morgen ist auch noch ein Tag.«

Müde und nicht sehr überzeugend maulend ließ sich das Mädchen von Artemidora hinausführen.

Larichos war nicht in den Bergen. Nachdem er sich aus den Fängen seiner Verfolger mit Bissen und Schlägen hatte befreien können, war ihm ein Gefolgsmann des Leocharis, ein Parasit an dessen überladenen Tischen und mit einem nicht allzu hoch entwickelten kämpferischen Geist, mit einem Schwert entgegengetreten. Larichos nahm daraufhin eine Axt, die an einen Baumstumpf gelehnt war, und es kam zu einem kurzen Kampf. Larichos sah, daß er unterlegen war, zumal das Gesinde kreischend und schreiend herbeigeeilt kam, schleuderte die Axt auf das Schwert, daß es rasselnd auf die buckligen Steine des hinteren Hofes fiel, und schwang sich mit einem Sprung über den hohen Hofzaun. Er rannte in Panik einige Straßen weiter, blieb dann stehen, lauschte angespannt und merkte zu seiner großen Erleichterung, daß man ihn nicht mehr verfolgte. Das Haus, das er erreicht hatte, gehörte den Eltern Adannas, mit der er sich sehr gut verstand.

Etwas zögernd klopfte er an die Tür. Plötzlich fiel ihm ein, daß er jeden, den er um Hilfe bat, auch in höchste Gefahr brachte. Sofort drehte er um und lief schnell weiter, doch Adanna eilte ihm nach, faßte ihn mit glühendem Gesicht an seinem Chiton und zerrte ihn geschwind ins Haus.

Sie verriegelte die Tür und schob ihn die Treppe hinauf zu den Frauengemächern. Larichos wehrte sich nicht, er brauchte eine Pause, um die ganze Lage in Ruhe überdenken zu können.

In ihrem Raum angelangt, drückte Adanna ihn auf einen Stuhl und reichte ihm einen Becher Wasser.

Sie wartete geduldig, bis er wieder sprechen konnte und fragte in tiefer Unruhe:

»Will Melanchros etwa auch euch vertreiben? Schickt deine Schwester dich zu mir?«

Larichos sah sie verständnislos an. Er war nach einer schrecklich schlaflosen Nacht schon früh vor Sonnenaufgang aus dem Haus gegangen und ziellos durch das Dornengestrüpp geirrt, als er dann den Plan ersann, Rhodope tollkühn zu befreien. Er wußte von nichts.

Nachdem Adanna ihm alles über Alkaios erzählt hatte, zog er seine Knie bis an das Kinn, bedeckte seine Augen und weinte leise und lange wie ein kleines Kind. Alles hatte er verloren: Rhodope, seinen Freund, den der Tyrann vertrieben hatte, seine Eltern, seine Schwester, seine Heimat. Alles.

Adanna fragte sich, warum Larichos in den Hof des Leocharis einbrechen konnte, ohne etwas vom Schicksal des Alkaios gewußt zu haben. Doch sie schwieg, sie wollte ihn nicht in seiner Trauer unterbrechen. Dann, als sein Weinen nur noch ein leichtes Zittern der Schultern war, kniete sie ratlos vor ihn hin, und nach einer Weile begann sie leise zu singen, wie eine Mutter, die ihr Kind beruhigt:

Kommt vom Gebirge herab brausender Sturmwind,
Fichten beugt er und bricht er wie trockenen Strohhalm,
Treibt Hagel und Regen auf Höhen und Rainen –
Bleib in der Hütte.

Klein und fern wird er hier, Gesang auf tönernem Dache,
Leicht nur flackert das Feuer im Herde vom Lufthauch.
Legst du auch Äpfel hinein, dann duftet er uns
Süß wie der Sommer.

Der Übergang vom weinerlichen Selbstmitleid zum festen Entschluß war abrupt und gleichsam ohne eigenes Zutun gekommen. Larichos stand auf.

»Bitte, Adanna, schicke jemanden zu meiner Schwester. Ich muß sie sprechen und dann werde ich gehen.«

Adanna nickte und ging wortlos hinaus, um seine Bitte zu erfüllen.

Doch Sappho war nicht zu Hause. Auch viele Stunden später war die Suche nach ihr vergeblich. Larichos wurde nervös. Er hörte die Schreie der Wachleute und der Männer des Leocharis, die ihn überall suchten. Auch hatte ihm Adanna bereits gesagt, daß man das Haus seines Vaters nicht verschont hätte. Er mußte weg, so schnell wie möglich. Und Rhodope, ach, Rhodope, die würde er später wiederfinden.

Es war dunkel geworden, langsam beruhigte sich das Treiben auf den Straßen und Höfen. Doch er wußte, daß man auch die ganze Nacht hindurch alles bewachen würde. Er lief wie ein eingesperrtes Tier durch den Raum.

Adanna trat abermals ins Zimmer. In der Hand hielt sie ein Bündel mit Frauenkleidung, wie sie die Arbeiterinnen trugen.

»Nochmals kann ich nicht jemanden zu Sappho schicken. Es wäre zu gefährlich. Die Polizisten drehen überall ihre Runden. Du mußt heute nacht fliehen, denn morgen will man alles, Haus für Haus, Hain für Hain, Wald für Wald, absuchen. Melanchros will dich unbedingt finden. Er hat ein hohes Kopfgeld für dich ausgesetzt. Er fürchtet, du würdest von den Bergen her einen Aufstand gegen ihn anstacheln.«

Sie legte das Bündel auf seine Knie.

»Ziehe diese Kleider an und binde dir ein Kissen darunter, so daß du wie eine schwangere Frau aussiehst. Wir werden zu Eugynos, dem Arzt, gehen. Du weißt doch, der zur Küste hin wohnt. Er ist ein guter Freund von uns und hat bereits versprochen, dich aufzunehmen. Er wird sagen, daß du eine meiner besten Mägde seist und daß dir eine schwere Entbindung bevorsteht. Morgen früh wird er dich gefahrlos von der Insel wegbringen.«

»Hast du dir diesen Plan ausgedacht?«

»Ja, nun aber eile. Ich warte unten im Hof auf dich.«

Einige Minuten später bewegte sich eine seltsame Gruppe von drei vermummten Frauen zum Haus des Eugynos hin. In der Mitte führten zwei von ihnen eine hochschwangere Frau, die leise vor sich hinstöhnte. Das hatte ihm Adanna geraten, und es fiel ihm nicht schwer, ihren Rat zu befolgen.

Schon an der dritten Straßenecke wurden sie von einer bewaffneten Patrouille angehalten.

»Stehengeblieben! Wer seid ihr und was macht ihr hier in der Nacht, in der nur Geister und Fledermäuse unterwegs sind, draußen auf den Straßen?«

Adanna schlug das Tuch, das ihr Gesicht fast ganz verdeckt hatte, zurück.

»Oh, du bist es Glaukos! Ihr habt mir einen schönen Schreck eingejagt! Laß uns aber schnell weiter! Sieh, Erignota, meine liebste Magd, kommt nieder und hat starke Schmerzen.«

Larichos stöhnte zur Bestätigung laut auf und wand sich in den Armen der Frauen.

»Schon den ganzen Tag ist es so mit ihr, alle Kräfte haben sie verlassen, die Arme. Opfer haben wir angezündet der Herrin Artemis und der Göttin Eileithyia, die allen Kreisenden beistehen, daß sie endlich niederkomme. Doch sie waren ihr nicht gnädig. Jetzt eilen wir zum Arzt Eugynos, der sein Wissen Asklepios selbst verdankt. Hoffentlich kann er die Gute retten.«

Wie alle Männer empfand Glaukos angesichts der offensichtlich vor der Niederkunft schmerzgepeinigten Frau ein Gemisch von Mitleid, Hochachtung und Ekel.

»Geht, geht! Sicher wird Eugynos helfen können. Und mögen es die Göttinnen gewähren, daß morgen dein Haus ein neues Menschlein empfangen wird.«

Er trat zurück, und die Frauen zogen weiter zu Eugynos.

Der Arzt wohnte etwas außerhalb der Stadt in einer kleinen Hütte, in der noch zu so später Zeit ein kleines Licht flackerte. Tief unten hörte man eine leichte Brandung vom Meer herauf.

Adanna klopfte an und rief, so laut sie konnte:
»Eugynos, schnell, ich führe dir die schwangere Erignota, die nicht niederkommen kann und mit dem Tode ringt!«

Eugynos, ein schmächtiges, hageres Männchen mit etwas zerzaustem, rabenschwarzem Bart, der in einem seltsamen Widerspruch zu den schütteren grauen Fransen seines Kopfhaares stand, öffnete die Tür, die dabei tief knarrte.

»Sei gegrüßt, Adanna, ich habe euch schon erwartet.«

Schnell schlüpften die drei Gestalten in den spärlich beleuchteten Raum.

Larichos atmete auf. Noch war die Gefahr nicht ganz vorüber, doch er wußte nun, daß er es schaffen würde.

Während Eugynos seinen Gästen Schalen mit gemischtem Wein vorsetzte, sah sich Larichos neugierig um. Er hatte noch nie das Zimmer des Arztes gesehen. Da lagen säuberlich gefaltet und übereinandergelegt viele weiße Leinentücher. Seltsame Instrumente hingen an kurzen Haken vom Wandregal, wie er sie noch nie gesehen hatte: verschiedene Pinzetten, Zangen und Messer und anderes mehr. Auf dem Regal standen ebenso ordentlich in Reih und Glied kleine Dosen und Kännchen aus Ton oder Stein, jedes beschrieben in großen, sorgfältig gezogenen Buchstaben. Und auf dem Brett darüber lagen verschiedene Papyrusrollen und gewölbte Gefäßscherben, auf denen in eiliger Schrift etwas eingeritzt oder auch gemalt war.

Eugynos berührte leicht seinen Arm und forderte ihn auf, mit den anderen seine Opferspende auf dem kleinen Hausaltar darzubringen.

Während des Opfers richtete Eugynos ernst und mit erhobenen Händen ein kurzes Gebet an Apollon und bat ihn um Hilfe und Errettung für Larichos und für alle unterdrückten Einwohner von Lesbos.

Dann ließen sie sich nieder. Die ruhigen Stimmen des Arztes und Adannas, die die weiteren Schritte besprachen, der aromatische Wein, gemischt mit dem herben, über dem Altar schwebenden Duft des Opferkrautes, nahmen alle Spannungen von Larichos.

In eine Schweigepause hinein fragte er Eugynos.

»Was sind das für Schriftrollen dort?« fragte Larichos Eugynos.
»Sicherlich über Medizin, Heilkräuter oder nutzbringende Gebete.«

Eugynos lächelte. Dieses Thema liebte er.

»Nein, es sind alte Mythen von Göttern und Helden. Ein großer Teil davon stammt noch von meinem Vater, doch vieles habe auch ich mit Mühe zusammengesammelt.«

»Mythen? Aber die brauchst du doch sicher nicht für deine Arbeit!«

»Oh doch! Kennst du denn nicht etwa die Gesänge Homers, Musaios', Orpheus' und der vielen anderen?«

»Ja, natürlich kenne ich sie. Wie oft wünscht mein Vater, daß ich sie ihm singe!«

»Nun, dann mußt du auch wissen, wieviel Kenntnisse für Ärzte darin stecken.«

Larichos überlegte etwas verwirrt.

»Nun, nicht alle Stellen kennt man. Vieles wird nur den Ärzten und Priestern des Apollon oder wie in Epidauros des Heilgottes Asklepios überliefert. Denn sie sind geheim und nicht für Menschen gedacht, die sie nicht verstehen können. Den Unverständigen bringen sie Verderben. Du erinnerst dich an die Verse, in denen beschrieben wird, wie die Trojaner in das Schiffslager der Griechen eindringen und mit Zeus' Hilfe die stärksten Führer und Helden der Griechen bedrängen und verwunden? Patroklos, der Freund des Achilleus, der wegen dessen Zorn auf Agamemnon nicht im Kampfe teilnehmen kann, versorgt die Schwerverwundeten:

... saß in dem Zelt des Eurypylos, des so mutigen Kriegers,
tröstete ihn im Gespräch und legte der schmerzhaften Wunde
Heilkräuter auf, zu lindern die Pein und die Qualen.

Larichos nickte, und wollte schon die nächsten Verse aufsagen, als Eugynos seine Hand hob.

»Nein, nicht weiter! Hier ist zum Beispiel eine dieser nur uns bekannten Stellen. Welche Heilmittel legte Patroklos auf die Wunde, so daß Eurypylos schon bald wieder seine Waffen aufnehmen und mit seinen Gefährten weiterkämpfen konnte? Das wissen nur die besten Ärzte von uns.«

In seiner Stimme lag viel Stolz, und es erschien Larichos, als wäre er plötzlich gewachsen. Er hatte Ärzte immer als Handwerker wie alle anderen gehalten. Man rief sie, wenn man ihre Arbeit brauchte, doch man verkehrte nicht mit ihnen. Jetzt begann er, sie tief zu bewundern und eher Weise in ihnen zu sehen.

»Und du hast dein Wissen von deinem Vater? Er war sicherlich auch ein Arzt.«

»Ja und nein. Er war noch von der alten Schule, wie man sie heutzutage nicht mehr kennt. Heute wird ja alles anders. Er war Rhapsode, ein wandernder Sänger, der aber auch heilen konnte. Alle meine Vorfahren waren solche gewesen. Er war keiner von den berühmten, wie Homer zum Beispiel, die an den großen Adelshäusern sangen. Er begnügte sich mit den bescheidenen, aber dankbaren Hütten der Bauern. Und dort gab es auch immer Kranke und Gebrechliche, derer er sich annahm.«

»Ist dann Homer auch ein Arzt gewesen?« fragte Larichos erstaunt.

»Früher gab es überhaupt keine Ärzte«, erklärte Eugynos, »Die Heilkunst war nur den Priestern, Sängern und heiligen Frauen vorbehalten. Und ihr Wissen gaben sie nur denen weiter, die sie ablösten. In diesem Sinne ist vielleicht auch Homer ein Heiler gewesen. Doch das können wir nicht mehr genau beurteilen: Jeder Rhapsode und jeder Priester hat dem alten Wissen sein eigenes, neues hinzugefügt. Was einst Homer gesungen hat, klingt heute schon ganz anders.«

Adanna mahnte, das Gespräch abzubrechen. Die ruhige Nacht sei nur noch kurz und der schwierige Morgen nah. Trotz der wieder aufkommenden Spannung schlief Larichos vor Erschöpfung sofort ein. Im Traum sah er Rhodope mit einem alten Wandersänger durch eine wüstenähnliche Landschaft ziehen. Er rief nach ihr, doch kein Laut entfuhr seiner Kehle, er rannte ihr nach, blieb aber immer am selben Fleck, er streckte seine Hand nach ihrem Kleid aus, griff aber immer nur in die Leere.

Am nächsten Morgen stand das Boot schon bereit. Bevor Larichos mit dem Arzt einstieg, reichte Adanna ihm schnell noch ein kleines Bündel.

»Das ist für deinen unbekannten Weg, der vielleicht sehr lang und voller Leiden sein wird. Sobald du kannst, schreibe deiner Schwester, denn sie wird sich sehr um dich sorgen. Mögen die Götter dich beschützen!«

Bevor Larichos ihr danken konnte, hatte sie ihm schon den Rücken zugekehrt und den Anstieg zur Stadt begonnen. Das Boot legte ab und trieb bald auf der ruhigen See nach Osten, zur nahen Küste Kleinasiens.

Er öffnete das Bündel. Die Freundin hatte vorsorglich Proviant eingepackt: Brot, Käse, Oliven, getrocknete Feigen, einen Schlauch mit Wasser und einen mit Wein. Zwischen den Schläuchen fand er noch einen kleinen Lederbeutel. Es waren genug Silbermünzen, um mehrere Monate damit auszukommen.

Larichos nahm auch das wie alles, was nach seinem Einbruch geschehen war, als Gabe der Götter an. Über Adanna machte er sich kaum Gedanken. Diese waren bereits wieder ganz bei der zierlichen Rhodope.

Der Arzt redete die ganze Zeit, während das Boot bei günstigem Wind auf die Küste zufuhr. Diesmal waren es andere Themen, die ihn bewegten. Das schon Jahrzehnte andauernde Gerangel zwischen den adligen Häusern Mytilenes hatte ihre Einwohner nicht zur Ruhe kommen lassen. Jeder hatte der einen oder anderen Partei angehört, obwohl es damals nur um Persönlichkeiten, nicht aber um die Art der Herrschaft ging. Seitdem sich Melanchros als Tyrann durchgesetzt hatte, war alles anders geworden: Es gab nicht mehr das Gleichgewicht der Familien, ihrer Beziehungen und auch nicht mehr die Bereitschaft für gegenseitige Hilfe, Vertrauen und Achtung. Jeder zog sich in sein eigenes Haus zurück und war seinen Nachbarn und sogar entfernteren Verwandten gegenüber mißtrauisch und argwöhnisch. Es gab keine Versammlungen mehr, die wichtige Dinge wie Krieg und Frieden, Gesetze, Verträge, den Bau eines Altars und anderes mehr beschließen konnten. Uralte heilige Kulte wurden plötzlich verboten, und fremde, abstoßende Götter sollte man anbeten. Wie die meisten, vor allem die älteren Einwohner von Mytilene, empfand er einen fast körperlich spürbaren Ekel und Abscheu vor der Herrschaft des Melanchros.

Auch Eugynos hatte gehört, daß Larichos einen politischen Anschlag gegen den Tyrannenfreund Leocharis verübt habe, und ließ sich zunächst über den unerträglichen Melanchros und anschließend über die Tyrannen im Allgemeinen aus, wie sie sich bei dem niedrigen Volk einschmeichelten und die guten alten Familien verdrängten; er sprach über den Verfall der Sitten und darüber, wie furchtbar es sei, daß sich die heutigen Jugendlichen nicht mehr an die alten strengen Regeln von Religion und Anstand hielten und sogar adlige junge Männer Mädchen aus schlechten Häusern heimführten; er sprach über den ungebührlichen Luxus der Reichen und darüber, daß neumodisches Zeug aus dem Osten den guten alten Glauben erschüttert habe, daß sich die ganze Welt dem Untergang nähere und noch vieles andere in dieser Art.

Larichos saß in seiner Frauenkleidung wie eine brave und züchtige Schülerin mit untergebundenem Kissen vor ihm und nickte zu allem artig. Ihm war die Flucht geglückt, doch er fühlte sich nicht wie ein Sieger. Eugynos und Adanna hatten ihr Leben für ihn riskiert, doch er fühlte keine Dankbarkeit. Was würde dieser Schuft Leocharis mit Rhodope machen? Wie könnte er sie befreien?

»Und wie sie heutzutage Wein trinken!« empörte sich Eugynos. »Früher gab es das nur bei den Opfermahlzeiten, heute betrinken sie sich einfach so und ähneln mehr Tieren denn Menschen!«

»Ja«, sagte Larichos apathisch, »es ist sehr häßlich.«

Oder würde Leocharis sie vielleicht verkaufen, da dieser Geizhals niemanden fütterte, ohne daß dafür Schwerstarbeit geleistet wurde? Zur Arbeit war dieses feine Mädchen nicht geschaffen. Also brauchte er Rhodope eigentlich nicht.

»Alles Böse kommt aus dem Osten!« verkündete Eugynos, während sie bereits den östlichen Küstenstreifen immer näher kommen sahen.

»Von dort kam die Gabe aller bösen Geister und Dämonen: das Geld. Das hat alles bis auf den Grund verdorben.«

»Ja«, sagte Larichos, »darüber hat meine Schwester mal ein Gedicht geschrieben …«

»Oh, ja«, begeisterte sich Eugynos, reckte sich auf und zitierte mit lauter Stimme:

»Der Reichtum hat sich bei uns ohne Tugend, aber nicht ohne Schaden eingenistet ...«

»Ich sehe eine gute Bucht zur Landung!« unterbrach ihn freudig Larichos. »Da drüben! Ganz versteckt ist sie zwischen den Felsen, aber mit einer kleinen Sandbank!«

Er war froh darüber, den sich immer mehr ereifernden Arzt unterbrechen zu können, froh, die sichere Rettung vor Augen zu haben. Eugynos flößte ihm Mißbehagen ein, weil er ihm nicht aus ganzem Herzen zustimmen konnte. Schon bald würde er mit seinen Gedanken ganz allein bei Rhodope sein.

An der kleinen, bequemen Sandbucht verabschiedeten sie sich schnell und herzlich.

Eugynos gab ihm noch viele gutgemeinte Ratschläge auf den Weg, wie: »Laß dich nie von verlockenden Vergnügungen und Reichtum anziehen!« oder »Hüte dich vor schönen Mädchen, und noch mehr vor verheirateten Frauen, die dich lüstern ansehen!« oder »Strebe immer nach Ehre, nicht nach Reichtum!«

Doch auch Eugynos hatte es eilig, denn er mußte noch etwas Wichtiges erledigen: Er sollte versuchen, irgendwo das Baby einer Sklavin abzukaufen, um es als Beweis für die Richtigkeit von Adannas Angaben mitzubringen.

Larichos schlüpfte wieder in seine eigenen Kleider, nahm sein Bündel und machte sich zum nächsten Hafen auf.

Der Künstler und das Mädchen

Nach einer Woche ging in Mytilene wieder alles seinen ruhigen, gewohnten Gang. Larichos war nicht gefunden worden und Leocharis hoffte, daß er irgendwo in einem kleinen Boot zerschellt und ertrunken war.

Er mußte sich diese kleine nordgriechische Sklavin vom Hals schaffen, die nicht nur arbeitsunfähig, sondern auch arbeitsunwillig war. Seine Frau hatte sie mehrmals im Hause verschiedene Arbeiten verrichten lassen, und das hatte sie so ungeschickt, langsam und mit bösem Gesicht getan, daß man sie lieber im Stall eingesperrt ließ. Seit Rhodope in seinem Hause war, hatte seine Frau ein seltsam verkniffenes Gesicht und eine unangenehm aushorchende und ausspähende Art an den Tag gelegt.

Aber Leocharis tat nie etwas ohne Gewinn. Er hatte noch eine Rechnung bei dem Künstler Theodotos in Korinth zu begleichen, bei dem er eine Götterstatue aus feinstem parischen Marmor bestellt hatte. Er wollte sie nämlich der großen Göttin Hera, der Gemahlin des Göttervaters Zeus, für die Gesundheit des Melanchros weihen. Denn Melanchros würde gerührt und dankbar darüber sein, hoffentlich dankbar genug, ihn endgültig von allen Zöllen zu befreien. Und Heras Gunst war auch nicht zu verachten. Nur sie konnte das Gesicht seiner Gattin glätten. Außerdem würde diese Statue der ganzen Bevölkerung zeigen, wie reich, wie großzügig und wie fromm er war. Alles in allem also ein blendendes Geschäft.

Nur: Diese Statue war sehr teuer, viel teurer, als er veranschlagt hatte. Eben hier würde er Rhodope gut einsetzen können. Die »Lotosblüte« hatte ihn auf den Gedanken gebracht: Theodotos war ein über ganz Griechenland und über alle Inseln hinweg berühmter Bildhauer. Doch als Bürger und Mensch taugte er überhaupt nichts. Anstatt es mit seinem Ruhm zu etwas zu bringen, reich und angesehen zu werden, sein

Gut stetig zu vermehren, lebte er sittenlos und schwelgerisch, nur auf Vergnügungen bedacht. Gastmahle mit ausgesuchten Flötenspielerinnen und Tänzerinnen, erlesenen Wein, Kumpanen, Taugenichtsen wie er, die sich nur mit Liedern, Versen, Pinseln und Steinhämmerchen beschäftigten: das war sein Leben. Wenn jemand eine nichtsnutzige Lotosblüte schätzen konnte, so war es Theodotos.

Einige Tage später stach denn auch ein Lastschiff, vollbeladen mit schlanken, zweihenkligen Amphoren und groben Pithoi mit weit gewölbten Bäuchen, diesen riesigen dickwandigen Tongefäßen, in See. Öl, Getreide und Wein, die besten Erzeugnisse der Insel, sollten seine Leute unterwegs verkaufen. Außer den Ruderern und den übrigen Seeleuten und Mittelsmännern des Leocharis war auch Rhodope an Bord, die zwar noch nicht wußte, wohin sie gebracht werden sollte, doch froh war, dem engen, schmutzigen Stall, der keifenden, dummen Frau und dem stinkreichen und langweiligen Leocharis entkommen zu sein.

Solange sie auf dem Meer fuhren, durfte sie sich frei bewegen. Nur abends, wenn sie einen Hafen anliefen, wurde sie an das untere Ende eines Mastbaumes gefesselt, damit sie nicht weglaufen konnte. Man beachtete sie kaum, weil die Arbeit zu schwer und gefährlich war. Essen und Trinken erhielt sie genug. Sie konnte wieder etwas aufatmen. Hier jagte sie niemand mehr und hier vegetierte sie nicht mehr wie ein gefangenes Tier, dessen Instinkte nur noch ausreichten, sich am Leben zu halten. Manchmal begann sie sogar mit der Schiffswache scheue Gespräche, aus denen sie eines Abends erfuhr, daß man zum wohlhabenden Korinth fuhr und sie dort verkaufen würde.

Korinth, die Stadt, von der sie schon so viel gehört hatte! Die reichste und eleganteste Stadt, von der jedes junge Mädchen träumte! Zu Hause, im kleinen, am Ende der Welt gelegenen Abdera, hatte sie sich immer gewünscht, in die Welt reisen zu können, weg aus diesem provinziellen, schildbürgerlichen Nest an der Grenze zu den Barbaren, deren Einwohner unter den übrigen Griechen für ihre Dummheit sprichwörtlich geworden waren. So hatte sie sich eigentlich schon längst vor ihrem gewaltsamen Raub von ihrem armseligen Haus und den ewig murrenden und frühzeitig gealterten Eltern getrennt. Sogar jetzt erfüllte sie der Gedanke, in Korinth zu leben, fast mit jubelnder Begeisterung. Sie hatte vom Sklavenleben bisher nur wenig gekostet und wollte es sich auch nicht vorstellen. Besser gesagt, sie konnte es gar nicht.

Sobald sich eine Gelegenheit ergab, fragte sie die Schiffswachen nach der Stadt aus.

Die jungen, einfachen Burschen antworteten ihr eifrig und bereitwillig, gaben sich als Männer, die die Welt kannten, und prahlten mit ihren Erlebnissen und Erfahrungen.

Nur einmal warf ein älterer Seemann ein:
»Was schwätzt ihr so dumm? Seht ihr denn nicht, daß sie eine Sklavin ist?«
Mit grober wie mit Salz belegter Stimme herrschte er sie an:
»Wie kannst du nur so dumm fragen! Den Göttern wirst du danken, wenn du überhaupt am Leben bleibst!«
Rhodope senkte den Blick, betrachtete ihre feingliedrigen Hände mit den wie Perlmutt schimmernden Nägeln.
Laß ihn nur brummen! dachte sie. Ich werde schon durchkommen.

Als sie nach langer Reise endlich in den Golf von Korinth einfuhren, wurde sie wieder an den Mast angebunden. Links von der Einfahrt, direkt oberhalb der Küste, stand ein Tempel, so groß, wie sie noch nie einen gesehen hatte, umrahmt von schlanken, weiß-roten Säulen, die so hoch waren, daß ihr schwindelte. Auf dem strahlend weißen Marmor hoben sich Reliefbilder in kräftigen, bunten Farben ab. War es möglich, daß Menschen solch einen Bau erschaffen hatten, oder war dies nicht doch das Werk eines Gottes? Sie fragte einen der Ruderer, welcher Gottheit dieses riesige Haus gehörte, doch der blickte schweißgebadet stur geradeaus. Er hatte keine Kraft mehr zu sehen, zu denken oder gar zu sprechen.

Rhodope verneigte sich leicht in Richtung des Tempels und bat die unbekannte Gottheit um Gnade und Schutz. Später erfuhr sie, daß es das Heiligtum der Hera war und Korinths Herrscher aus dem Geschlecht der Kypseliden es erst kürzlich von den besten Handwerkern und Künstlern der Peloponnes zu ihren Ehren hatten erbauen lassen.

Doch bald hatte sie es schon vergessen, denn am Ufer erschienen immer neue, immer prächtigere und farbenfrohere Gebäude, hohe Säulen, auf deren Spitzen allerlei komische Tiere saßen: Da waren zum Beispiel ein riesiger Löwe mit dem Kopf eines Mädchens oder ein schrecklich anzuschauender Greif, der jedem Übeltäter das Betreten der Stadt verwehren sollte.

In der Einfahrt am Hafen wimmelte es von Schiffen. Es war wunderbar zu sehen, wie es ihnen gelang, sich nicht gegenseitig zu rammen. Dazwischen kreuzten die flinken wendigen Boote der Zöllner, Aufseher und Händler, die kleine Imbisse und Erfrischungen anboten. Ein geschäftiges Treiben umschwirrte sie, wie sie es noch nie gesehen hatte.

Alles betrachtete sie mit so großer Neugier, daß sie gar nicht wahrnahm, wohin man sie zerrte.

Sie kam erst wieder zu sich, als sie sich in einer großen sauberen Küche wiederfand, die in eine Dunstwolke zahlreicher ungemein angenehmer Gerüche eingehüllt war und in der viele Mädchen und Frauen emsig hantierten.

Ihr rann der Schweiß von Gesicht und Körper. Sie kauerte sich in eine Ecke, lehnte sich an die Wand und schloß erschöpft ihre Augen, die ganz klein geworden waren.

»So, so! Schön hat sich dieser Geizhals das ausgedacht!«
Empört schüttelte Theodotos den Fetzen Papyrus in seinen Händen, als wäre dieser kurze Brief Leocharis in Person.

»Ein Drittel Talent Silber schuldet er mir noch, und statt dessen schickt er mir eine Abderitin! Ausgerechnet eine Abderitin! Als hätte ich nicht schon genügend um mich herum!«

»Was meinst du damit, mein Meister?« fragte respektvoll, aber zu neugierig, um seine Frage unterdrücken zu können, ein etwa sechzehnjähriger Junge, der bei Theodotos das Handwerk erlernen sollte.

»Du bist noch zu jung, um die Abderiten zu kennen. Doch die Welt ist voll von ihnen. Niemand kann ihnen entkommen. Narren sind es, Toren, die aus Unverstand alles verkehrt machen und sich dabei für die Verständigsten der ganzen Welt halten. Ich werde dir mal Streiche von ihnen erzählen, wenn wir wieder allein in der Werkstatt sind.«

Charidamos, so hieß der Junge, freute sich. Er liebte die komischen Erzählungen seines Meisters.

Doch Theodotos begann wieder das Stückchen Papyrus zu lesen (ein ganzes Rollenteil war Leocharis natürlich zu teuer gewesen). Voller seltsamer Formen und Formeln hatte der Händler ihm geschrieben, in seinem für Theodotos provinziell anmutenden äolischen Dialekt, in ungeschickter Höflichkeit und unversteckter Frechheit.

... Nur du wirst die Lotosblüte aus Abdera wirklich schätzen können. Ihre Schönheit hat ihr Aphrodite selbst verliehen. Deiner hohen Kunst und unserer Freundschaft zuliebe gebe ich sie dir fast zum Geschenk ...

Dieser Betrüger! Ein Sechstel Talent Silber gegen eine mickrige Sklavin: fast ein Geschenk!

Der Mittelsmann des Leocharis trat einige Schritte zurück in der Hoffnung, daß der Zorn des Künstlers langsam verrauchen oder zumindest nicht ihn selbst treffen würde. Persönlich war er völlig mit ihm einverstanden: Solch ein Mädchen wie Rhodope, die offensichtlich nichts gelernt hatte und auch keine körperlichen Kräfte besaß, für dieses Silber anzubieten, war mehr als eine Zumutung. Würde aber Theodotos sich nun weigern, ihm die Statue mitzugeben, wäre es besser, Leocharis nie mehr unter die Augen zu treten.

»Wo ist denn diese ... Lotosblüte? Hoffentlich ist sie nicht über sechzig!«

»Man hat sie in die Küche gebracht« antwortete Charidamos, der Rhodope bereits gesehen hatte.

»Hol sie her!«

Charidamos lief flink aus der Werkstatt in das große gegenüberliegende Gebäude. Er tat gern diesen Dienst, denn ihm waren die großen, lebhaften Augen und der leichte, graziöse Gang des Mädchens bereits aufgefallen. Diese Abderitin war offensichtlich etwas Besonderes.

So standen sie sich gegenüber. Rhodope sah einen Mann von etwa dreißig mit dichten, schwarzen Locken, die mit einem breiten Band zusammengehalten waren, und mit einem vollen Bart. Eine kräftige Nase sprang unter den lebhaft funkelnden schwarzen Augen hervor. Rhodope erkannte sofort, daß Theodotos ein Mann voller Leben war, dieses Leben, das sie soeben bei der Einfahrt nach Korinth zum ersten Mal gesehen hatte. Er ging mehrere Male um sie herum, wobei sie ihm mit ihren Augen folgte; manchmal blieb er stehen, um sie genauer zu betrachten.

»Bring sie zu Eurypyle!« forderte er schließlich Charidamos auf. »Sie soll sie baden, ihr normale Kleidung geben und ihr Haar in Ordnung bringen. Dann will ich sie noch mal sehen.«

Ja, Leocharis hatte nicht gelogen. Dieses Mädchen war etwas Besonderes. Er würde Rhodope behalten.

»Dieser Halsabschneider soll nur nicht denken, ich sei ein Idiot«, fuhr er Leocharis' Mittelsmann an. »Ich gebe euch die Statue mit. Doch das Silber bringt ihr mir noch, wenn ihr wiederkommt. So einfach wird es nicht, wie dieser Schwachkopf sich das ausgedacht hat. Und gib ihm Wort für Wort wieder, was ich dir eben gesagt habe!«

Leocharis' Mann nickte gehorsam, froh, nicht selbst büßen zu müssen, aber wohlwissend, daß ihm die eventuelle Ausführung dieses Befehls viele schmerzhafte Stockhiebe kosten würde.

»Und jetzt geh in die Küche, laß dir Speis und Trank für die ganze Mannschaft geben! Heute sollt ihr ausruhen. Morgen ladet ihr die Statue auf. Nun geh in Frieden! Unruhe aber wird über Leocharis kommen, deinen geizigen Herrn.«

Der Mann rieb sich insgeheim die Hände und machte sich so schnell wie möglich auf den Weg, den der Geruch aus der Küche ihm wies.

»Du hast wohl lange kein Wasser mehr gesehen«, stellte Eurypyle fest, eine runde, ältliche und gemütliche Sklavin des Theodotos, als sie den staubverkrusteten Rücken Rhodopes schrubbte.

Rinnsäle schwarzen Wassers schlängelten sich über den schmalen Körper in die Tonwanne. Tatsächlich hatte sie sich seit Wochen nicht mehr waschen können, und sie genoß es nun wie eine himmlische Gabe. Außerdem hatten sich Rhodope und Eurypyle sofort ins Herz geschlossen. Sie wollten so viel wie möglich voneinander wissen, doch die Fragen überstürzten sich wie wilde Bergbäche nach der Schmelze, die mögliche Antworten wie Zweige und Blätter vor sich hertrieben und sie nie erreichten.

Das Kleid, das man ihr gab, war das schönste, das sie je gesehen hatte, und als man ihr nach einer eingehenden Beschäftigung mit ihrem Haar einen Spiegel in die Hand drückte, konnte sie sich selbst nicht mehr wiedererkennen.

»Ich sehe ja wie eine Dame aus!« rief sie freudig und erschrocken zugleich und hielt sich nach Mädchenart beim Lachen die Hand vor den Mund.

Eurypyle lachte ebenfalls. Sie war als Sklavin geboren worden. Für sie war es das Gewöhnlichste von allem, in Mensch- und Sklavendasein keinen Widerspruch zu sehen. Ein anderer hätte an ihrer Stelle Rhodope gewarnt und zurechtgewiesen, denn der Satz: »Ich sehe wie eine Dame aus« war ganz und gar unschicklich für eine Sklavin. Und noch unschicklicher war der Gedanke, der ganz deutlich dahintersteckte, nämlich: Und ich werde wirklich einmal eine Dame sein!

So stand sie erneut vor Theodotos, der immer weniger seine Großmut mit Leocharis bereute. Er sah eine wunderschöne Schale vor sich, die es zu füllen galt. Er begann sie auszufragen, und jede ihrer einfachen und ungeschickten Antworten behielt er im Gedächtnis. Er notierte ihre Naivität wie auch ihre Eitelkeit und das Wissen um die eigene Schönheit.

»Gefallen dir diese Statuen?« fragte er sie schließlich und zeigte auf die vielen meist noch unfertigen Steintorsen, Köpfe und Sockel. Rhodope ging nahe an sie heran und berührte sie mit den Händen.

»Aus was für wunderbarem Stein sie sind!«

Theodotos lächelte.

»Gut, genug für jetzt. Nun höre genau zu! Heute abend habe ich meine besten Freunde geladen. Dabei werde ich dich als Sklavin bei mir einführen. Was du zu tun hast, wird Eurypyle dir sagen. Doch heute abend wirst du schon deine ersten Aufgaben haben: Du wirst mir beim Weinopfer helfen und dich danach in eine Ecke setzen und alles ganz genau beobachten. Morgen früh werden wir uns dann weiter unterhalten.«

Damit nahm er einen kleinen Hammer und begann, das rechte Ohr eines noch unvollendeten Kopfes zu bearbeiten. Sie würde eine ausgezeichnete Dienerin bei seinen häufigen Symposien werden. Rhodope war stehengeblieben und sah neugierig zu, wie aus einer leichten Erhebung im Marmor ein schwungvoll gebildetes Ohr entstand, wurde aber sehr bald von einem grobschlächtigen Sklaven mit einem riesigen Reisigbesen aus der Werkstatt gestoßen.

»Was hast du hier noch länger zu stehen und Maulaffen feilzubieten? Hast du nicht gehört? In die Küche mit dir!«

»Grobian!« beschwerte sich Rhodope, fuhr sich sorgfältig über das glänzende rotblonde Haar, prüfend, ob noch alle Löckchen an ihrem Platz waren, warf ihm noch mal einen empörten Blick zu und ging graziös, ihre schmalen Hüften schwenkend, hinaus.

»Na, du wirst dich noch wundern!« entfuhr es dem verblüfften Sklaven.

Voller Hochgefühl und Selbstsicherheit drehte sich das Mädchen um und antwortete patzig: »Du auch!«

Am Abend führte Eurypyle sie wie verabredet zum großen Empfangsraum des Theodotos. Alle Diener und Sklavinnen hatten sich vor der Tür versammelt. Rhodope wurde mit viel Geschrei und etlichen, meist scherzhaften Liedern begrüßt, man bewarf sie mit Gerste und getrockneten Früchten, wie es der Brauch war, wenn das Haus ein neues Mitglied aufnahm, egal, ob es ein Sklave oder eine Braut war. Jetzt also gehörte Rhodope zum Haus des Theodotos.

Eurypyle öffnete vorsichtig die Tür. Rhodope blickte in einen weiten Raum, in dem an drei Seiten große Liegen mit vielen bunten Kissen standen. Auf einem Tischchen rechts der Tür befand sich ein riesiger, wundervoll verzierter Krug, der Krater, in dem man den Wein mischte: Zwei Drittel von dem starken, dickflüssigen Wein und ein Drittel Wasser. So liebte ihn Theodotes. Wie gebannt schaute Rhodope auf den Krater. Auf dem Bauch waren in einem breiten Streifen Löwen mit stolz erhobenen Häuptern und äsende Bergziegen gemalt, als sähe man sie lebendig vor sich. Die Bänder über und unter diesen Streifen waren mit den verschiedensten Ornamenten ausgefüllt.

Der Boden war mit gewebten Wollteppichen belegt, und alle Farben, alle Figuren und Ornamente paßten so wunderbar zusammen, daß es ihr schien, als sei die gesamte Harmonie der Welt in diesen Raum hineingetragen worden.

Mittlerweile hatten sich schon mehrere Männer versammelt, sie standen in zwei Grüppchen zusammen und unterhielten sich angeregt. Ihr singendes Murmeln verband sich mit der Farbenpracht des Raumes. In der Mitte stand ein kleiner tragbarer Altar aus Bronze.

»Wenn Theodotos und die anderen Gäste sich Kränze aufsetzen, ziehst du das Tuch über den Kopf und stellst dich mit einer Kanne, die ich dir geben werde, rechts neben Theodotos«, erklärte Eurypyle ihr flüsternd.

»Daraus gießt du dann jedem ein, der zum Altar tritt und den Becher reicht. Sind alle fertig, setzt du dich dort hin!«

Sie deutete in eine Ecke hinter einem Tischchen, wo ein kleiner Schemel bereitstand, von dem aus man den ganzen Raum im Blick hatte.

»Und du erinnerst dich, was unser Herr dir aufgetragen hat?«

»Ja, ich soll alles ganz genau beobachten. Aber ich verstehe nicht, warum ich das tun soll.«

»Das geht dich und uns alle nichts an. Sei gehorsam, und du wirst nichts zu leiden haben!«

Als Rhodope sich nach den Trankopfern auf den Schemel eher kauerte als setzte, folgten ihr viele bewundernde Augenpaare. Doch sie war unsäglich erschöpft und müde von der Unzahl neuer Eindrücke und nahm nur noch zerstreut und gleichsam hinter immer dichter werdendem Nebel den Gang des heiteren, aber nicht übermütigen und lauten Gastmahls wahr, dessen Reden ihr aber unverständlich blieben. Die Stimmen und schönen Gerüche hüllten sie wie in einen weichen, undurchlässigen Schleier ein; später wußte sie nicht mehr, wann sie eingeschlafen war. Irgendwann fühlte sie, daß man sie hochzerrte.

Sie hörte Theodotos' scharfe Stimme.

»Sie hat geschlafen und meine Anweisung nicht ausgeführt!« und danach den beruhigenden Einwand der guten Eurypyle:

»Sie ist doch noch ein Kind«, erwiderte Eurypyle. »Und sie hatte solch eine schwere Reise hinter sich!«

»Na gut, aber morgen früh soll sie schon bei Sonnenaufgang in der Werkstatt sein!«

An das, was danach kam, konnte sie sich nicht mehr erinnern, als sie sehr früh geweckt wurde. Man gab ihr keine Zeit, sich im Schlafraum umzusehen, in dem noch einige andere Mädchen und Frauen gerade aufstanden. Als man ihr ein kurzes Arbeitskleid gab, war sie zusätzlich verschnupft. Sie hatte doch gehofft, das schöne lange Gewand von gestern auch heute und jeden Tag tragen zu dürfen!

Theodotos arbeitete bereits am linken Ohr des Marmorkopfes und warf ihr nur einen kurzen Seitenblick zu, ohne den Rhythmus der hämmernden Arbeit zu verlangsamen oder zu verändern.

Er war sich jetzt nicht mehr so sicher, was er mit ihr machen sollte. Daß Rhodope gestern Abend sofort auf dem Schemel eingeschlafen war, anstatt nach seinem Befehl alles genau zu beobachten, hatte ihn tatsächlich sehr aufgebracht. Doch seine Lieblingshetäre Hespasia hatte ihn deswegen getadelt:

»Sieh nur, wie schön sie im Schlaf ist! Nein, ärgere dich jetzt nicht! Der Schönheit ist es egal, ob sie eine Blume, eine Prinzessin oder eine Sklavin ist. Sind das nicht fast deine eigenen Worte und Gedanken?«

Rhodope sah tatsächlich so schön aus, wie es ein fünfzehnjähriges Mädchen mit rosigen Wangen im Schlaf nur sein konnte. Auch die Gäste sahen oft zu ihr hinüber und bewunderten sie wie ein Kunstwerk. Doch da dieses Kunstwerk der Natur eine Sklavin war, sprachen sie nicht darüber.

»Sie ist einfach wunderbar«, fuhr Hespasia fort, die selbst einst ein Sklavenmädchen gewesen war. »Woher kommt sie, wer ist sie, hat sie etwas gelernt?«

»Ich weiß nur, daß ihre Eltern einfache Bürger von Abdera waren, arme Fischer an der Nordküste der Ägäis. Sie wurden vor einigen Monaten von Thrakern erschlagen, die Rhodope raubten und an Phönikier verkauften. Durch sie kam sie nach Lesbos zu Leocharis, der sie mir für fünf Kilo Silber andrehen wollte. Sie scheint nichts gelernt zu haben als einfache Hausarbeit.«

»Ist sie klug genug, um lernen zu können?«

»Ich weiß nicht. Sie ist ganz einfach und fast barbarisch primitiv. Aber alles, was sie erzählt hat, klingt glaubwürdig und wahr. Zumindest scheint sie ehrlich zu sein.«

»Versuche es! Wenn sie so geschickt und gebildet werden könnte, wie sie schön ist, wäre sie einzigartig. Jetzt verdeckt ihr Mädchencharme noch das Grobe. Wenn es nicht durch Bildung getilgt wird, ist in ein paar Jahren nur noch das Ungeschliffene da.«

»Und was rätst du mir?«

»Laß sie ausbilden in Musik, Literatur und Dialog. Und du wirst die schönste Lotosblüte der Welt besitzen.«

»Was redest du nur! Die habe ich ja schon!« sagte Theodotos und zog Hespasia an sich.

»Ich habe gesagt, die schönste, nicht die von dir geliebteste!«

Gestern hatte sie noch gedacht, daß ihr ein wunderbares Leben bevorstehen würde. Jetzt war sie sich dessen nicht mehr so sicher. Die Steinsplitter des dunklen Bodens durchstachen ihre Füße wie Stacheln von Meerigeln, doch sie sagte nichts und ließ sich den Schmerz nicht anmerken.

Theodotos gefiel diese Haltung. Dieses Mädchen war wenigstens tapfer und noch nicht abgebrüht. Vielleicht hatte Hespasia Recht.

Er ließ Hammer und Meißel sinken.

»Komm her!«

Rhodope, froh, überhaupt angesprochen zu sein, eilte zu ihm und heftete in ihrer Unsicherheit ihre Augen wieder auf den Boden.

»Sieh her!«

Sie hob den Blick und folgte seinem Zeigefinger, der auf ein wunderschönes Mädchengesicht deutete. Über den mandelförmigen Augen wölbten sich hohe, feine Augenbrauen, die der leicht gerundeten Stirn ein leises Lachen gaben. Die schmale, gerade Nase stand in schönster Harmonie mit dem kleinen, fein gezeichneten Mund, auf dessen nicht zu vollen Lippen ein Lächeln lag, das nicht in diese Welt zu passen schien.

»Was meinst du, ist diese Statue?«
Rhodope zögerte keinen Moment:
»Das ist unsere Herrin Artemis. Auch wir verehren sie bei uns sehr!«
»Woher weißt du, daß es Artemis und keine andere Göttin ist?«
»Sie ist die höchste Göttin. Und das hier, das kann nur die höchste von allen Göttinnen sein.«
Wieder senkte sie ihren Blick und trat einen Schritt zurück.
Theodotos war von dieser Antwort geschmeichelt und zufrieden, obwohl es keine Statue der Artemis, sondern der Aphrodite sein sollte.
Also versteht mich auch das niedrige Volk, dachte er mit nicht unbescheidenem Wohlgefallen.
»Was ist dieses große Pferd mit den komischen Flügeln dort neben dem Fenster?« fragte Rhodope. »Gibt es hier etwa solche Tiere?«
Sie hatte in dem einen Tag in Korinth schon so viele undenkbare Dinge gesehen, daß sie sich über nichts mehr wundern würde.
Charidamos grinste verächtlich, doch Theodotos lachte herzlich auf.
»Nein, heutzutage kann es nirgends solche Tiere geben. Aber in ganz früher Zeit, als es noch keine Menschen, sondern Heroen gab – du weißt doch, das waren Halbgötter, viel größer, stärker, mutiger und schöner als wir –, da wimmelte es von seltsamen, von den Göttern geschaffenen Lebewesen wie geflügelten Pferden, menschenköpfigen Löwen und Vögeln mit Ziegenköpfen.«
»Oh ja, so etwas kenne ich auch von zu Hause!« sagte Rhodope. »Bei uns gibt es Pferdemenschen, die Kentauren, die in den hohen Gebirgen leben und den Menschen einen fürchterlichen Schreck einjagen können.«
»Hast du schon mal einen gesehen?« fragte Charidamos hämisch, der an solche Fabeltiere nicht im geringsten glaubte.
»Ja, natürlich! Wenn ich mit meiner Mutter Holz sammeln ging, bin ich ihnen schon oft im Wald begegnet. Dort hausten auch andere schreckliche Wesen: Satyre mit Bocksbeinen und behaarten Schwänzen, die in der Hitze des Mittags widerlich lachten und heulten!«
»Nein, das mußt du dir eingebildet haben«, lachte Theodotos. »Falls es diese Lebewesen tatsächlich einst gegeben hat, so sind sie schon längst mit den Heroen ausgestorben. Doch in unseren Mythen, unserem Glauben und in unserer Kunst leben sie fort.«
Er betrachtete seinen Pegasos und stellte plötzlich fest, daß der Körper des Pferdes für die halb ausgebreiteten Schwingen noch viel zu schwer und erdhaftig war. Er würde ihn noch mal bearbeiten müssen.
»Dieser Pegasos ist für uns Korinther von ganz besonderer Bedeutung, denn er war der Helfer des Bellerophon, unseres Stadtheros, der uns alle schützt, dem wir Opfer darbringen und mit Pferdewettren-

nen und Kampfspielen erfreuen und den du auch sonst überall sehen kannst.«

Er ging an sein Regal, holte aus einem kleinen Lederbeutel eine Silbermünze heraus und zeigte sie Rhodope. Sie nahm sie auf ihre kleine Handfläche und betrachtete sie aufmerksam: Das Bild zeigte ein geflügeltes Pferd, auf dem ein prächtiger Reiter saß, dessen Umhang, die Chalmys, hinter ihm im Winde flatterte.

»Wie alle Heroen mußte Bellerophon Schweres erleiden und viele Prüfungen bestehen«, fuhr Theodotos fort, indem er die Münze sorgfältig in ihr Beutelchen zurücklegte, »um schließlich bis zu seinem Tod ruhelos durch die Welt zu irren.

Bellerophon war der Sohn von Glaukos, dem König von Korinth. Als er groß und stark genug geworden war, um auszuziehen, gelangte er zum Hof des Königs Proitos in Tiryns, der ihn in allen Ehren empfing und ihn bei sich hielt wie einen Sohn. Doch Proitos hatte eine schöne und leidenschaftliche Frau. Aphrodite verwirrte ihr den Sinn, so daß sie sich in den schönen jungen Bellerophon verliebte und ihm auf Schritt und Tritt nachstellte. Doch Bellerophon empfand Ekel vor den Liebesschwüren dieser schon alternden Frau, der Gattin seines Gastfreundes, den er hoch schätzte und liebte. Selbst magische Sprüche und Suppen aus Krötenaugen und Nieswurz halfen der Stheneboia – so hieß sie nämlich – nichts.

Als Stheneboia einsah, daß sie den Jüngling nie würde gewinnen können, verwandelte sich ihre glühende Liebe in lodernden Haß: Weinend warf sie sich vor die Füße ihres Mannes und klagte Bellerophon an, sie ungebührlich berührt zu haben. Der König war entsetzt, glaubte jedoch der Stheneboia, da sie seine Frau war. Um die scheinbar verletzte Ehre seiner Gattin zu rächen, schickte er Bellerophon zu seinem Schwiegervater Iobates, einem Fürsten im kleinasiatischen Lykien. In einem Brief, den er Bellerophon mitgab, bat er Iobates, den Überbringer des Briefes zu töten. Er selbst hatte es nicht über sein Herz bringen können.

Aber auch Iobates konnte diesen edlen und aufrechten Jüngling nicht wie einen gemeinen Verbrecher hinrichten lassen. So ersann er für Bellorophon Aufgaben, die diesen, wie er glaubte, mit Sicherheit töten mußten. Nun wütete zu dieser Zeit die Chimaira, dieses Ungetüm, das ich dir eben schon beschrieben habe – ein Scheusal aus Löwe, Schlange und Greif – in seinem Land. Sie vernichtete mit den Feuern aus dem fürchterlichen Schlund ihres Mauls alle Ernten und verwüstete die Wälder. Die sollte er töten.

Diese Aufgabe war sogar für einen Helden zu groß. Bellerophon verzagte. Er wußte genau, daß er der Chimaira unterliegen würde. Da aber schickte Poseidon ihm den Pegasos, denn Poseidon ist ja nicht nur Herr des Meeres und seiner Bewohner, sondern auch der Pferde. Mit diesem

Wundertier besiegte Bellerophon nicht nur die furchtbare Chimaira, sondern vollbrachte noch viele andere Heldentaten.«

»Deine Geschichte ist so schön wie deine Steinbilder.«

Rhodope blickte ihn voll tiefer Bewunderung an.

»Aber was geschah weiter mit Bellerophon? Gewann er auch eine Prinzessin?«

»Natürlich, wie konnte ich das vergessen! Als er nach so vielen Siegen zu Iobates nach Lykien zurückkehrte, war dieser ihm so dankbar und gewogen, daß er ihm seine Tochter Philonoë und dazu noch das halbe Königreich gab.«

Jetzt war Rhodope zufrieden.

»Ich möchte noch viele solche Geschichten hören. Alle möchte ich sie lernen!«

Theodotos erinnerte sich jetzt wieder an den vorigen Abend, doch diesmal war kein Ärger mehr dabei. Rhodope war entzückend und scheinbar lernfähig. Die kluge Hespasia hatte Recht gehabt. Doch sie mußte auch ihren Platz in diesem Hause kennenlernen.

»Wenn du dein Sklavenkleid anhast, bist du klüger. Du wirst es so bald auch nicht mehr wechseln. Ab heute wirst du jeden Vormittag in meiner Werkstatt sein. Für die übrige Zeit des Tages wird Eurypyle dir Anweisungen geben.«

Rhodope nickte schweigend.

»Und du wirst hier das tun, was du gestern abend nicht getan hast: Alles ganz genau beobachten, meine Fragen beantworten und alles behalten und lernen, was ich dir sage. Hast du verstanden?«

Wieder nickte sie wortlos.

»Weißt du, warum du schauen und beobachten sollst?«

Rhodope schüttelte verneinend den Kopf.

»Durch Schauen und Beobachten lernt man die Welt kennen, lernt seinen Platz kennen und seine Aufgaben. Die Augen lehren viel besser als Worte.«

Das prägte sich Rhodope ein. Es gefiel ihr und erschien ihr einleuchtend.

»Stell dich dort ans Fenster!« unterbrach Theodotos ihre Überlegungen.

Charidamos hatte alles mit angehört, aber er konnte sich keinen Reim auf die Befehle seines Herrn machen. Sie gefielen ihm ganz und gar nicht. Er liebte die Vertrautheit und das wortlose Verstehen, das zwischen ihnen beiden herrschte. Diese Sklavin würde jetzt alles verderben. Sie würde ihn mit ihrem Geschwätz bei der Arbeit nur stören. In seiner Wut schlug er immer wilder auf den Marmorblock ein, aus dem er einen groben Kopf bilden sollte, den sein Meister später selbst kunstvoll zu einem großen Werk vollenden würde.

Theodotos beobachtete, wie Rhodope mit leichten Füßen zum Fenster ging, sich dort umdrehte, um mit wachen Augen den Künstler, den Lehrling und die vielen, in keiner sichtbaren Ordnung stehenden Steine, Skulpturen, Instrumente und verschiedenen anderen Utensilien zu betrachten. Die Sonnenstrahlen, die von draußen auf ihr rotblondes Haar fielen, umgaben ihr Köpfchen mit einem goldenen Strahlenkranz, das ihr in tiefem Schatten liegendes Gesicht weich und geheimnisvoll machte.

»Dreh dich zur Tür!« befahl Theodotos, der plötzlich eine ganz neue Idee hatte, so neu, daß sie ihm fast unziemlich erschien.

Ihr Kopf war im Profil.

»Jetzt lächle ein wenig.«

Rhodope gehorchte.

»Nein, nicht so! Die Lippen müssen ganz locker und nur leicht geschlossen sein.«

Nach mehreren Versuchen hatte er das, was er wollte.

»Jetzt bleib so stehen und bewege keinen Muskel!«

Theodotos arbeitete wie besessen. Noch nie hatte er versucht, einen lebendigen Menschen abzubilden, sondern hatte nur Gottheiten, deren Darstellungen vorgeschrieben und vorgegeben waren, menschenähnlich gestaltet. Zwar hatten manche Freunde teils bewundernd, teils tadelnd des öfteren festgestellt, daß er den Göttern zu viel Menschliches beigab, doch das waren nur kleine Äußerlichkeiten gewesen, Details, um der Form mehr Harmonie zu geben. Jetzt aber konzentrierte er sich nur auf den Menschen, und er fühlte, daß er das sein ganzes Leben gesucht hatte: die kleine Unebenheit der hohen Stirn, die Locke, die sich vor dem rechten Ohr spielerisch zur Wange hob, die zierliche, aber leicht nach unten gebogene Nase und das etwas zu rundliche und zu kleine Kinn!

»Ich kann nicht mehr!« hörte er nach geraumer Zeit Rhodope. Ihr Gesicht war eingesackt, und sie zitterte vor Anstrengung, sich nicht rühren zu können.

»Du bleibst so stehen, wie ich gesagt habe!« zischte Theodotos drohend.

Rhodope riß sich zusammen. Charidamos hatte seinen Hammer schweißüberströmt und mit schwer klopfendem Herzen sinken lassen und starrte beide an. Er hatte seinen Meister noch nie mit solch einer Leidenschaft arbeiten sehen. Zu seiner Eifersucht auf das Mädchen mischte sich nun noch eine brennende Eifersucht auf die nichts als sein Werk wahrnehmende Besessenheit seines Lehrers.

Niemand wußte, wie viele Stunden vergangen waren. Die Sonne lag schon lange nicht mehr im Haar des Mädchens, und die Farben waren gedämpfter.

»Komm her!« hörte Rhodope wieder die Stimme des Meisters.

Die Bewegungslosigkeit hatte sie in Trance versetzt. Langsam löste sie sich vom Fenster und ging schleppend auf Theodotos zu.

»Sieh! Gefällt es dir?«

Erst jetzt verstand Rhodope den Sinn ihrer quälenden Starre. Sie sah ihr eigenes Gesicht. Sie konnte es kaum glauben. Sie ging um dieses Gesicht herum, betrachtete alle Einzelheiten und kam aus dem Staunen nicht heraus.

»Darf ich es anfassen?«

»Ja, du darfst.«

Theodotos atmete tief ein. Noch nie in seinem Leben hatte er sich so glücklich gefühlt und gleichzeitig so leicht. Noch nie hatte er etwas Besseres aus diesen schweren Steinklötzen herausgeholt, noch hatte er etwas Schöneres, Vollkommeneres und Rührenderes gesehen als dies: sein Meisterwerk, bestaunt und von den feinen Händen des lebenden Ebenbilds vorsichtig befühlt und abgetastet! Er langte zum Weinkrug und nahm einen kräftigen Schluck.

Seit diesem Abend behielt Theodotos das Mädchen ab und zu in der Nacht bei sich, und für Rhodope war es gut so, denn er führte sie so in die Liebe ein, wie er einer von Charidamas vorgefertigten groben Form den Geist der Kunst zu geben gewohnt war.

Der Besuch

Ein halbes Jahr war bereits vergangen. Viel hatte Rhodope gelernt: Sie verrichtete ihre Arbeit zur Freude und Zufriedenheit aller Gäste und ihr Beilager zum wachsenden Glück des Künstlers. Sie hatte viele Lehrer: Theodotos, Hespasia und natürlich die gute, rundliche Eurypyle, die alle Erfolge Rhodopes für sich selbst buchte und daher außerordentlich zufrieden war. Und Rhodope hatte wieder ihre schönen langen Kleider, ihre Frisuren und die bewundernden Blicke, die ihr stets folgten.

Eines Tages meldete ein fremder Diener die Ankunft seiner Herrin. Sie wolle mit dem Hausherrn sprechen. Vielleicht würde sich dieser noch an sie erinnern: Vor Jahren habe man sich bereits getroffen, und er sei ihr lieber Gastfreund geworden.

Eurypyle hieß den Mann im geräumigen Innenhof auf einer schattigen Bank Platz nehmen und eilte zu Theodotus, um ihm die Neuigkeit mitzuteilen.

»Gastfreund?«

Theodotos hatte viele Gastfreunde. Aber wer war diese Frau? Eurypyle hatte vergessen, nach dem Namen zu fragen.

»Egal!« entschied Theodotos. »Führe sie, wer immer sie auch sei, in den Empfangsraum! Ich werde gleich kommen.«

Sicher würde er wieder einen Auftrag erhalten. Schön, dann könnte er den teuren parischen Marmor, den er in diesen Tagen bestellt hatte, sofort bezahlen und brauchte keinen Kredit gegen unzumutbar hohe Zinsen aufnehmen. So wusch er sich zufrieden den Staub aus dem Gesicht und von den Händen, wechselte seinen Chiton und eilte zum Hof. Dort traf er auf die kleine Reisegruppe, die gerade von Eurypyle fürsorglich geleitet, schon in der Tür stand.

»Bei Zeus!« entfuhr es ihm, und er nahm die Hand der kleinen Frau mit den rabenschwarzen Haaren und der dunkelgetönten Haut und drückte sie in echter Freude und Überraschung an seine Brust.

»Nein, dich habe ich nicht erwartet! Sappho! Du Biene des äolischen Verses, du klügste, weiseste und charmanteste aller Frauen, die ich kenne!«

»Oh, Theodotos, du verstaubtester aller Künstler, die ich kenne!« lachte Sappho und fuhr ihm über seine nicht mehr so ganz tiefschwarzen Locken, aus deren wildem Gewühl tatsächlich kleine Staubwölkchen stoben.

Rhodope beobachtete die Szene aus dem Fenster der Werkstatt, und es war ihr überhaupt nicht recht, daß irgendeine Dame, die überhaupt nicht wie eine Dame aussah, ihren Vormittag unterbrach, noch viel weniger, daß sie mit dem Meister sprach, wie noch nicht einmal sie zu sprechen wagte. Sie drehte sich um, setzte sich auf ihren Schemel und sah Charidamos bei der Arbeit zu.

»Starr mich nicht so an!« schimpfte er plötzlich los. »Wenn du hier nichts zu tun hast, geh in die Küche zu den Frauen! Du störst!«

Rhodope kümmerte sich nicht um ihn, stemmte ihre Hände unter das etwas zu rundliche und etwas zu kleine Kinn und sah ihm weiter unwillig bei der Arbeit zu.

Sappho hatte den Wunsch, auf die Akrokorinth zu gehen, zum weitberühmten Apollontempel, der der größte ganz Griechenlands war. Außerdem wollte sie der Hitze der Stadt und dem Lärm des Hauses und der Straßen entfliehen. Zwar liebte sie auch diese faszinierende Stadt, deren Schiffe das östliche sowie auch das westliche Meer beherrschten, diese Stadt, in der alles Wertvolle der gesamten Erde zusammengetragen wurde, so daß man die Welt überhaupt nicht mehr verstehen konnte. Manchmal träumte sie, daß ganz Griechenland und alle Inseln so sein würden wie Korinth: orientalischer Luxus, ägyptische und hethitische Sphingen auf schlanken, hoch aufragenden Säulen, Marmortempel mit Götterbildern aus Gold, Silber und Elfenbein, Reliefs, die die Göttergenerationen in ihren kosmischen Kämpfen zeigten, durch welche die Welt zu immer höherer Vollkommenheit gelangte; die reichen Häuser der adligen Bürger mit ihren verzierten Fassaden und reich bemalten Innenräumen – ja, alles, was schön war auf dieser Welt, konnte man hier sehen. Doch Sappho konnte sich in ihren Träumen dies alles noch schöner vorstellen: das Wertvollste aus allen Ländern, hier zusammengetragen, doch vereint und geglättet vom griechischen Geist. Dann vermochten alle Griechen die ganze Pracht der Kunst verstehen, und Phönikier, Ägypter, Phrygier und Lydier würden mit heißem Verlangen nach Griechenland kommen, um hier zu lernen und das

Gesehene wieder zurück in ihre Länder zu tragen. Ja, genau das müßte man versuchen.

Doch nicht diese Träume und Visionen hatten Sappho nach Korinth gebracht, sie mußte Theodotos in Ruhe sprechen und wollte sich gleichzeitig selbst ein kleines Vergnügen gönnen: Den herrlichen Blick von der Akrokorinth, von wo man sich an der ganzen weiten fruchtbaren Ebene und den rhythmischen Bögen der Küstenlinie nicht satt sehen konnte.

»Aber du hast nicht diese weite Reise unternommen, um mit mir hier oben zu sitzen und auf das Meer zu schauen, was man schließlich auf Lesbos genauso gut machen kann«, fragte Theodotos.

»Nirgends ist das Meer gleich«, gab Sappho zurück. »Es lohnt sich wirklich, die beschwerlichste Reise zu bestehen, allein dieses Blickes wegen. Du weißt doch, bei uns ist alles anders und viel kleiner und altmodischer. Ganz abgesehen von den Unruhen bei uns. Sie haben viel Schaden angerichtet. Unsere besten Familien mußten auswandern, der Handel ist zurückgegangen und niemand wagt mehr, etwas Reichtum zu sammeln, weil er nicht weiß, ob ihm nicht schon morgen ein Tyrann alles abnimmt und ihn verjagt.«

»Du redest über die Tyrannen, als seien sie das Schrecklichste auf der Welt!« rief Theodotos unwillig aus. »Siehst du nicht das reiche, prächtige Korinth? Gerade unsere Kypseliden, unsere Tyrannenfamilie, hat allen Unruhen ein Ende bereitet. Alle sind hier zufrieden: Die Bauern sind frei und bearbeiten ihr eigenes Land, die Aristokraten mehren ihr Ansehen und ihre Schätze, der Handel blüht, und die neu gegründeten Kolonien bringen alles, was man braucht, in Überfluß. Doch vor allem: Sieh, wie sich hier alle Völker treffen und Künstler aus aller Welt zusammenkommen, um ihre Werke auszustellen und zu verkaufen, und unser *Tyrann* Periandros hält seine Hände über sie, läßt sie arbeiten und belohnt sie wie kein anderer in den griechischen Städten! Sieh die herrlichen Tempel! Die Götter sind mit uns, da die Kypseliden das große Heiligtum in Delphi bewachen und sich Apollon geneigt zu machen verstanden! Ich kann einfach nicht verstehen, warum ganz Griechenland gegen die *Tyrannen* hetzt. Es sind Könige, und viele von ihnen sogar sehr gute! Sagt man *König*, so stellen sich sofort Achtung und Verehrung ein, sagt man *Tyrann*, so versteht man einen Mörder und grausamen Alleinherrscher, nur weil es ein lydisches Wort ist, das doch aber auch nichts anderes als *König* bedeutet! Das ist dumm und nicht gerecht.«

»Du magst Recht haben, wenn du über das jetzige Korinth sprichst«, versuchte Sappho ihn zu beruhigen, »aber hast du vergessen, daß es auch hier schwere Kämpfe gegeben hat, und viele Adlige, besonders das berühmte Geschlecht der Bakchiaden, vernichtet und verbannt wurde?«

»Das ist Vergangenheit. Es geht immer um das Jetzt. Auch auf Lesbos wird sich alles ändern, wenn sich ein weiser und starker Mann durchsetzt, der Ordnung schafft und der andauernden Fehde zwischen den einzelnen Familien ein Ende setzt!«

»Vielleicht wird ein solcher starker Mann kommen, doch wohl kaum ein weiser. Es ist nicht gut, wenn alle nur einem gehorchen müssen. Gut war es früher, als unter den Edlen Übereinkunft und gegenseitiger Respekt herrschte. Und wenn nach all dem, was sich jetzt in Mytilene abspielt, ein weiser Tyrann oder meinetwegen König kommen sollte, so wird er bald keine anderen Untertanen mehr haben als landlose Bauern, Tagelöhner und zu allen Verbrechen fähige Händler.«

Sie vergrub ihr Gesicht in den Händen.

»Ich habe auch hier einiges über Lesbos gehört«, gab Theodotos zurück, »doch ich konnte mir nicht vorstellen, daß es so schlimm geworden ist.«

Er hielt plötzlich inne und sah sie erschrocken an.

»Hat man etwa auch dich verbannt?«

Er wußte, aus welcher Familie Sappho stammte und daß sie nie ein Blatt vor den Mund nahm.

»Nein, zumindest noch nicht. Doch ich fürchte, auch das wird bald geschehen. Alkaios – du kennst ihn, er ist der beste Freund von Larichos und mir in Mytilene. Er, sein Bruder Antimenidas und sogar seine alten gebrechlichen Eltern mußten über Nacht fliehen. Niemand weiß, wo sie jetzt sind, und ob sie noch leben. Auch mein Bruder Larichos mußte fliehen. Er wurde beschuldigt, einen Vertrauten des Tyrannen Melanchros überfallen zu haben.«

»Ich nehme an, nicht ohne Grund.«

»Nein, nicht ohne Grund. Nur war der Grund ein anderer.«

»Du sprichst mal wieder wie eine dieser Sphingen, die einst von unseren Helden besiegt wurden und heutzutage auf alle Kneipenbechern gemalt werden.«

»Der Grund ist ein ganz einfacher, so einfach, daß ich nicht ohne Scham mit dir darüber sprechen kann.«

Sie warf ihm von der Seite einen schnellen Blick zu, wie um sich zu vergewissern, daß er bereit war, sie anzuhören.

Theodotos merkte, daß sie sich vor Peinlichkeit wand und daß er sich auf eine seltsame Geschichte gefaßt machen mußte.

Er lachte aufmunternd.

»Nur zu! Wir sind alte Freunde, wir leben beide in und mit der Kunst. Wenn wir auch nicht alles im Leben gesehen haben, so verstehen wir es doch besser als andere!«

»Möge es so sein«, gab Sappho zurück und begann, die Leidensgeschichte ihres Bruders zu erzählen.

»Er ist jetzt in Kyrene und hat dort bereits irgendwelche Handelsgeschäfte begonnen. Er lebe nicht in Armut, schreibt er, und er sei entschlossen, dieses Mädchen heimzuführen, koste es, was es wolle.«

»Das alles ist erstaunlich, aber nicht einzigartig«, bemerkte Theodotos, »Eros und Aphrodite wüten doch oftmals in den Menschen. Ja, sogar in den Göttern, wie wir es ja aus den alten Mythen kennen. Wie oft handelte sogar Vater Zeus kopflos, egal ob es eine Göttin oder Frau war! Entstanden nicht etwa schreckliche Kriege, weil Aphrodite jemandem Geist und Verstand geraubt hatte? Und kennst du nicht ihre quälende Macht? Was mich betrifft, so habe auch ich ganz spezielle Erfahrungen mit diesem seltsamen Götterwesen gemacht. Doch wie dem auch sei: Du bist nicht nach Korinth gekommen, um dir mit dem Erzählen dieser Geschichte einfach nur dein Herz zu erleichtern. Was gibt es noch?«

Sappho war etwas verwirrt von der schroffen Direktheit dieser Frage, auch wenn sie mit wohlwollender Stimme vorgetragen worden war.

»Ich habe dir noch nicht gesagt, wer dieses Mädchen ist, das Larichos um alles in der Welt haben möchte. Ihr Name ist … Rhodope.«

Theodotos richtete sich mit einem Ruck auf.

»Meine Sklavin? Dieses kleine, dumme Gänschen?«

»Ich habe sie nur ganz kurz an jenem Abend, als die Phönikier landeten, im Halbdunkel gesehen. Ich kann mir kein Urteil über sie erlauben.«

»Dann lerne sie kennen! Dann wirst du sehen, daß es eine Schande für einen Mann wie Larichos ist, sein Leben für solch ein im Grunde grobes und eitles Wesen zu opfern.«

Jetzt war kein Wohlwollen mehr in seiner Stimme. Sappho rätselte, was dieser Umschwung bedeuten könnte: ehrliche Empörung über Larichos, Angst, das Mädchen zu verlieren, Gereiztheit über ihre noch nicht ausgesprochene Bitte?

»Ja, ich möchte sie kennenlernen, um mir ein Bild über sie zu machen.«

Sie stand auf und schüttelte leicht die Falten ihres Kleides zurecht. Sie sah ihm direkt ins Gesicht und beobachtete ihn sehr genau, als sie ihn fragte:

»Würdest du mir das Mädchen verkaufen?«

Theodotos zuckte leicht zusammen, obwohl er diese Frage schon längst erwartet hatte.

»Willst du sie Larichos schenken wie einem kleinen Kind ein Spielzeug, nach dem es schreit?« fragte er unwirsch zurück.

Sappho war gekränkt und fühlte sich getroffen. Sollte sie versuchen, ihm Erklärungen abzugeben, ihm die Dummheit vorhalten, mit der er Unvergleichbares verglich?

Doch sie sagte nichts. Wortlos machten sie sich an den Abstieg.

Rhodope sollte am Abend beide bedienen, so hatte es Theodotos befohlen. Wie gewöhnlich war sie beim kleinen Trankopfer behilflich, trug die Schüsseln und Kelche, reichte den Brotkorb und die Krüge. Ständig warf sie verstohlene Blicke auf die Besucherin, die es sich auf der Liege bequem gemacht hatte, als sei sie zu Hause, die den ersten Becher Wein in einem Zug ausgetrunken hatte, wie es sogar die schlimmsten Hetären nicht tun würden, die sie so seltsam anschaute, als sei sie eine der schwer entzifferbaren Inschriften, wie diese, die auf der Agora aufgestellt waren, und so tat, als sei sie die beste Freundin des Meisters. Sie hatte das unüberwindliche Gefühl, sich rächen zu müssen, auch wenn ihr ganz und gar nicht klar war, wofür eigentlich.

So begann eine Reihe kleiner, absichtlich hervorgerufener Pannen, die die Spannung, die im Raum lag, seit sie ihn betreten hatten, bis zum Unerträglichen steigerten.

Zuerst trat sie Sappho auf den Kleidersaum. Diese tat, als habe sie nichts bemerkt. Dann verlosch zischend die Öllampe auf dem Tisch, weil zufällig Wasser hineingeraten war; in der Dunkelheit ergoß sich der Wein auf den Rock der Poetin, und als die Lampe endlich wieder angezündet wurde, stank sie unangenehm nach altem, ranzigem Öl. Rhodope war immer noch nicht zufrieden. Ein Teufelchen saß ihr im Bauch, das nicht genug bekommen konnte.

Theodotos war mehrmals einem Ausbruch nahe, während die Besucherin gleichmütig die Weintropfen vom Kleid schüttelte, die bleibenden roten Flecken und Streifen nicht beachtete und alles mit einem »So haben wir den Göttern also noch ein Trankopfer gebracht, sie werden uns also doppelt gnädig sein«, abtat.

»Warum ist Hespasia heute nicht gekommen? Sie ist doch nicht etwa krank?« fragte Rhodope nun herausfordernd, beide Hände an ihren Gürtel gestemmt.

Theodotos lief rot an. Was war heute nur in Rhodope gefahren?

»Werde ich noch gebraucht?« fragte sie dann in demselben aufmüpfigen Ton.

»Raus!« war die Antwort.

Das Gebrüll ernüchterte sie. Sie eilte, um sich zurückzuziehen, als sie die Stimme der Besucherin hörte:

»Bleib hier Rhodope und leiste uns noch etwas Gesellschaft!«

Sappho reichte ihr ihre Schale.

»Trink auch du etwas von diesem köstlichen Wein mit uns!«

Theodotus hatte sich wieder unwillig aufgerichtet und den Mund zum lautesten Protest geöffnet, doch Sappho war schneller.

»Nicht wahr, auch du hast nichts dagegen, lieber Freund. Das grausame Schicksal hat sie zu einer Sklavin gemacht. Du weißt so gut wie ich, daß sie noch vor weniger als einem Jahr ein freies Mädchen war.«

Rhodope zögerte und sah ihren Herrn an. Doch dieser hatte sich kraftlos und unfähig, sich gegen diese heimtückisch sanfte Stimme zu wehren, wieder zurückgelehnt und nur schwach genickt.

Sappho besaß viele Erfahrungen mit jungen Mädchen. Schon seit Jahren hatte sie begonnen, die alte Lehrerin abzulösen. Die Töchter der guten Häuser wurden, wenn sie etwa zwölf Jahre alt waren, zu ihr geschickt. Denn sie hatte die Aufgabe, die jungen Mädchen auf ihr späteres Leben in der Ehe vorzubereiten. Es muß aber gesagt sein, daß sich Sappho nicht so streng an die Erziehungsregeln hielt, wie es ihre Vorgängerin getan hatte. Denn sie meinte, diese kurze Zeit zwischen Kindheit und Ehe sei die schönste im Leben. Nie wieder würden die Mädchen so viel Zeit und Muße haben, sich mit Gesang und Versen zu beschäftigen und nie wieder so viel lernen. Und was gibt es Schöneres im Leben, als so viel wie möglich von allem zu verstehen! Aber auch so viel Schönheit wie in diesen von ihren wetteifernden Freundinnen umgebenen Jahren würden sie nicht mehr erleben, eine Schönheit, die von dem Traum begleitet wurde, daß eines Tages der junge, schlanke, strahlend schöne Held erschien, der Dämonen und Ungeheuer besiegt hatte und bis ans Ende der Welt gefahren war, einzig und allein, um sie zu freien.

Doch Rhodope, die steif auf der Kante ihrer Liege saß, ungeschickt die Schale von einer Hand in die andere schob, blieb widerspenstig und störrisch, keine Scherze, keine leichten Püffe mit dem Ellenbogen vermochten sie aufzutauen. Die Gespräche glichen einem Rad, das mal in zähem Schlamm versank, mal über Steine, Löcher und Wurzeln polterte, bis es scheppernd und krachend barst und zerbrach.

Sappho gab auf. Sie befürchtete, Theodotos' Gastfreundschaft zu mißbrauchen, der, um im seelischen Gleichgewicht zu bleiben, einen Becher nach dem anderen leerte.

In das einsetzende lange Schweigen hinein sagte sie:

»Es ist spät. Morgen müssen wir sicher alle früh aufstehen.«

Theodotos gähnte zustimmend, obwohl ihm in seinem jetzigen ungefähren Gleichgewicht des Körpers und der Seele bereits alles egal war.

Noch ein Versuch! Während Sappho aufstand, fragte sie Rhodope, die schon dabei war, den Tisch abzudecken:

»Hilfst du mir bitte in meiner Kammer beim Auskleiden?«

Rhodope, die Hände voller Krüge und Schalen, sah fragend Theodotos an. Dieser machte eine vage, aber einwilligende Geste mit der Hand, brachte gerade noch ein »Tu das!« heraus, bis er von einem Schluckauf überrascht wurde, worüber er sich sehr schämte.

Sappho wünschte ihm eine gute Nacht und stieg die kleine Holztreppe zum Gästezimmer hoch. Rhodope folgte ihr unwillig mit dem Öllämpchen nach, das immer noch einen unangenehmen ranzigen Geruch ausströmte. Doch wenn sich Sappho etwas in den Kopf gesetzt hatte, mußte sie es tun. Das war ein ganz typischer Zug ihrer Familie. Sie würde nicht schlafen können, ohne diese nordgriechische Sklavin – sicherlich war auch nicht wenig thrakisches Blut in ihr – kennengelernt zu haben. Was war das für ein Zauber, dem Larichos und vielleicht auch Theodotos erlegen waren, dem sie in keiner Weise auf die Spur kommen konnte, sie, die doch sonst alles so leicht und tief erkannte? Vielleicht gelang es ihr, wenn sie allein mit ihr war. Männer, das wußte sie allzu gut, wirkten höchst störend bei Frauengesprächen.

»Gefällt es dir hier in Korinth?«
»Ja.«
»Hast du kein Heimweh?«
»Nein.«
»Hattest du denn keine Familie? Eltern, Geschwister?«
»Doch.«
»Und Freundinnen?«
»Ja.«
»Und es tut dir nicht leid um sie?«
»Nein.«

Sappho war völlig ratlos. Gab es denn nichts, überhaupt nichts in ihr? War alles nur schöne Schale?

Sie versuchte es mit schwerem Geschütz.

»Rhodope, ich muß dir etwas ganz Wichtiges sagen. Bitte hör mir genau zu, denn es kann dein Schicksal verändern.«

»Ich will nicht, daß sich mein Schicksal verändert.«

»Trotzdem hör mir zu: Ich kenne einen Mann, der dich mehr liebt als alles in der Welt und der dich sucht. Er würde alles tun, um dich zu finden und loszukaufen.«

Endlich eine schwache Reaktion: Rhodope hörte tatsächlich zu, die Falten und Trotzwinkel verschwanden.

»Ich könnte ihm sagen, daß du hier bist.«

Nun wäre es an Rhodope gewesen zu fragen, wer dieser Mann war, woher er sie kenne und weiteres mehr. Doch Rhodope schwieg; schwieg, aber wenigstens nachdenklich.

Im Innern Sapphos zappelte alles vor Ungeduld, während Rhodope weiterhin nur dastand, schön war und nichts sagte.

»Willst du denn nicht wissen, wer er ist?« platzte sie schließlich heraus.
»Nein.«

Rhodope ging zur Tür, drehte sich noch mal um und fragte:
»Werde ich noch gebraucht?«

Du bist zu nichts zu gebrauchen, dachte Sappho wütend. Doch sie antworte nur im gleichen unhöflich-gelangweilten Tonfall wie Rhodope:
»Nein.«

Am nächsten Morgen hörte Sappho schon früh aus der Werkstatt die Hammerschläge des Theodotos und des Charidamos. Schon lange hatte sie sich darauf gefreut, diese Werkstatt in Augenschein zu nehmen, denn sie schätzte Theodotos' Kunst so hoch wie er ihre.

An diesem Morgen machte sie sich ganz besonders sorgfältig zurecht. Gestern war sie mit einem einfachen Reisehemd, dem langen Chiton und einem rein weißen Peplos, dem Übergewand, bekleidet gewesen, das sie an der linken Schulter mit einer schlichten Bronzefibel zusammengehalten hatte. Es war nicht ratsam, auf Reisen kostbare Gewänder zu tragen. Nicht so sehr, weil man sie dabei beschädigen und abnutzen würde – es war einfach zu gefährlich, aller Welt zu zeigen: Ich bin reich und trage Wertsachen mit mir.

Zudem wies der Peplos bereits etliche kleine dunkle Punkte und Linien auf, und auch der Chiton war vom gestrigen Weinbad mehr befleckt, als sie gedacht hatte. Ich werde ihn einer meiner Dienerinnen geben. Wenn sie ihn färbt, kann er noch getragen werden, dachte sie.

Doch dann griff sie zu einem blütenweißen, feinen Chiton und ihrem Lieblingspeplos aus bestem Leinen und feinen bunten lydischen Stickereien an den Säumen. Sorgfältig, genau auf den Fall der Stoffalten bedacht, legte sie ihn um und befestigte ihn mit einer feinen Silbernadel in Form einer Zikade, Zeichen ihres Ranges.

Wenn sie sich im Spiegel betrachtete, war sie jedesmal enttäuscht, weil sie immer ein etwas schöneres Gesicht erwartete. Sie frischte das Bild mit leichter Schminke etwas auf, wenn auch nicht bis zur restlosen Zufriedenheit. Der Kampf mit dem widerspenstigen Haar bildete schließlich den Schluß der Bemühungen um die eigene Schönheit. Mit Leinenbändern umwand sie mehrere dickere Strähnen und band sie im Nacken zusammen. Ganz zum Schluß tropfte sie aus einem winzigen Miniaturkrug aus hellem Alabaster noch ein wenig duftendes Öl auf Hals und Arme. Jetzt konnte sie sich der Welt zeigen, selbst der korinthischen Welt!

Das Hämmern wies ihr den Weg in die Werkstatt. Theodotos war allein, er hatte Rhodope und Charidamos Aufträge gegeben, um Sappho in Ruhe alles zeigen und mit ihr besprechen zu können, denn sie war wohl die einzige, die seine Vorstellungen und Ziele verstehen konnte.

Sappho begutachtete lange und aufmerksam Stück für Stück, stellte Fragen, kommentierte, gelegentlich auch mit kritischen Anmerkungen, doch alles in einem warmen, scherzhaften Ton, der nicht verletzte.

Theodotos hörte ungeduldig zu, schließlich zog er sie hinter einen Marmorblock und enthüllte Rhodopes Büste neben dem Fenster.

»Ich möchte deine Meinung dazu hören!«

Sappho stand mit offenem Mund vor dem Kunstwerk.

»So etwas habe ich mir immer gewünscht«, sagte sie schließlich.
»Was meinst du damit?«
»Wie soll ich es dir erklären, da du es schon geschaffen hast? Das ist ein lebendiger Mensch.«
»Ja,« sagte Theodotos stolz und unendlich erleichtert, daß auch ein anderer sein Ziel verstanden hatte.
Dann aber fügte er bescheiden hinzu:
»Du weißt, es ist nicht das erste Mal, daß wirkliche Menschen abgebildet werden. Du kennst doch auch die assyrischen Königsbilder aus Ninive, die ebenfalls exakt die wirklichen Züge des Königs wiedergeben.«
»Ja, natürlich kenne ich sie, und ich habe sie immer mit ihrer lebendigen Kraft und starken Bewegung bewundert. Doch dies hier ist etwas ganz anderes. Wie soll ich es sagen? Es ist griechisch.«
Rhodope betrat unbemerkt den Raum, setzte sich still auf den Schemel und beobachtete die beiden aufmerksam.
»Dieser Gedanke ist mir noch nicht gekommen. Ich dachte einfach, das sei meine eigene Erfindung«, sagte Theodotos.
»Deine Erfindung, ohne Zweifel. Doch vergiß nicht: Eingegeben von den Musen oder sogar von Apollon selbst. Solch eine Kunst konnte nur hier entstehen. Nicht in Assyrien, nicht in Lydien oder gar in Ägypten. Es ist der Geist des griechischen Apollons, der sich bei dir zum ersten Mal zeigt und der sich weiterhin mit der ganzen Kraft des Gottes und der Kunst der Griechen verbreiten wird.«
Wie eine kleine Prophetin stand sie in der staubigen, vollgestopften Ecke der Werkstatt, wie eine kleine Prophetin mit sprühenden Augen. Theodotos konnte sich ihrer Überzeugungskraft nicht entziehen. Er legte seine Hände auf ihre Schultern, zog sie begeistert an sich und küßte ihre Stirn, die ihm gerade bis zur Brust reichte.
»Das habe ich gefühlt, doch du hast es in Worten gesagt! So, genau so ist es und wird es sein!«
Er trat leicht zurück und betrachtete noch einmal die Büste mit verklärten Augen.
»Ich werde Anweisungen geben, daß morgen ein großes Opfer für Apollon vorbereitet wird. Wir werden gemeinsam beten, daß unsere Wünsche in Erfüllung gehen.«
Es entging ihm, daß Sappho nachdenklich geworden war. Die Begeisterung war abrupt gegangen, und die Landung auf der Erde war hart. Schön war es hier gewesen, doch sie hatte für sich und Larichos nichts erreichen können.
»Morgen werde ich nicht mehr hier sein«.
Rhodope seufzte in ihrer heimlichen Ecke erleichtert auf.

»Heute Nachmittag treffe ich am Hafen einen Mann, der nach Kyrene fährt und einen Brief an Larichos mitnehmen soll. Doch ich weiß nicht, was ich ihm schreiben soll. Bitte entschuldige, doch ich liebe meinen Bruder und will nicht, daß er sein Leben vergeudet. Ich gehe nun, der Brief muß fertig werden. Und dann werde ich mich von dir verabschieden.«
Als sie zur Tür eilte, sah sie Rhodope auf ihrem Schemel sitzen.
»Willst du immer noch nicht wissen, wer dieser Mann ist, von dem ich dir gestern erzählt habe?« fragte sie leise.
»Doch. Ist er reich?« fragte das wunderschöne Mädchen zurück.
Sappho hastete zur Tür hinaus. Jetzt wußte sie, was sie Larichos schreiben mußte.
Theodotos brachte sie zum Hafen. Er bedauerte, daß das Treffen so kurz gewesen war. Sappho hatte ihm für die übergroßen Möglichkeiten seiner Kunst die Augen geöffnet, und dafür war er ihr unendlich dankbar. Außerdem rührte es ihn, wie sehr sie sich um Larichos sorgte.
»Willst du mir immer noch Rhodope abkaufen?« fragte er. »Ich bin bereit, sie dir zu geben. Auch wenn sie so schön ist und ihre Schönheit mir den Weg in meiner Kunst gezeigt hat.«
»Ja, sie ist wirklich sehr schön«, bestätigte Sappho.
»Alles an ihr ist zierlich und fein: ihre Hände, ihr ganzer Körper, ihre Gesichtszüge …«
Sie stockte.
»Aber weißt du, mir scheint, all diese Zierlichkeit und Feinheit besitzt scharfe Spitzen. Nicht Dornen, Spitzen.«
Theodotos sah sie verständnislos an; ihre Worte verhakten sich in seinen Gedanken.
»Sie ist jetzt schon eine geraume Weile in meinem Haus. Ich habe den Eindruck, daß sie ehrlich und offen, lernbegierig und aufnahmefähig ist.«
»Hier geht es um etwas anderes! Larichos liebt sie und will sie zur Frau. Nein, hier kann und will ich nicht mehr helfen. Möge sich Aphrodite seiner erbarmen. Besser ein paar Jahre allein in Leid in Kyrene, als ein ganzes Leben mit solch einem Geschöpf.«
»Du hast völlig Recht. Larichos ist ein ausgezeichneter kluger und gebildeter Jüngling. Er hat eine andere Frau verdient. Und seine Kinder eine andere Mutter.«
Damit war für ihn das Thema erledigt, das ihm ohnehin nicht allzu interessant war. Frauen waren schließlich nur zum Vergnügen da, auch wenn dieses Vergnügen göttlich sein konnte, und zum Gebären. Nur ganz wenige auf der Welt, einzelne Ausnahmen, solche wie Sappho, konnten sich in die geistige Welt der Männer erheben. Doch auch diese blieben oft unverständlich und in gewisser Weise unverständig.

Inzwischen hatte sich Sapphos bescheidenes Begleitpersonal vor dem ankernden Schiff am Kai eingefunden. Sapphos Vater war seit Larichos' Flucht schwer erkrankt, und sie fürchtete, er könne in ihrer Abwesenheit sterben.

»Bete zu Apollon, daß er dir weiter Kraft zu dem Neuen gibt! Arbeite weiter, unterweise Charidamos und noch viele andere Jungen! Was du erfindest und gestaltest, muß weitergegeben werden! Vielleicht klingt es hochtrabend, aber ich bin sicher, daß ich in deinem Werk das Griechenland kommender Generationen sehe«, beschwor sie Theodotos zum Abschied.

»Ja, ich werde aus Stein das schaffen, was du schon lange in Verse verwoben hast.«

Sie umarmten sich kurz, wünschten aufrichtig, sich bald wiedersehen zu können, und bald verschwanden Akrokorinth und die weite fruchtbare Ebene am Horizont.

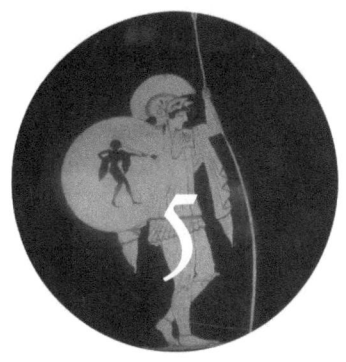

Ares und Aphrodite

»Aphrodite war, wie du sicher weißt, die Gemahlin des Hephaistos. Es ist tatsächlich erstaunlich, wie viele wunderschöne Frauen abstoßend häßliche Männer heiraten, und das aus eigenen Stücken!«

Theodotos zählte in Gedanken die ihm bekannten Beispiele für seine Behauptung auf und fuhr dann, kopfschüttelnd ob der vielen ihm persönlich bekannten Fälle fort:

»Dieser Hephaistos also war bucklig, mit schwarzen Warzen im Gesicht und mit kurzen hinkenden und watschelnden krummen Beinchen. Wenn er lachen wollte, brachte er nur ein häßliches kurzatmiges Meckern hervor, und sein schlabbriger Mund verzog sich dabei von einem Ohr zum anderen.«

»Ich bekomme eine Gänsehaut, wenn du mir solche Dinge erzählst«, protestierte Rhodope und schüttelte sich lachend vor Abscheu.

Theodotos formte mit einem feinen Meißel die wilde Mähne eines Löwen und erzählte ungerührt weiter.

»Kein Wunder, daß Aphrodite ihm aus dem Weg ging und sich lieber anderen zuwandte. Und welcher Mann aus ihrer Umgebung war kräftiger, männlicher und hatte einen durchtrainierteren Leib als Ares? Sie trafen sich regelmäßig und erfreuten sich an ihren schönen Körpern. Sie waren dabei wohl ziemlich dreist, und schließlich kam auch Hephaistos dieses ungebührliche Verhältnis zu Ohren. Nun war er aber so klug und geschickt, wie er häßlich war. Er war der erste Künstler, der wunderschön geschmückte Metallarbeiten, bequeme und einladende Möbel, ja riesige Häuser für die Götter herstellen konnte. Daher überhäuften ihn alle so sehr mit Bestellungen, daß er ihnen kaum nachkommen konnte. Täglich erfand er neue und bessere Arbeitsmethoden, neue und vollkommenere

Ornamente, Darstellungen und Kompositionen. Auch treffliche Werkzeuge für die schwierigsten Arbeiten erdachte er sich. Hephaistos also hatte von ihrem Techtelmechtel gehört und wollte diesen beiden nun ein Schnippchen schlagen. Um das Liebeslager spannte er ein riesiges Netz, dessen Fäden unsichtbar waren. Geduldig wartete er auf den geeigneten Augenblick. Es dauerte nicht lange. Nach kurzer Zeit kamen die beiden in göttlicher Nacktheit und umschlangen sich. Da senkte Hephaistos aus seinem Versteck das an einer Schlinge hängende unsichtbare Geflecht wie ein Fischnetz auf die beiden Liebenden herab, diese zappelten nicht wenig, um sich zu befreien. Doch dabei verhedderten sie sich immer mehr.

Inzwischen war Hephaistos, der trotz seines kurzen Hinkefußes unglaublich schnell sein konnte, auf den Olymp gehoppelt und hatte seine hohen Verwandten zu einem göttlichen Schauspiel eingeladen. Und da sich gerade alle etwas langweilten – es gab auf Erden keine Kriege, keine heimkehrenden Helden, die man ärgern oder ausgesuchte Sterbliche, die man lieben konnte –, nahmen sie neugierig seine Einladung an. Als sie dann Aphrodite und Ares wie nackte glitschige Fische ohne Schuppen und Hüllen sich im Netz von Hephaistos winden sahen, lachten sie so laut, daß Himmel, Erde und Wasser erbebten und die Menschen unten mit ihren Kindern und eilig mitgenommenem Hausrat voller Furcht in die Wälder flohen.

Lange lachten sie so und amüsierten sich göttlich. Bis schließlich Hephaistos meinte, es sei genug, das Netz lüftete und Ares und Aphrodite beschämt und gedemütigt jeder in eine andere Richtung davonliefen.

Rhodope kicherte vergnügt. Es war ein herrlicher Tag gewesen, einer jener Tage, an denen sie sich ganz besonders wohl fühlte. Theodotos hatte sie in die Stadt mitgenommen, um einige wichtige Einkäufe zu erledigen: neue Farben und bunte bestellte Pinsel; außerdem wollte er sich neue Meißel und Hämmer ansehen, die erst vor kurzem aus dem Norden Lydiens eingeführt worden waren, dort, wo früher die Meister der Metallarbeit, die Urartäer, ihr großes und, wie man sagte, finsteres Reich besessen hatten.

Rhodope durfte wieder ihr schönes langes Kleid und die feinen Sandalen anlegen, und Theodotos versprach ihr, eine modische Fibel dazu zu kaufen. Nachdem er alle Geschäfte zu seiner größten Zufriedenheit abgeschlossen hatte, führte er sie auf ihre Bitte zum Tempel der Aphrodite. Rhodope hatte schon in vielen Andeutungen davon gehört, doch Eurypyle wurde immer schnell wortkarg, wenn sie mehr darüber erzählen sollte.

Da standen sie dann an dem niedrigen Gemäuer, das den weiten Bereich des Heiligtums abgrenzte. Rhodope sah einen nicht zu großen Bau aus reinstem Marmor, dessen Säulen sich schlank in die Lüfte erhoben, fast zu leicht, um den schweren Giebel und den ganzen Relief verzierten Dachbau tragen zu können. An beiden Seiten des Weges, der vom Mauerpförtchen zum Eingang des Tempels führte, stand eine Reihe leicht bekleideter junger Mädchen Spalier. Manche wiegten sich im Tanzschritt hin und her und riefen den männlichen Besuchern irgend etwas zu. Einige der Männer traten zu ihnen, als hätten sie etwas miteinander zu verhandeln.

Doch dann weckte etwas anderes Rhodopes Interesse: Seitlich des Gebäudes lag ein kleiner See, um den sich eine große Menschenmenge versammelt hatte. Viele Leute warfen irgendwelche Gegenstände hinein und starrten gebannt hinterher. Dabei murmelten sie angestrengt irgendwelche Gebete; manche waren bis zu Tränen erregt.

Rhodope zog Theodotos ungeduldig zum Teich. Als sie näher gekommen waren, bemerkte sie, daß es kleine, leichte Tonschalen waren, die man hineinwarf. Einige von ihnen schwammen wie kleine Boote herum und schaukelten lustig hin und her. Andere aber, in die zu viel Wasser gelaufen war, sanken langsam und drehten sich mehrmals um sich selbst, um schließlich auf dem niedrigen Grund liegenzubleiben.

»Dies ist das berühmte Orakel der Aphrodite«, erklärte Theodotos. »Wenn die Schale oben bleibt, bedeutet es, daß die Göttin das Gebet erhört hat. Sinkt sie, so war alles vergebens.«

Er sah Rhodope von der Seite an.

»Möchtest du auch ein Schälchen hineinwerfen?«

»Nein, ich wüßte nicht, worum ich die Göttin noch bitten sollte, außer daß ich immer so leben möge wie jetzt.«

Theodotos lachte und fühlte sich, wieder einmal, sehr geschmeichelt.

»Und was ist mit den Mädchen, zu denen die Männer kommen und sie ansprechen?« fragte Rhodope.

»Das sind Tempeldirnen, Mädchen, die sich vor ihrer Heirat als heilige Huren den Männern hingeben müssen, die zufällig vorbeikommen. Ihren Gewinn weihen sie der Göttin.«

Rhodope war sehr erstaunt.

»So etwas habe ich noch nie gesehen oder gehört. Gibt es das nur bei euch in Korinth?«

»Nein, dieser Brauch kommt aus dem Osten. An den großen Tempeln der Herrin Aphrodite, die man dort Aschtarte oder Ischtar nennt, auch auf Zypern und anderen Orten, gibt es diese Ehrung für die Gottheit, die viele Namen hat, doch überall dieselbe ist. Gefällt dir dieser Brauch?«

»Er ist seltsam«, gab Rhodope etwas nachdenklich zurück, »doch er paßt zu der Göttin.«

Als sie wieder in die Einkaufsstraßen hinunterstiegen, wo die Juweliere Stand an Stand ihre glänzenden und glitzernden Waren lauthals feilboten, erstand Theodotos nach langem Suchen die schönste Fibel, die er finden konnte, und steckte sie an den Peplos auf Rhodopes linker Schulter.

Heimgekehrt stieg sie mit einem Lämpchen in ihr Zimmer, denn seit Theodotos hin und wieder bei ihr ruhte, hatte sie ihren eigenen Raum und brauchte nicht mehr mit dem Gesinde zu schlafen.

Während sie sich auszog, kicherte sie immer noch über die Geschichte von Ares und Aphrodite. Dann zog sie ihre Decke bis zum Kinn und sank sofort in tiefen Schlaf.

»Feuer! Feuer!« hörte sie mitten in der Nacht.

Aufgeschreckt aus ihrem tiefen, ruhigen Schlaf wußte sie nicht sofort, ob es Traum oder Wirklichkeit war. Doch während sie zu sich kam, bemerkte sie den beißenden Geruch von Qualm und hörte aufgeregte, sich überschneidende Rufe und das noch ferne Prasseln eines großen Brandes. Im Nu hatte sie ihr Hemd angezogen und lief zur Treppe. Ein Schrei saß schon in ihrer Kehle. Da sah sie unten im kleinen, schwankenden Licht eines Öllämpchens fremde, bewaffnete Soldaten, die alles im Raum umstießen und fieberhaft nach Wertstücken suchten. Schnell trat sie zurück. Einer der fremden Männer schrie plötzlich:

»Raus hier, da drüben beginnt es zu brennen!«

Sie hörte das Klirren von anstoßenden Waffen und Schilden, das Trappeln eilender Sandalen, und dann war nur noch das sich nähernde Zischen und Sausen des Feuers da. Dichter Rauch kroch in dunkelgrauen, sich eilig vorwälzenden Schwaden die Treppe zu ihr empor.

Ohne viel nachzudenken stürzte sie sich in den Qualm, der ihr in Augen und Lungen stach. Der untere Raum stand nun in lodernden Flammen, die alles sichtbar machten: Da lag Theodotos, erschlagen an dem kleinen, tragbaren Altar und versperrte ihr den Weg zur Ausgangstür. Ein Schwert hatte seinen Kopf gespalten. Rhodope faßte sich vor Entsetzen an den Hals, zwang sich, ihn nicht anzusehen und sprang durch die Flammen hindurch über seinen leblosen Körper in den Innenhof. Ihr Chiton hatte am Saum Feuer gefangen, doch sie konnte es schnell löschen. Sie stolperte über etwas und wäre fast gefallen. Es war die tote Eurypyle, und dann entdeckte sie die anderen Bewohner des Hauses unnatürlich verkrümmt in dunklen Blutlachen. Von der Straße her hörte sie überall klirrende Waffen. Sie schmiegte sich an die Hausmauer, vergrub ihr Gesicht in ihren Händen, tastete sich in die äußerste Ecke und sackte dann zusammen.

Erst als lange schon alles um sie herum still geworden und selbst das Feuer niedergebrannt war, hob sie ihr rauchgeschwärztes Gesicht. Es begann bereits zu dämmern, und ein todblasser gelber Streifen teilte die Dunkelheit. Vorsichtig schlich sie sich zu einer der weit geöffneten, brandgeschwärzten Türen und rannte, ohne sich umzublicken, durch den Vorraum des Hauses auf die Straße. Auch hier war das Bild fürchterlich: überall Spuren erbitterter Kämpfe, Leichen, verstreutes Gut, schwelende Häuser.

Fliehen, irgendwohin fliehen, weg von Blut und Entsetzen!

Wenn man fliehen muß, wählt man zunächst immer die Berge. Sie sind die ewige Zuflucht aller Verfolgten, aller Verzweifelten, aller Gejagten. Sie bieten Schutz, Versteck und klägliche Nahrung. Sie wehren mit ihren unwegsamen Pfaden, ihrem Dorngestrüpp und wilden Tieren alle Verfolger ab. Man kann sich gut in ihnen verbergen, doch noch besser kann man sie überqueren und von niemandem bemerkt Grenzen überschreiten, das Elend der Vergangenheit hinter sich lassen, um einen neuen Ort, den Ort des Neuanfangs zu finden.

Rhodope hastete auf dem zunächst breiten Weg in das naheliegende Hügelland hinauf, der bald in einen Schlängelpfad in das höher gelegene steinige Gebirge überging. Mal rannte sie, mal mußte sie ihre Schritte verlangsamen, Luft schöpfen und die schmerzhaften Seitenstiche verklingen lassen. Erst als die Mittagssonne erbarmungslos auf das tote Dorngestrüpp und die nackten, staubbedeckten Steine brannte, so daß sich sogar die Schlangen unter dicken Felsbrocken lebensspendenden Schatten suchten, ließ sie sich unter einem wilden Ölbaum nieder. Die Zunge klebte schwer am Gaumen, ihr Kleid war zerrissen und schweißdurchtränkt, ihre Füße wund und geschwollen.

Gegen Abend machte sie sich wieder auf, getrieben von unerträglichem Durst. Sie dachte an nichts, plante nichts, erinnerte sich an nichts. Sie folgte einem von Tieren ausgetretenen Pfad, der einen steilen Hang hinunterführte und fand tatsächlich eine Quelle. Dort verbrachte sie die Nacht. Am nächsten Morgen zog sie weiter. Wohin, wußte sie nicht. Sie folgte einfach dem Lauf der Quelle, die bald in einen Bach mündete, dem sie bis zu einer kleinen sprudelnden Quelle folgte, hinter der riesige kahle Berge den Weg versperrten.

Sie wußte nicht, wie viele Tage bereits verstrichen waren. Zurück wollte sie auf keinen Fall. Sie beschloß, die Berge irgendwie zu überqueren, denn dahinter – das waren ihre ersten klaren Gedanken nach der fürchterlichen Nacht –, würde sie neue Quellen und Wege finden.

Sie war jung und stark und schaffte es. Doch dann, während sie die Hänge der Berge auf der anderen Seite, wiederum an einem Rinnsal entlang, hinunterkletterte, stellte sie zu ihrem Erschrecken fest, daß ihre Kräfte sie verließen. Seit Tagen hatte sie nichts mehr gegessen und sich keine Ruhe gegönnt. Als sie schließlich weit vor sich eine große Ebene ausgebreitet sah, die ganz hinten an ein Meer stieß, das in der blendenden silbrig-weißen Sonne nahtlos in einen blaßblauen Himmel überging, brach sie an einem Rinnsal zusammen.

Doch ihr Schicksal war noch nicht erfüllt. Die Götter hatten noch anderes mit ihr vor. Und so ließen sie auf dem nahen Wege Promenides entlangwandern und seinen Durst so groß werden, daß er vom Wege abzweigen und zum Rinnsal gehen mußte, um ihn zu löschen. Am Abend zuvor hatte er mit seinem Freund und Kollegen Deilochos in Mykenai etliche Becher Wein geleert. Zu viele wichtige Fragen hatten beide zu erörtern gehabt, und zu viele Streitgespräche mit anschließenden Versöhnungen hatte es gegeben, alles Dinge, zu denen man den Wein als Quelle und Garantie der lauteren Wahrheit benötigte. Und da jede Wahrheit schmerzt, schmerzte auch Promenides' Kopf ganz fürchterlich.

Als er das Mädchen dort liegen sah, bekam er einen gewaltigen Schreck, denn er dachte, sie sei tot. Mit dem Tod durfte er nicht in Berührung kommen, er mußte alle Toten meiden, um nicht entweiht zu werden, denn er war ein Wahrsager, der den Willen der Götter verkündete und um die Zukunft wußte und dank seines heiligen Wissens Geister und Dämonen zu besiegen verstand.

Plötzlich meinte er eine Bewegung des Mädchens bemerkt zu haben. Er trat näher und betrachtete sie aufmerksam. Nein, dieses rosige Gesicht, so eingefallen und ausgemergelt es auch aussah, konnte nicht einer Toten gehören! Er bückte sich zum Wasser, trank zunächst selbst in langen, gierigen Zügen, nahm dann etwas Naß in seine Handflächen und sprengte es auf ihr Gesicht. Er hatte sich nicht geirrt: Sehr schnell kam Leben in das Mädchen; sie schlug ihre Augen auf und versuchte, sich aufzurichten, sank aber entkräftet in das Laub zurück.

»Wer bist du?« fragte Promenides, erstaunt über ihre schreckenerregende Magerkeit, über ihr zerfetztes Hemd, aber auch über die Schönheit ihrer Augen, des rotblonden Haares und der feinen Formen des Gesichts.

Promenides kniete sich neben sie hin, öffnete sein Bündel, nahm Brot, Käse und Feigen heraus und reichte es ihr. Nachdem er ihr ein paar Schlucke Wein aus seinem Schlauch gegeben hatte, konnte sie sich schon gegen eine Zypresse lehnen und seine Fragen beantworten.

Sie hatte Vertrauen gefaßt und war überzeugt, den Ort ihres Neubeginns erreicht zu haben – diesen alten Mann hatten ihr die Götter geschickt!

»Und wohin willst du jetzt gehen?« fragte Promenides nachdenklich, nachdem er ihre ganze Leidensgeschichte gehört hatte.

Rhodope sah ihn mit durchdringendem Blick an.

»Ich werde mit dir gehen«, sagte sie nach langem Schweigen.

Promenides wunderte sich über ihre Antwort. Da sein Kopf zum Nachdenken aber noch zu schwer war, glaubte auch er, sie sei von den Göttern gesandt und beschloß, sie mitzunehmen.

»Ich bin auf dem Weg zu meinem Dorf in der Nähe von Isthmia«, sagte er. »Von dort aus muß ich zur Insel Lemnos fahren, wo ich einen wichtigen Auftrag auszuführen habe.«

»Machst du dann auch auf Lesbos Halt?«

Ihr waren Sappho und ihre seltsamen Andeutungen über irgendeinen Mann in den Sinn gekommen, der sie so lieben sollte. Und plötzlich erinnerte sie sich an die Szene am nächtlichen Strand von Mytilene und an den komischen jungen Mann, der versprochen hatte, sie zu befreien. Sie kannte noch nicht einmal seinen Namen. Hatte Sappho ihn etwa gemeint?

»Natürlich werden wir dort vor Anker gehen. Es liegt ja auf dem Wege«, antwortete Promenides.

Endlich hatte Rhodope ein Ziel, auch wenn es ein ganz und gar unklares war.

Später, auf ihren langen Wanderungen, erzählte sie ihrem neuen Gefährten von ihrem verzweifelten Gefühl der Einsamkeit, das sie damals niedergedrückt hatte.

»Man ist nie allein in dieser Welt«, tadelte sie Promenides. »Immer und überall sind die Götter bei uns. Sie beschützen uns vor jedem Übel und begleiten uns auf allen Wegen. Wie kannst du nur daran zweifeln?«

»Und warum haben sie dann nicht Theodotos vor seinem Übel bewahrt?«

Promenides sah sie unzufrieden an und murmelte anstatt einer überzeugenden Antwort ein langes Gebet in seinen langen, schütteren und in Heiligkeit ergrauten Bart hinein. Doch Rhodope nahm sich vor, diesen Spruch nicht zu vergessen: *Man ist nie allein in diesem Leben.* Auch wenn sie ihn nicht verstand, so schien er ihr doch schön und bemerkenswert.

Das Leben mit einem Heiligen ist anstrengend. Trotz seines fortgeschrittenen Alters und seiner dünnen, krummen Beine kletterte er wie eine Bergziege die schmalen Pfade hinauf, ohne viel Rücksicht auf ihren noch geschwächten Körper zu nehmen, ja, er hielt sie beim rüstigen Ausschreiten noch zu endlosen Gebeten und Gesängen zu Ehren der Götter an. Die Verpflegung war karg, nicht nur, weil Promenides nicht zu den reichen, berühmten Wunderpriestern gehörte, die für ihre Dienste an den Höfen der Adligen freigiebig belohnt wurden, sondern auch, weil er sich selbst eine strenge gottesfürchtige Diät verschrieben hatte, die er auch Rhodope aufzwang. Vieles wollte er nicht genießen, weil es der Heiligkeit seines Körpers geschadet hätte: Bohnen und Zwiebeln gehörten dazu, Schweinefleisch und vieles andere mehr. Sogar Milch nahm er nur zu bestimmten Gelegenheiten zu sich, nachdem er nämlich dem Dionysos umständliche Opfer mit seltsamen Formeln und Liedern dargebracht hatte, wie Rhodope sie noch nie gehört und gesehen hatte. Milch, so erklärte er, sei kein Nahrungs-, sondern ein Reinigungsmittel. Milch würde einem – allerdings kombiniert mit vielen anderen Wundermitteln – ein seliges Leben nach dem Tode bringen. Eine seiner geheimen Formeln, die sie bei solchen Opfern aufgefangen hatte, lautete:

»Wie ein Zicklein bin ich in die Milch gefallen.«

Als Rhodope diesen Satz zum ersten Mal hörte, fand sie ihn so komisch, daß sie zu kichern begann. Promenides aber fuhr sie so böse an, daß ihr das Lachen im Halse stecken blieb und sie sich vor ihm fürchtete.

»Was ist das mit dem seligen Leben nach dem Tode?« fragte sie später Promenides, als sie sich an einem abendlichen Feuer gelagert hatten, über dem der Priester auf einem schnell aufgestellten Gerüst aus starken Zweigen einen Kessel mit Suppe aus verschiedenen Knollen und Blättern gehängt hatte.

»Ich habe noch nie davon gehört.«

»Wie solltest du auch? Nur wenige Eingeweihte wissen davon und werden diesen Lebens teilhaftig werden«, erklärte Promenides mit gewichtiger Stimme. »Aber hast du tatsächlich noch nie von den Lehren des Orpheus gehört?«

»Doch, natürlich! Bei uns an den südlichen Hängen des thrakischen Gebirges verehrt man ihn sehr, denn bei den Barbaren ist er ein Gott. Viele Mythen kenne ich über ihn: Wie er mit seinem Zaubergesang alle wilden Tiere des Waldes besänftigt und sie in Frieden miteinander leben läßt; wie er sogar die Herren der Unterwelt mit seinem Gesang rührte, damit sie ihm seine Eurydike wiedergaben, die er dann doch wegen seiner Ungeduld verlor; wie die schrecklichen Mänaden, diese betrunkenen Frauen, ihn bei lebendigem Leibe zerrissen haben, und wie dann sein Kopf über das Meer zur Insel Lesbos schwamm, um dort weiterzusingen.«

Sie schüttelte sich vor Entsetzen und graulte sich vor ihren eigenen Worten.

»Schnickschnack!« Promenides war sehr aufgebracht, »Ammenmärchen, Lügengeschichten! Orpheus war ein großer Wunderprediger, der denen, die hören konnten, die Wahrheit des Lebens und des Todes verkündete.«

Darunter konnte Rhodope sich gar nichts vorstellen. Doch sie schwieg und lauschte dem Lärmen der Zikaden in den Büschen.

»Ja, man kann dem Tode entgehen, wenn man das Wissen und den Glauben hat.« Promenides deutete das Schweigen des Mädchens als demütige Geste vor dem Weisen und wurde redselig.

»Doch um das ewige Leben zu erlangen, muß man schwere Prüfungen bestehen, Qualen und Schmerzen erleiden, um schließlich die Gottheit in ihrem höchsten Glanz sehen und berühren zu können. Das sind die Leiden und Wonnen der Einweihung. Denn nichts Hohes kann man erreichen ohne vorherige Pein.«

Dann wird meine Zukunft vielleicht auch besser werden, da ich ja so vieles durchgemacht hab, dachte sich Rhodope, sagte aber lieber nichts, da sie wohl bemerkt hatte, daß es Promenides um etwas ganz anderes ging. Obwohl sie schon mehrmals dem Tode ganz nahe gewesen war, hatte er sie nicht eigentlich berührt. Er war als eine schreckliche Seite des Lebens gekommen, nicht aber als Tor in die Unterwelt.

Nein, Rhodope dachte nur an das Leben, an ihr Leben, und Promenides philosophierte, dozierte und paraphrasierte eigentlich nur noch für die wüst lärmenden Zikaden in den Büschen.

Ja, anstrengend war das Leben mit dem Wunderprediger, doch dieses Leben stärkte Rhodope an Leib und Seele. Sie war bald nicht mehr so schwach und müde, ihre Gedanken kreisten in Bereichen, von deren Dasein sie früher nichts gewußt hatte. Viele Erzählungen und Lieder hörte und lernte sie von ihrem neuen Lehrer, so verschieden von denen des Künstlers. Doch sie waren viel verständlicher, wenn auch oft viel unerklärbarer.

»Man soll nicht immer alles verstehen, alles wissen wollen«, war ein oft von Promenides wiederholter Satz. Oder: »Frevelhaft ist es, alles erforschen zu wollen.« Oder auch: »Die Götter lieben den einfachen Menschen, der sie in Demut verehrt und hassen die ewigen Besserwisser, die sich den Göttern gleich dünken.«

In seinem Heimatdorf, das eigentlich nur aus einigen armseligen Berghütten bestand, wurde auch sie freundlich aufgenommen und bewirtet. Promenides wollte eigentlich einige Tage dort verbringen, doch bereits am ersten Abend kam ein Bauer mit zerrissenem Mantel und krummem Hirtenstock atemlos zu ihm gelaufen. In seinem Dorf, zwei Bergrücken von hier entfernt, sei eine schlimme Krankheit ausgebrochen. Die meisten Menschen lägen mit hohem Fieber und heftigem Husten, einige seien sogar schon gestorben.

Promenides sprang eilig auf und nahm seine Chlamys. Er würde diese bösen Geister schon vertreiben! Dann überlegte er, was er mitzunehmen hatte, steckte dies und das in ein Bündel und rief dann Rhodope, die sich gerade auf ihr Bett gefreut hatte. Doch sie mußte mitkommen. Promenides erklärte ihr, daß er zur Dämonenaustreibung, besonders von solchen gefährlichen wie diesen, eine reine Jungfrau brauche. Und er wisse ja nicht, ob es noch gesunde Mädchen in diesem Dorf gäbe.

Rhodope wagte nicht zu sagen, daß sie keine Jungfrau mehr war. Sie ging widerspruchslos mit, doch gequält von stechenden Zweifeln, ob ihre rituelle Unreinheit den Kampf mit den unreinen Geistern nicht ungünstig beeinflussen könnte. So viel sie sich auch den Kopf zerbrach, während sie kurz nach Sonnenuntergang eilig über den ersten Bergrücken stiegen, es fiel ihr nichts ein, um sich dieser Verpflichtung entziehen zu können.

Es war wirklich sehr schlimm: Aus jeder schwach von Lämpchen und Altarfeuern beleuchteten Hütte drang Seufzen und Stöhnen. Die meisten hatten sich schon aufgegeben, bis die Kunde kam, Promenides sei nach Hause zurückgekehrt und man würde nach ihm rufen. Nun war ein wenig Hoffnung da, die Fieber und Brustschmerzen aber nicht lindern konnten.

Promenides traf schnell und entschlossen Anweisungen, bei denen Rhodope ihm zur Hand gehen mußte.

Zunächst ließ er ein schwarzes Schaf – kein einziges weißes oder graues Haar durfte es haben – für die finstere Göttin Hekate schlachten, fing das den Altar herabfließende Blut mit einer Schale auf, betrachtete im zuckenden Licht der lodernden Flammen aufmerksam die Eingeweide des toten Tieres, rief mit erhobenen Armen ein kurzes Gebet in den sternenfunkelnden Nachthimmel und legte die Innereien auf das Feuer, wo sie spritzend und zischend verkohlten.

»Es steht schlecht«, erklärte er mit tiefen Sorgenfalten auf der bekränzten Stirn dem Dorfältesten, der sich schwer auf seinen dicken, knotigen Stock stützte.

»Wir müssen jetzt schnell den Unterirdischen opfern. Von ihnen hängt eure Rettung ab.«

Nun zogen Promenides, der Dorfälteste mit fieberglänzenden Augen, die müde und zweifelgeplagte Rhodope und noch zwei weitere Frauen, die sich noch gesund genug fühlten, zum Ufer des nahen Baches. Promenides ließ dort eine kleine Grube ausheben. Nacheinander schlachtete er einen aufgeregt krähenden Hahn, einen ergeben winselnden Hund und ein in Panik quieckendes Schwein über der Grube, ließ ihr Blut hineinfließen und betete jedes Mal mit gesenktem Kopf und vor dem Bauch zusammengelegten Handflächen um Erbarmen, Gnade, Errettung und Annahme der in Demut dargebrachten Opfertiere. Dann ließ er die Grube sorgfältig mit Erde, Zweigen und Laub bedecken und feststampfen.

»Sie haben unser Opfer angenommen«, erklärte der Wunderpriester.

»Sie werden keine neue Krankheit mehr schicken, wenn ihr sie nicht aufs Neue erzürnt. Doch nun müssen wir das Dorf reinigen, damit alle bösen Geister vertrieben, und nimmer wiederkehren werden.«

Unzählig erschienen Rhodope diese Reinigungsrituale, die erst bei Sonnenaufgang abgeschlossen waren. Zuerst mußte sie mit dem Priester in jede einzelne Hütte gehen, wo sie mit matter Freude empfangen wurden. Promenides besprengte jeden Kranken mit dem Wasser aus dem Bach, das er in einem großen Krug vor sich trug. Dabei murmelte er wieder Gebetsformeln, schwenkte Siebe und Getreideworfeln über die Kranken, um alles Böse von ihnen zu nehmen, ließ Pinienzapfen auf den kleinen Hausaltären verbrennen. Von dem beißenden Rauch begannen die meisten krampfhaft zu husten und zu spucken, und Promenides erklärte zufrieden, daß damit nun alle Dämonen aus Brust und Bauch herausgetrieben würden. Dann verspritzte er das Blut des geopferten Schafes, das Rhodope in einer Schale neben ihm hertrug, auf die Hausschwelle, um in der nächsten Hütte das gleiche von neuem zu beginnen. Nachdem sie alle Häuser solcher Art besucht hatten, zogen sie einen weiten Kreis um das Dorf. Promenides sang seine eintönigen Gebete, während seine Begleiter mit schwenkenden Lorbeer- und Pappelzweigen die üblen Geister verscheuchen mußten.

Der erste helle Streifen des Morgens zeigte sich am Osten und wurde zusehends breiter und breiter. Kaum war der Kreis um das Dorf herum abgeschritten, schob sich eine blutrote Sonnenscheibe über den Berg hervor. Sie alle fielen auf die Knie, beteten, sangen oder schrieen mit letzter Kraft zu den himmlischen Gottheiten, die nun ihre ganze lichte Herrschaft auf Erden verkündeten. Schnell ging das Blutrot in ein Golden-Orange über, und dann verschwamm die Scheibe, mehrere Handbreit über dem Bergrücken, in einem riesigen blendenden Lichtozean, dem kein Auge mehr standhalten konnte.

Promenides erhob sich mit einem tiefen Seufzer, half dem Dorfältesten hoch, der durch das lange Knien einen Wadenkrampf bekommen hatte und nun laut ein »Oioioioi!« ausstöhnte.

»Das ist kein böser Geist«, beruhigte ihn der Priester, »das ist nur ein Wadenkrampf!«

Man lud sie ein, den Tag im Dorf zu verbringen, um sich von der schweren Nacht auszuruhen. Doch Promenides lehnte strikt ab. Er habe noch vieles zu Hause zu tun, und wolle die Kranken nun auch nicht beunruhigen: Sie müßten jetzt nach Beendigung dieses von den Dämonen und bösen Geistern geschickten Übels alles tun, um wieder zu Kräften zu kommen.

Als sie also bald dem Dorf den Rücken gekehrt hatten, trugen der Priester und das Mädchen vier prall gefüllte Bündel auf ihren Rücken. Jeder hatte ihnen gegeben, was er hergeben konnte: Fladenbrote, Honigkuchen, getrocknete Fische, zwei Hühner, Eier, Wein und vieles mehr. Rhodope litt immer noch Gewissensqualen wegen ihrer rituell fatalen Unkeuschheit. Sie erfuhr nie, ob die Kranken trotzdem erfolgreich geheilt worden waren.

Wenige Tage später brachen sie wieder auf. Jetzt ging es nach Isthmia, wo sie sich einschiffen würden. Rhodope hatte sich inzwischen vollkommen erholt. Man hatte ihr saubere und frische Kleidung gegeben, so daß nichts mehr an ihre panische Flucht aus Korinth erinnerte. Sie dachte tatsächlich überhaupt nicht mehr daran, noch nicht einmal in ihren Träumen. Wenn sie träumte, und das geschah nicht zu oft, dann sah sie einen wunderschönen jungen Prinzen mit Goldketten und -ringen, der schmachtend seine Arme nach ihr ausstreckte, während sie sich kokett in einem golddurchwirkten Kleid wand und drehte und leichtsinnige Liedchen sang, die sie bei den Gästen des Theodotos gehört und gelernt hatte.

Rhodope hatte gehofft, schnell nach Lesbos fahren zu können. Der Alte wurde ihr langsam zuwider, ihre Dankbarkeit versiegte wie ein schüchternes Rinnsal im von der Augustsonne aufgerissenen Feld. Die langen Reden über Reinheit, Entsagung und Tod langweilten sie, denn sie war mit ihren Gedanken bei ganz anderen Dingen! So war sie heilfroh, als sie nach dem anstrengenden Weg endlich in Isthmia angekommen waren.

Doch anstatt sich sofort zum Hafen aufzumachen, um ein Schiff zu suchen, eröffnete ihr Promenides, daß er ein paar Wochen hier verweilen müsse.

»Warum?« fragte sie entsetzt.

»Seit langem schon bin ich nur in den Bergen herumgewandert. Ich weiß nicht, was in dieser Zeit geschehen ist.«

»Was soll denn geschehen sein? Und warum mußt du das wissen? Genügt dir nicht deine göttliche Weisheit?«

Promenides strich geschmeichelt über seinen schütteren priesterlichen Bart.

»Sieh, ich bin nur ein armer Wanderpriester. Aber die Menschen öffnen mir die Türen nur, wenn ich ihnen zunächst Neuigkeiten bringe. Nur wenn ich über neue Kriege, Aufstände, Morde oder auch Hochzeiten berühmter Leute, über neue wundersame Bücher und Bauten berichten kann, öffnen sie ihre Ohren auch für die Dinge der Götter.« Er seufzte. »So sind eben die Menschen. Daher wollen wir sofort in das große Gasthaus am Hafen gehen, wo sich das meiste Volk trifft und schwätzt. Dort werden wir uns hinsetzen, horchen und beobachten.«

Rhodope war ganz von ihm abhängig und mußte ihm folgen.

Das Gasthaus wimmelte tatsächlich von Menschen. Ihr Hauptthema, das mit wilden Gesten und lauten Stimmen besprochen wurde, war der Krieg, den Korinth gegen seine Nachbarstadt Megara vorbereitete. Schon lange lagen diese beiden Städte auf den Meeren im Streit: Megara verteidigte die nördlichen Küsten, wo sie sogar bei den rohen Skythen und Thrakern im kalten Norden mehrere Städte gegründet hatte. Dafür aber schnitt Korinth ihr alle Wege zum Westen ab. Dort hatte ihre Feindin nur zwei Kolonien, Selinous und Megara Hyblaia, erbauen können. Doch nun hatte Megara den Kampf auch auf das Festland getragen, und Korinth würde sich furchtbar rächen.

Und so erfuhr Rhodope, daß sie in jener entsetzlichen Nacht mit knapper Not einem Überfall der megarischen Soldaten entkommen war.

Zum ersten Mal kamen die schaurigen Bilder wieder: der entstellte Theodotos, das geplünderte Haus, die umgestoßenen Kunstwerke und die beißenden Rauchschwaden, so dicht, daß sie die Flammen unsichtbar gemacht hatten. Sie starrte auf den Boden und es schien ihr, als würden sich darauf Blutlachen breit machen, aus denen die Steine und der Schmutz des Bodens wie Fleischteile hervorstaken.

Gut, daß eine lärmende Gruppe leicht angetrunkener junger Männer ankam, die nach Wein verlangte. Sie sahen aus wie Landstreicher, schmutzig, verschwitzt und grenzenlos frei. Einige kauften sich auch Fleischspießchen, die sie bereitwillig mit ihren Kameraden teilten. Während sie geräuschvoll aßen und tranken, umringten sie einen besonders hochgewachsenen jungen Mann, dessen Statur nicht im Geringsten der eines Kriegers glich: eine schmale und noch knabenhaft schlanke Gestalt, edle, doch ein wenig weiblich-weichliche Gesichtszüge und die beherrschten, doch auch herrischen Bewegungen seiner feingliedrigen Hände ließen auf eine vornehme Herkunft schließen. Sie lag wie eine durchscheinende Schicht unter dem geröteten und verschwitzten Gesicht, den beschmutzten Händen mit den schwarzen Fingernägeln und dem zerlumpten Mantel, der über einem vielleicht noch mehr zerfetzten Hemd lag. Er schien ganz ohne Mittel zu sein, denn er ließ sich Speise und Trank von den anderen bezahlen. Leidenschaftlich, aber mit verhaltener Stimme erklärte er irgendetwas, und allmählich wurde es stiller, da ihm alle mit wachsender Spannung zuhörten.

Promenides rückte etwas näher, um auch mitzuhorchen. Auch Rhodope betrachtete ihn aufmerksam. Es schien eine Magie aus dieser weichen, aber sehr bestimmten und in gewisser Weise aber auch rechthaberischen Stimme auszugehen.

»Das müßt ihr doch wissen!« hörte sie ihn in einem ungeduldigen Ton sagen. »Das Reich der Assyrer ist endgültig dahin! Ich habe Ninive mit eigenen Augen gesehen: Schutt und Trümmer, soweit das Auge reicht! Aus Staub haben sie die Ziegel ihrer Paläste geschaffen, zu Staub ist nun alles wieder geworden. Doch das Reich war riesig, und nicht leicht werden es die neuen Herren halten. Daher werden sie sehr großzügig sein, ich habe persönlich mit einem von ihnen gesprochen.«

Promenides war ganz zappelig geworden. Hier zeichnete sich eine

Sensation ab, die er mit Gewinn verbreiten könnte! Er rückte immer näher heran, bis er aus Versehen einem der im äußeren Kreis stehenden Männer auf den nackten Fuß trat.

»Kannst du nicht aufpassen, du alter Hammel!« fuhr dieser ihn harsch an. »Und was spionierst du hier rum? Soll ich dir Beine machen?«

Er zog einen langen Dolch aus seinem Gürtel heraus und hielt ihn vor die Kehle des Priesters. Promenides wußte sehr gut, wie schnell und unbeherrscht die Hand eines solchen Gesellen sein konnte, und wagte nicht, sich zu rühren. Er sah mit seinem offenen, nach Luft japsenden Mund und den übernatürlich geweiterten, nach unten auf den Dolch gerichteten Augen jämmerlich und lächerlich zugleich aus.

Rhodope war erschrocken aufgesprungen. Es schien ihr, als würde sich ihr blutiges Bild von eben bewahrheiten, und sie begann, laut zu jammern und zu weinen.

Der Mann in der Mitte unterbrach seine Rede sehr aufgebracht.

»Oinomachos, hörst du wohl auf, mit deinem Dolch kleine Mädchen zu erschrecken!«

Und mit zwei Schritten war er bei dem Angeredeten und schlug ihm die Waffe aus der Hand.

»Noch einmal solch ein Zwischenfall, und du wirst uns nie mehr wiedersehen! Dann kannst du dein Messer für ein paar Obolen gegen die Megarer wetzen.«

Oinomachos bückte sich nach dem Dolch und steckte ihn kleinlaut wieder an den Gürtel. Von Wein, Hitze und Ärger waren seine Augen und Wangen hochrot angelaufen.

»Aber, beim Herakles, was hat dieser alte Bettler denn hier rumzuhorchen«, verteidigte er sich leicht schwankend, »vielleicht ist er ein Spion.«

Doch der junge Mann kümmerte sich nicht mehr um den streitsüchtigen Soldaten. Er betrachtete Rhodope, die sich die Tränen aus den großen Augen in das hübsche Gesicht wischte und versuchte, Promenides wegzuführen. Doch dieser widersetzte sich, da seine Neugier größer war als die Furcht.

»Ist das deine Tochter?« fragte der Jüngling den Alten.

»Hm, ja, natürlich«, gab Promenides zurück, den das Interesse an dem Mädchen sehr freute. Vielleicht könnte sie ihn dazu verlocken, seine Neuigkeiten in einem längeren Gespräch preiszugeben.

»Sie ist sehr schön. Paß gut auf sie auf!« sagte der junge Mann unpassend väterlich und ging zu seiner Gruppe zurück.

Da Promenides nicht darauf erpicht war, diese Leute zu reizen, blieb er in einem angemessenen Abstand, schaute aber unablässig zu dem Mann hinüber, wobei er Rhodope wie einen Lockvogel neben sich setzte und versuchte, ihn mit Zeichen auf sich aufmerksam zu machen.

Als sich der Kreis schließlich auflöste, winkte Promenides ihm angestrengt. Dieser kam tatsächlich, gemächlich und nicht sehr freundlich:
»Was hast du mit mir zu schaffen, Alter?«
Promenides verbeugte sich ehrerbietig und erwiderte mit würdevoller Stimme:
»Ich kenne dich, oh edler Jüngling. Vor vielen Tagen, als ich in der Wildnis fastete und betete, erschien mir eine Gottheit und führte dich – ja, genau du warst es – an der Hand. Du mußt wissen«, unterbrach er sich, »ich bin ein Wanderpriester und Prophet, der mit Hilfe der Götter vieles weiß und vollbringen kann. Krankheiten und böse Worte vertreibe ich, und schon viele Menschen habe ich gerettet.«
Der Blick des jungen Mannes streifte Rhodope, die das Gespräch nicht anhörte, sondern ziellos auf das bewegte Hin und Her der Menschen im offenen Gasthaus blickte.
»Und warum willst du mich sprechen?«
»Weissagen will ich dir. Wichtige Dinge habe ich dir zu verkünden. Ist diese Begegnung nicht etwa nicht von den Göttern selbst herbeigeführt?«
Der junge Mann zögerte. Zu schön war das Mädchen.
»Nun gut! Doch wisse, Geld habe ich keines.«
Promenides hätte sich vor Zufriedenheit die Hände gerieben, wenn seine jetzige Rolle nicht eine vollkommene Würde und Beherrschung erfordert hätte.
Bewundernd folgten die Blicke des jungen Mannes dem Mädchen, als es auf Geheiß ihres angeblichen Vaters zu den graubraunen Tonpithoi des Weinhändlers ging, die gemütlich rund und riesig in einer nicht ganz geraden Reihe hinter einem wackligen Holztisch standen. Promenides bemerkte es mit kaum verborgener Freude.
»Das Schicksal hat dich zu uns geführt«, hob er an, wobei er das »uns« ganz besonders hervorhob.
»Es gibt keine Spur von Zweifel: du warst in meinem Traumgesicht.«
»Und was hast du in deinem ... Traumgesicht gesehen, was mir interessant sein könnte?«
»Ich habe gesehen, daß du aus einem alten adligen Geschlecht stammst. Untadlig sind deine Eltern, reich und gesegnet ihr Haus. Doch ein Gott zürnt dir, deswegen bist du von Unglück geschlagen. Nein, nicht von einem: Viel Unglück hast du bereits erlitten.«
Der Jüngling nahm mit einer leichten Geste höflicher Dankbarkeit den Becher aus Rhodopes Händen. Dieses Mädchen war so graziös, kokett und auch geschickt. Wo hatte sie das gelernt? Sicherlich nicht von diesem lächerlichen und wichtigtuerischen Wanderprediger!
»Was du mir sagst, weiß nicht nur ich selbst sehr gut. Das sieht jeder Würstchen- und Weinverkäufer! Ist das etwa alles?«

»Oh nein, oh nein!« beschwichtigte ihn der Priester. »Die Gottheit hat mir deine Zukunft eröffnet, denn sie ist ganz ungewöhnlich und großartig.«

Promenides plapperte noch längere Zeit solche und ähnliche Sätze, um Zeit zum Ausdenken glaubwürdiger und gleichzeitig einnehmender Geschichten zu gewinnen. Wäre Rhodope nicht im Hintergrund gewesen, hätte der junge Mann schon längst den wortreichen Propheten verlassen.

Nun kam Promenides endlich auf das Wesentliche:

»Ich sehe gar lange, beschwerliche Fahrten: Stürme werden dich peitschen im Meer, Dürre dich trocknen in Wüsten. Tempel Ägyptens warten auf dich und schlangenbesiedelte Felsen. Herakles gleich wirst du bestehen gefahrvolle, schreckliche Taten, die Götter dir längst schon erdacht. Doch wie Herakles wirst unsterblich du sein, dein Name wird steh'n auf den Lippen zukünftiger Menschen und Schüler werden ihn lernen.«

Promenides hatte seine Augen geschlossen. Er war müde geworden von so vielen Weissagungen in Hexametern, auch wenn die letzteren nicht alle ganz rein waren. Sein Mund schloß und öffnete sich lautlos, er sprach scheinbar immer noch in prophetischer Besessenheit, doch kein Wort war mehr hörbar. Sein Körper wankte leicht hin und her, wie von unsichtbaren Mächten gestoßen.

Rhodope schaute den jungen Mann mit wachsender Neugier an. Sie wußte nicht, ob sie Promenides glauben konnte, denn sie kannte ja Zweck und Ziel dieser Unterredung. Aber es schien ihr wahrscheinlich. Dieser Mann war auf jeden Fall interessant. Und sie schien ihm zu gefallen.

Allmählich beruhigte sich Promenides, sein Kopf war auf die Brust gefallen, als wenn er schliefe.

Sie saßen ganz ruhig, um ihn nicht zu stören und zu wecken, sahen aber nun ohne Scheu einander an. Rhodope war die erste, die flüsternd die Starre zwischen den Dreien durchbrach:

»Wie ist dein Name?«

»Alkaios.«

»Woher kommst du?«

»Viel fragst du, Mädchen.«

»Sagst du es mir, dann sage ich auch dir, wer ich bin.«

Alkaios lachte leise: »Das ist kein Handel. Ich weiß doch, wer du bist.«

»Nichts weißt du, du siehst nur.« Dieses Wort hatte sie einmal von Theodotos aufgefangen, und es machte sichtlichen Eindruck.

»Gut dann, auf, lernen wir uns kennen! Es ist immer gut, Freunde und Freundinnen zu haben.«

»Hast du viele?«

»Nein, aber ich habe einen ganz besonderen, einen Freund, der mir so nah ist wie ich mir selbst.«

Alkaios nahm seinen Becher. Er war verwirrt. Warum fragte diese Schöne so eindringlich, und warum antwortete er einem Bettelpriestermädchen so freimütig, als wäre sie eine nahe Verwandte oder Nachbarin?

»Und woher kommst du also?«

Er hatte die Zutraulichkeit des Mädchens erwidert und sogar so ein hohes Wort wie Freundschaft in den Mund genommen. Er konnte wohl nicht mehr zurückweichen.

»Aus Lesbos stamme ich. Doch man hat mich verjagt, verbannt, so daß ich mein Leben als niedriger Söldner fristen muß.«

Das Mitleid auf ihrem Gesicht war echt.

»Du Armer! Aber Promenides hat dir doch Ruhm und Glück geweissagt! Du mußt zuversichtlich sein. Lesbos kenne ich übrigens auch. Ich war dort vor vielleicht einem Jahr und bin wieder auf dem Wege dorthin.«

Alkaios' Gesicht hellte sich auf.

»Wen hast du dort besucht? Wen kennst du dort? Wo werdet ihr absteigen?«

Rhodope wollte ihm ihre lange Geschichte nicht erzählen. Nicht nur, daß sie zu lang war. Sie fürchtete, daß ihre Herkunft aus einer abderitischen Bauernfamilie und ihr früheres Sklavenleben Alkaios abstoßen würden. So antwortete sie würdevoll:

»Bei Sappho, einer guten Bekannten.«

Das Gesicht des Alkaios strahlte:

»Sappho! Aber das ist die Schwester meines besten Freundes!« Und ohne viel weiterzufragen, begann er von ihr und von ihm zu sprechen, steigerte sich in eine wahre Begeisterung und bezog damit Rhodope, ohne weiter nachzudenken, in diesen lieben Kreis ein.

»Du mußt mir einen Gefallen tun, meine gute und neue Freundin«, unterbrach sich plötzlich Alkaios, »du nimmst doch für Sappho und ihren Bruder einen Brief mit?«

»Aber natürlich! Gerne!«

Alkaios stand auf, ging zum Weinverkäufer und kehrte bald mit der großen Scherbe eines zerschlagenen Pithos zurück. Dann nahm er ein Messer aus dem Gürtel und begann, Buchstaben in den Ton zu ritzen. Sie wurden sehr ungleichmäßig und ungelenk, da das Messer zu groß war. Doch es gelang ihm dennoch, eine kurze Mitteilung über sein Ergehen und nächsten Pläne und auch herzliche Grüße zu schreiben. Er reichte den Scherbenbrief Rhodope, und diese steckte ihn behutsam in ihr kleines Wegbündel.

»Sage ihnen, daß ich mich aufmache, um in das Zweistromland zu fahren. Der babylonische König sucht Söldner für seinen Feldzug nach Syrien und sogar noch weiter.«

Er fuhr sich nachdenklich über das feine Gesicht.

»Vielleicht hat dieser Gaukler ein wenig Recht mit seinen schlechten Versen.«

Da stockte er und sah sie durchdringend an:

»Du gehörst nicht zu ihm. Er hat mich angelogen!«

Rhodope lachte etwas gequält auf: »Hast du etwa auch prophetische Gesichter?«

»Rhodope ... Rhodope, das ist kein Name, den man hier kennt. Und außerdem sprichst du wie die Leute an der Nordägäis. Das weiß ich genau, denn ich war schon mehrmals in Maroneia, Abdera und Mesambria.«

Rhodope wand sich unter seinen prüfenden Blicken. Sie war sich jetzt auch nicht mehr so sicher, ob sie wirklich nach Lesbos fahren wollte. Was sollte sie denn eigentlich bei Sappho, dieser überheblichen Frau, die mit den Männern wie ihresgleichen sprach und die auf sie nur verächtlich herabgesehen hatte, obwohl sie sogar kleiner war als sie selbst? Und was war das mit jenem geheimnisvollen Mann, auf dessen Spuren sie sich begeben hatte? Alles erschien ihr nun fragwürdig und sogar ungereimt. Sie hatte den Gedanken noch gar nicht gedacht, als ihr Mund schon Alkaios fragte:

»Nimmst du mich mit in den Osten?«

Der Tod des Tyrannen

Die Sorge Sapphos um ihren Vater war nicht unbegründet gewesen: Sein Zustand verschlechterte sich von Tag zu Tag. Ausgezehrt und mit feuchter, gelblich-blasser Haut lag er in den weißen Tüchern, die Augen waren in diesem ausgemergelten Gesicht übergroß und unheimlich geworden. Angst und Unruhe gaben ihnen eine starke innere Bewegung. Es war nicht die Angst, die Unruhe über sich selbst, über den Tod, der schon längst herbeigewünscht worden war. Es war die Zeit, die er nicht zurückdrehen konnte, die er, so schien es ihm, mit sich ins Grab, in den Hades nehmen würde. Diese Zeit, die er sein ganzes Leben hatte aufhalten wollen, weil sie zu neu war, weil sie in ihrem umwälzenden Lauf alles gefährdete, alles in Frage stellte, alle Wurzeln herauszureißen drohte.

In den erbitterten Fehden der alten Familien, die früher immer gemeinsam Beschlüsse gefaßt und in Frömmigkeit und Frieden zusammengelebt hatten – so lebte diese Zeit im Gedächtnis fort –, fühlte er ein Auseinanderfallen der ganzen Welt mitsamt ihren Göttern. Sein Sohn in dem libyschen Kyrene, weit weg auf der riesigen Erdscheibe, wohin es ihn als Verbannten und Gejagten vertrieben hatte, war ohne Ehre und Besitz; und seine einzige Tochter, Witwe mit einem kleinen Mädchen, beharrte darauf, keinen anderen Mann mehr zu nehmen, ergeben nur der Kunst und Musik, verhöhnt von ihren Mitbürgern, verehrt nur von dem Kreis jener jungen Menschen, die er für den allgemeinen Verfall und Untergang verantwortlich machte.

Schon mehrere Tage hatte er kein Wort gesprochen und keinen Bissen zu sich genommen. Zwischen dem Geraune der Mägde, die sich im Zimmer zu schaffen machten und dem hellen Gesang der Zikaden, der in den kühlen, schattigen Raum drang, war ein leises Pochen an der Tür zu hören.

Sappho, die neben dem Bett des Skamandrios mit gesenktem Kopf dem unebenen Rhythmus der Zikaden gelauscht hatte, stand schnell auf und öffnete die Tür. Myrsilos war es, der seinem Freund jeden Tag einen leisen, sorgenvollen Besuch abstattete. Doch heute trat er mit leuchtenden Augen und weit ausholenden Schritten ein, wie ein Bote, der einer schon lange belagerten Stadt den Sieg ihres Feldherren verkündete. Er zog die dürre Hand mit den hoch geschwollenen blauen Adern hoch und küßte sie in herzlicher Begrüßung.

»Skamandrios, lieber Freund! Zeit ist es nun, gesund zu werden, denn die Stadt braucht dich! Alles kann sich nun zum Guten wenden, für dich, für mich, für alle rechtschaffenden und redlichen Menschen in Mytilene!«

Er machte eine bedeutsame Pause. Alle schauten wie gebannt auf ihn. Sogar die Zikaden waren verstummt und lauschten gespannt in das Fenster hinein.

»Pittakos ist zurückgekommen!« Er schmetterte diesen Satz wie eine mächtige Kriegsflöte heraus.

Skamandrios richtete sich in seinem Bette auf. Ja, er hatte die Kraft, sich hochzustemmen!

In Sapphos Kopf schwirrten Gedanken und Gefühle herum wie ausschwärmende Bienen, die Mägde liefen aufgeregt umher, jede eine Arbeit suchend, da diese Neuigkeit Bewegung verlangte und die Zikaden improvisierten neue, noch nie gehörte Heldenepen.

Pittakos, der Erzfeind des Melanchros, dessen erbitterste Gegner, der bei Zeus und Helios geschworen hatte, den Tyrannen zu beseitigen! Es war nun schon drei Jahre her, daß er Mytilene verlassen hatte, da Melanchros ihm mit seiner ganzen Grausamkeit nachgestellt und seinen Vater Hyrrhas hatte ermorden lassen. Pittakos war in die Heimat seines Vaters, nach Thrakien, geflohen, doch nicht ohne diesen Eid und nicht ohne ganz bestimmte Pläne für dessen Erfüllung.

Und nun war es also zurückgekehrt. Und das nicht allein!

Während die Mägde auf einen kleinen Tisch Wein und Wasser, Brot, Käse und Oliven an das Bett stellten, erzählte Myrsilos mit begeisterten Gesten und kampfgierigen Augen von dem Heer, das schon beim nördlich gelegenen Methymna bereitstand: Schwer bewaffnete thrakische Reiter sollten es sein, und dazu noch einige Hundert bestausgerüsteter Hopliten.

Angst und Unruhe waren aus den gespenstig großen, dunklen Augen des Skamandrios gewichen und erregte Hoffnung, Kampflust und Kriegermut funkelten nun wie Schlachtrufe aus ihnen heraus.

Feierlich brachten sie den Göttern ein Trankopfer dar, danach auch den Heroen, den besten Helfern in Kriegen und Kämpfen, und Sappho reichte ihnen dabei die Becher und Schalen und sprach unzählige Gebete der Hoffnung und des Dankes.

Während sie danach begannen, selbst von den bescheidenen Speisen zu nehmen, erzählte Myrsilos weiter:

»Zunächst war es ein Bote von Pittakos, der gestern Abend – es war schon ganz dunkel – bei mir eintrat und einen Brief übergab. Ich glaubte ihm zuerst nicht und dachte, es sei vielleicht wieder ein hinterlistiger Plan des Melanchros. Der Bote sah, daß ich daran war, ihn mit meinem Stock hinauszujagen. Da lachte er freundlich und zeigte mir eine goldene Halskette. Ich wurde noch wütender, weil ich meinte, er wolle mich mit schnödem Gold bestechen – habe ich doch selbst genug Schätze. Doch er hielt sie mir nur hin und forderte mich auf, sie genau zu betrachten. Und bei Zeus, es war diejenige Goldkette, die Pittakos damals diesem überheblichen Phrynon aus Athen im Zweikampf abgenommen hatte, der sich so gebrüstet hatte, Sieger in Olympia gewesen zu sein. Sie kämpften um Sigeion in der Troas. Doch Pittakos schickte seine Seele in den Hades und nahm seinen prahlerischen Goldschmuck an sich. Du erinnerst dich doch sicher auch noch genau daran: Die Ringe und Reifen weihte er der Athene, doch die Kette behielt er für sich, als Erinnerung an seine Tat um Sigeion. Ja, und dieses Kleinod sah ich also in der schwieligen Hand des ehrlichen Kriegers und fiel ihm weinend um den Hals.«

Myrsilos nahm einen tiefen Schluck aus seinem Becher, Skamandrios wischte verstohlen eine kleine Freudenträne ab, die sich zwischen den tiefen Falten seines Gesichtes wie in ausgetrockneten Bachläufen ihren Weg gesucht hatte, und Sappho sprang von ihrem Stuhl auf und ging mit leisen Sohlen in leicht hüpfenden Tanzschritten auf und ab. Ihre Erregung war bereits in alle andere Räume übergesprungen, und auch das kleine Töchterchen Charitis war mit gerafftem Kleidchen herbeigelaufen und tanzte übermütig mit ihrer Mutter, wobei sie sich an ihr langes Hemd klammerte und jubelnd ihre Schritte nachahmte.

»Ich warf meine Chlamys über und folgte dem wackeren Diener unseres Freundes auf dem Fuße. Es dauerte nicht lange, und in einer Senke sah ich vor mir ein Feuer. Da saß Pittakos mit noch anderen lieben Freunden.«

Er mußte Luft schöpfen, so überwältigte ihn seine eigene Erzählung.

»Ich konnte es kaum glauben: Fast alle damals Verbannten waren dort und aßen und tranken: Teres, der Onkel des Pittakos und mächtige Fürst der thrakischen Kikonia, einige des verbannten Geschlechts der Penthilitiden, soweit sie noch am Leben sind, und alle ihre Gefährten. Oh Skamandrios, solch eine glückliche Nacht wird wohl selten einem Sterblichen zuteil!«

Skamandrios hatte sich bei diesen Worten wieder zurückgelehnt, die

Augen geschlossen und leise gestöhnt. Sofort beugte sich Sappho sorgenvoll über ihn:

»Was ist, lieber Vater? Hast du Schmerzen? Hat dich all dies Erfreuliche zu sehr ermüdet?«

»Nein, nein«, antwortete der Vater, ohne aber die Augen zu öffnen, »Schön und herrlich ist alles, was Myrsilos erzählt. Zu hoffen beginne ich, für alle und alles. Doch da ist ein großer Schmerz – verzeiht, aber er ist da und läßt sich nicht wegschieben.«

Myrsilos und Sappho sahen sich fragend und betroffen an. Skamandrios öffnete langsam seine Augen, in denen tiefste Trauer und größte Verzweiflung standen.

»Zwei von uns fehlen, zwei, die uns allen so viel bedeuten: Larichos, mein lieber Sohn, und Alkaios, die seit frühster Kindheit engste Freundschaft verband.«

»Wir werden sie rufen, so schnell wie es nur möglich ist«, beeilte sich Sappho ihren Vater zu beruhigen. »Noch morgen werde ich einen Brief nach Kyrene bringen lassen und keine Kosten scheuen, damit er Larichos sehr bald erreicht!«

»Und ich werde alles tun, Alkaios zu rufen. Auch seinen Bruder Antimenidas. Natürlich, du hast Recht. Alle werden gebraucht. Und alle sollen sich an dieser Wende erfreuen.«

»Es ist gut, es ist alles gut«, murmelte Skamandrios. Die Müdigkeit, die der Trauer gefolgt war, überdeckte nun alles: Hoffnung, Kampflust, Schmerz und Rachegedanken.

Myrsilos und Sappho vereinbarten in hastigem Geflüster an der Tür noch einige Einzelheiten, dann war es wieder still. Ganz still.

Im Hause des Leocharis, des reichen mytilenischen Kaufmanns, wurde zur selben Zeit immer noch eifrig getuschelt. In der prächtigen Empfangshalle, die mit wertvollen Waren aus aller Welt vollgepackt war, als wäre sie das Zwischenlager eines phönikischen Großunternehmers, berieten der Hausherr und ein Freund und Vertrauter, Chrysanax, die nicht ganz durchschaubare Lage. Chrysanax, der direkt von einer Zusammenkunft in der Residenz des Melanchros zu Leocharis geeilt war, redete eindringlich und mit gesenkter Stimme auf den Händler ein, der die Hände unter seinem weit ausholenden Bauch gefaltet und sich tief in die Kissen zurückgelehnt hatte. Stirn und Doppelkinn wiesen tiefe Falten auf, denen das flackernde Licht der Fackeln an den Wänden noch mehr Relief verlieh. Alles an ihm drückte eine ausgesprochene Ablehnung gegenüber den hektisch dahingeflüsterten Worten des Chrysanax aus. Ja, er war ein Patriot. Ja, immer hatte er tätig Melanchros unterstützt, für ihn gebetet und ihn finanziert – gegen gute Zinsen natürlich.

Natürlich würde er auch jetzt fest hinter ihm stehen. Was würde ihm denn auch anderes übrigbleiben? Aber der Preis? Es war doch wohl eine gänzlich unannehmbare Zumutung, von ihm zu verlangen, ein Talent, das heißt fast dreißig Kilo Gold für Söldner zu zahlen, die die Herrschaft des Melanchros retten sollten. Für dieses Geld könnte er doch jeden seiner Gegner kaufen! Und überhaupt: Bisher gab es doch nur unsichere Gerüchte von irgendwelchen riesigen Heeren des Pittakos, die sich in den Bergen der Insel aufhalten sollen. Wie könnten »riesige Heere« unbemerkt nach Lesbos kommen? Das konnte doch alles nur Gerede sein, mit denen man leicht erregbare Frauen schrecken konnte! Abgetratschter Quatsch. Dummheiten.

Leocharis richtete sich schwer aus den Kissen auf und unterbrach Chrysanax:

»Und ich sage dir, daß alles nur leeres Geschwätz ist. Zeigt mir dieses sagenhafte Heer, und ich werde all meinen Reichtum unserem Freund Melanchros zur Verfügung stellen. Ich glaube nicht daran.«

Chysanax war zwar sehr ungehalten über die unhöfliche Unterbrechung – schließlich war er der Ältere und vor allem der Wohlhabendere von beiden –, doch der Satz »ich werde all meinen Reichtum zur Verfügung stellen« wand sich in immer angenehmeren Tönen durch das Ohr in sein Inneres und beherrschte schließlich alle seine Gedanken.

»Klug bist du, oh Leocharis«, sagte er zufrieden, und diese Worte gefielen seinem Gegenüber ganz außerordentlich. Endlich waren sie an einem Punkt angelangt, von dem an sie sich gegenseitig anhören konnten. Und nun faßten sie, in abwechselndem verschwörerischem Getuschel, einen gemeinsamen Plan zum Wohle ihres Herrschers, aber noch mehr zum Wohle ihrer eigenen Häuser. Sie kamen überein, anstatt ihren mit Schweiß und harter Arbeit – so drückten sie sich aus – zusammengesammelten und angehäuften Reichtum fremden Söldnern zu überlassen, ausschließlich auf Gewinn und Effizienz auszurichten. Denn verarmt war die Bevölkerung von Mytilene, teils enteignet, teils wirtschaftlich erschöpft von den vielen Kriegen und der blutsaugenden Steuerpolitik des Tyrannen. Daher würden schon viel kleinere Beutelchen mit Münzen, als Söldner sie fordern würden, ausreichen und die meisten Bürger von der Versuchung abhalten, sich Pittakos anzuschließen.

»Und später können wir das Geld auch wieder einsammeln«, freute sich Chrysanax.

Zufrieden wuchtete sich Leocharis aus den Kissen, rief nach seiner Frau und den Mägden und hieß sie, ein reiches Abendessen aufzutischen.

Doch während Leocharis und Chrysanax mit fetttriefendem Bratfleisch, noch heißen Broten, besten Oliven und mäßig mit Wasser gemischtem, nach Walderdbeeren duftendem Wein Leib und Seele nährten, kam der unerwartete Angriff der thrakischen Truppen unter Pittakos. Die umzingelte Stadt wurde in wenigen Stunden gestürmt. Das gleichmäßig fliegende Stampfen der galoppierenden Pferde, der seltsam rauhe, aber melodische Gesang der fremden thrakischen Krieger, der sich mit den Tönen der Hufe zu einem vielschichtigen rhythmischen Flechtwerk verband, riß alle Bewohner der Stadt aus den Lagern. Zuerst waren sie von Entsetzen ergriffen, denn man kannte die Thraker als grausame und unerbittliche Räuber. Doch dann hörte man die Rufe des Pittakos, der seine Gefährten anspornte und die Mytilener aufrief, Ruhe zu bewahren und am nächsten Morgen den Göttern für ihre wiedergewonnene Freiheit zu opfern. Da stieg unermeßliche Freude auf. Man fiel sich in die Arme, weinte, sang, betete und lachte.

Knechte überbrachten Leocharis und Chrysonax die fatale Nachricht, so daß sie ihr Mahl abbrechen und sich erstmal in einem Stall unter Strohbündeln verstecken mußten.

Pittakos drang ohne Mühe in die Residenz des Melanchros ein, besiegte ihn in einem ungleichen Zweikampf und ließ ihn fesseln. Er verschonte seine Familie, ließ sie aber streng bewachen. Dann hieß er sein Heer, außerhalb der Stadt zu lagern und behielt nur seine treuen Gefährten bei sich. Myrsilos und Teres waren an seiner Seite.

So einfach war es gewesen, den Tyrannen zu stürzen.

Einige Wochen waren vergangen, als Larichos den Brief seiner Schwester erhielt. Der Bote eines Schiffes aus Kreta überbrachte ihn. Schweißüberströmt war er und am Ende seiner Kräfte. Zu Fuß habe er den ganzen langen Weg vom Hafen Apollonia bis nach Kyrene zurücklegen müssen. Morgen würde das Schiff zurückfahren. Larichos lud ihn ein, bewirtete ihn reichlich und ließ ihn auf seinem harten Holzbett ausruhen

Dabei war sich Larichos überhaupt nicht sicher, ob er diesen Brief überhaupt annehmen und lesen wollte. Denn im letzten, der vor mehreren Monaten angekommen war, hatte seine Schwester ihn verraten und in Stich gelassen: Sie habe Rhodope gefunden, hatte sie ihm geschrieben, doch sie wolle ihm nicht mitteilen, wo sie sich befände. Schlecht hatte sie das liebe Mädchen gemacht, sie als seelenlos und geldgierig beschrieben, ihn beschworen, nicht mehr an sie zu denken und sich seine adlige Herkunft und den Stolz seines Vaters vor Augen zu führen. Und das von seiner Schwester, die ihm und allen anderen doch immer wieder eingeprägt hatte, daß Liebe das höchste Gut des Menschen sei! Mit solch einer Doppelzüngigkeit und Heuchelei wollte er nichts mehr zu tun haben. Mit noch mehr Energie und Tatkraft hatte er sich auf seine neuen Geschäfte gestürzt, mit dem unbeugsamen

Willen, viel Geld zu verdienen, um dann Rhodope freizukaufen und als Weib heimzuführen.

Während der Kreter vernehmlich und in seinem dorischen Rhythmus schnarchte, brach Larichos dennoch hastig das Siegel und öffnete die kleine Papyrusrolle.

Zunächst überflog er die sorgfältig geschriebenen, fast gemalten Zeilen, um vielleicht irgendwo auf ihnen den wichtigsten Namen zu finden. Er war nicht da. Zitternd vor Enttäuschung setzte er sich dann nieder und zwang sich, das Blatt von Anfang bis zu Ende zu lesen. Gut, alle waren wohlauf, auch wenn der Vater etwas schwach sei – Larichos nahm dies wörtlich und dachte nicht weiter darüber nach. Pittakos sei zurückgekommen und werde gegen Melanchros kämpfen. Gut, vielleicht würde es ihm gelingen, diesen Blutsauger zu stürzen. Männer wie ihn, Larichos brauche man nun, um die Freiheit endgültig zu erkämpfen. Schön, aber wie sollte er, Larichos, von einem Tag auf den anderen, Hals über Kopf abfahren, um Kopf und Kragen zu riskieren? Unbedingt müsse er kommen. Aber wie? Und kein Wort über Rhodope.

Gib das Wenige auf, das du in Libyien hast. Es ist wurzel- und wertlos, denn es ist in der Fremde. Komme nach Hause, denn hier wirst du frei sein, hier ist dein Gut und Besitz. Adanna fragte gestern nach dir und läßt dich grüßen. Hier lieben dich alle. Mögest du gesund sein, wir warten auf dich. So schloß der Brief.

Larichos vergrub sein Gesicht tief in die grob gewordenen, schwieligen Hände. Wie leicht war alles für Sappho und all die übrigen, die friedlich und ruhig in Mytilene wohnten, egal, ob sie von einem Tyrannen oder von der Versammlung der Edlen beherrscht wurden! Sie alle wußten, wo sie zu Hause waren, wer sie liebte, was sie in diesem – trotz Kämpfen und Kriegen – gleichmäßig dahinfließenden Leben wollten. Er verachtete und beneidete sie, die einzigen Gefühle, die ihn noch mit seinen früheren Verwandten, Freunden und Nachbarn verbanden.

Zornig stand er auf und schleuderte das Papyrusblättchen auf den Boden. Was hatte er mit all dem noch zu tun? Er war hier, mußte hart kämpfen, dachte sich jeden Tag neue Möglichkeiten aus, ging nicht geringe Risiken ein und war gerade auf dem Weg, ein wenig Vermögen zusammenzubringen. Und das sollte er aufgeben, nur weil dort auf einer kleinen Insel an der kleinasiatischen Küste ein Möchtegerntyrann beseitigt werden sollte? Gab es dort nicht genug Männer? Wer von ihnen hatte denn damals ihm oder Alkaios geholfen?

Vergessen Eugynon und Adanna, vergessen alle Bemühungen Sapphos, vergessen das Knistern des heimischen Feuers, das besorgte Wohlwollen des Vaters und die Vertrautheit der Freunde!

Er stieß den Brief mit dem Fuß unter sein Bett, damit er ihm aus den

Augen sei und schreckte damit eine dieser kleinen, spitzköpfigen Katzen auf, die mit lautem Gefauche und Miauen in den Innenhof des Hauses flüchtete.

Der Katzenlärm weckte den Kreter. Er rieb sich erschrocken die Augen. Vielleicht hatte er von Wüstenlöwenkämpfen geträumt. Er verlangte etwas Wegproviant, einen großen Becher gemischten Wein und für die zweimalige lange Wegstrecke einen zusätzlichen Botenlohn. Er erfrechte sich sogar, die schönen kyrenischen Münzen abzulehnen und verlangte stattdessen Kyzikener oder korinthisches Geld mit dem Reiter des Pegasos, von denen Larichos keine besaß. Schließlich gab er sich mit einem großen Silberstück aus Aigina zufrieden, auf der eine traurig dreinguckende Schildkröte abgebildet war.

Der Tag hatte noch eine große Überraschung für ihn: Er war gerade von dem Marktplatz von Kyrene, der Agora, zurückgekehrt, wo er die letzten Vorbereitungen für den Kauf mehrerer großer Amphoren mit dem milchigen Silphion getroffen hatte, die er in einigen Tagen mit einem phönikischen Handelsschiff von der Hafenstadt Apollonia aus nach Sizilien schicken wollte. Schwer war der Handel mit den libyschen Bauern in ihren Umhängen aus zottigem Ziegenfell gewesen, die schon sehr gut gemerkt hatten, wie begehrt diese harzige, frohe Träume schenkende Flüssigkeit auch bei den Griechen geworden war, und daher mit Einsatz aller Finger zäh um den Preis feilschten. Er hatte sein ganzes Geld hingeben müssen, doch gewiß, daß er das Zehnfache und sogar mehr gewinnen würde, wenn Poseidon das Schiff auf ruhigen Wellen und günstigen Winden an die reichen Küsten von Selinous auf Sizilien bringen würde.

Besonders dort und in Süditalien hatten diese weißlichen Tropfen einen guten Preis. Dort war der Umschlagmarkt, von dem aus die Droge weiter nach Norden – die Etrusker waren ganz versessen darauf – und auch nach Griechenland gebracht wurde. Eine Handelsgilde hatte sich dort gebildet, die das Silphion bis in die entferntesten Teile der Erde bringen konnte, und jedem von ihnen brachte es bald einen beachtlichen Reichtum.

Wer es einmal kennengelernt hatte, wollte gern noch mehr davon haben. Man brauchte nur wenige Tropfen, und alle Schwere des Lebens war verschwunden. Man fühlte sich leicht wie eine Feder im Sommerwind. Die Welt füllte sich mit unvergleichlichen Farben und Tönen, die alle Sorgen und Leiden klein und nichtig erscheinen ließen. Larichos hatte selbst einige Male davon genommen, und sich dabei so wohl gefühlt wie nie zuvor. Doch die libyschen Bauern hatten ihn mit besorgten Worten gewarnt und ihm beschrieben, wie leicht man davon krank werden und sogar sterben könne, wenn man daran nicht gewöhnt sei und nicht genauestens wisse, welche Mengen unschädlich seien. Und, so fügten sie eindringlich hinzu, man dürfe es nur zu bestimmten Festen ihrer Götter einnehmen, die es den Menschen zwar als Wohltat geschenkt, aber auch harte Strafen gegen jeglichen Mißbrauch verhängt hätten. Und dann hatte Larichos tatsächlich über mehrere Todesfälle von jungen leichtsinnigen Griechen gehört. Nein, er hatte ein Ziel, das höher war als alle buntschillernden Federträume und konnte sich nicht erlauben, irgendwelche Risiken einzugehen.

Leicht war es nicht gewesen, in dieses Geschäft einzusteigen. Das Königshaus von Kyrene hielt seine mächtige Hand über die Ausfuhr, und der König war offiziell der einzige, der diese Ware verkaufen durfte. Ihm allein gehörten die riesigen Felder zwischen der Stadt und der Küste. Daher war es Lariochos erst nach vielen Vorstellungen und Besuchen gelungen, einen Vertrag mit dem König Arkesilaos – einem ruhigen, gebildeten und höchst standesbewußten Mann, Sohn des Gründers der Stadt, Battos – abzuschließen. Nach diesem Vertrag durfte er zwar nur eine gewisse Menge Silphion kaufen und nach Italien verschiffen, wobei er ein Zehntel des Gewinnes als Steuer abgeben mußte. Doch trotzdem lohnte sich das Geschäft. Nach seinen Berechnungen würde er in kurzer Zeit damit einen größeren Reichtum erwerben.

Dann hatte er sich mit hartnäckigem Bemühen das Vertrauen einiger Scheichs und der Bauern von den libyschen Asbysten erringen müssen, die das fruchtbare Hügelland hinter dem Landbesitz der Stadt bebauten. Nun brachten sie ihm immer mehr Vertrauen entgegen, da er sie nie betrog, ihnen sogar oft Gefälligkeiten erwies und mit ihnen ohne Überheblichkeit und Anmaßung sprach. Die Verständigung war nicht schwer, denn die meisten von ihnen hatten wegen der vielen Verschwägerungen mit kyrenischen Griechen und dem lebhaften Handel einige Brocken Griechisch erlernt. So hatten sie Larichos sogar hinter vorgehaltener dunkelhäutiger Hand zugeflüstert, daß in den letzten Jahren ein Zuwanderer mit Lug und Trug, Bestechung und noch übleren Mitteln einen großen Teil des Silphiongeschäftes immer mehr in seine Hände gebracht habe.

Tatsächlich wehrte sich Arkesilaos dagegen, doch immer mehr Bürger der Stadt unterstützten jetzt diesen Neuen, teils, weil sie berechtigte Angst vor ihm hatten, teils, weil sie gern seine großzügigen Geschenke und Einladungen annahmen. Hatte er doch sogar die neue großartige Säulenhalle auf der Agora aus seinen Geldern errichten lassen, wo jeder Bürger der Stadt an den prunkvollen Festen zu Ehren der Götter reiche Mahlzeiten und auch kleine, angenehme Geschenke umsonst erhalten konnte, die aus seinem Hause kamen.

Arkesilaos wollte diese Stiftungen zwar gesetzlich verbieten, doch der

Neue hatte Einspruch erhoben: Er täte dies zu Ehren der Gottheiten von Kyrene. Wie könne ihm denn jemand überhaupt seine Frömmigkeit verwehren? Komme ihm denn gar nicht in den Sinn, daß die Götter dann aus berechtigtem Zorn den Himmel über Kyrene niederstürzen lassen könnten?

Und während beide einen unsichtbaren Krieg führten, war es Larichos zunächst unauffällig gelungen, mit den Libyern und den phönikischen Seeleuten Verträge abzuschließen, und einen, wenn auch noch bescheidenen, Silphionhandel zu beginnen. Dieses jetzt wäre die dritte Ladung, die er auf einem Schiff nach Sizilien schicken würde.

Alles war herrlich glatt verlaufen. Auch einen vorzüglichen und günstigen Kredit hatte er für den Transport aufnehmen können. Er war wieder wohlgelaunt, und das Blatt unter seinem Bett hatte er darüber ganz vergessen.

Er machte sich auf, um nach Hause zu gehen, sich zu waschen und auszuruhen. Und so stieg er von der Agora den sich hinabkrümmenden, steinigen und staubigen Weg hinunter, der zu seinem kleinen, aber gut gebauten Haus führte, das er sich nach der ersten Auszahlung seines ersten Gewinnes gekauft hatte. Auf einem Sockel aus hellem Bruchstein erhoben sich die aus Flechtwerk und Lehm errichteten und weiß gekalkten Mauern, die drei Räume und einen kleinen Hof umschlossen.

Fast angekommen sah er eine hohe Männergestalt mit Stock und Bündel ihm entgegenschlendern. Die Sonne blendete ihn, und er konnte sein Gesicht nicht erkennen. Doch im Augenblick hörte er seinen Namen rufen, Stock und Bündel flogen zu Seite und der Mann stürzte sich auf Larichos, umarmte und küßte ihn, schlug ihn rufend und lachend auf die Schultern und wußte nicht aus noch ein vor Freude.

Larichos war vor Überraschung wie erstarrt. Tränen der Freude und eines bislang vielleicht noch nicht gefühlten Heimwehs traten in seine Augen, und der Brief unter seinem Bett lag plötzlich wie eine bleierne Schuld auf ihm.

»Larichos, bei Zeus, du bist es!«

Larichos war unfähig, auch nur irgend etwas zu sagen, noch nicht einmal ein »chaire«, »sei gegrüßt«, kam von seinen Lippen. Er starrte Antimenidas an, als sei er ein Gespenst, bis auch er schließlich seine Arme um ihn schlang und vor allzu großer Freude des Wiedersehens laut aufschrie.

Nur schwer und langsam kam ein Gespräch zustande, als sie dann nach der feierlichen Opferspende an ihre Götter zu Tisch saßen. Jeder fragte den anderen, erzählte ohne Zusammenhang von seinen Irrfahrten und Abenteuern und beklagte das harte Schicksal des armseligen Herumwanderns.

»Und wo ist dein Bruder Alkaios?« war eine der ersten Fragen an Antimenidas, nachdem dieser ihm berichtet hatte, wie er zunächst längere Zeit bei einem Freund in Lydien geweilt und sich dann als ein Heeresführer bei den Babyloniern verdingt hatte.

»Wenn ich das nur wüßte«, erwiderte Antimenidas, »ich selbst habe ihn die ganze Zeit gesucht. Du mußt wissen, daß wir uns nach unserer Flucht nach Kleinasien sofort getrennt haben. Ich wollte zu Andrages, dem Gastfreund unseres Vaters in Sardeis, doch Alkaios dachte sofort daran, sich als Söldner zu verdingen, um Geld und Ruhm, vor allem aber Geld, zu erwerben. Ich riet ihm scharf ab, wir stritten uns heftig, und dann ging er. Ich erfuhr nur, daß er sich später von Milet nach Korinth eingeschifft hatte. Schließlich, als ich selbst schon im Dienst des babylonischen Königs Nabopolassar stand und gegen Ägypten zog ...«

»Nach Ägypten, so weit? Wie kamst du dorthin?« wunderte sich Larichos.

»Ach, das ist eine sehr lange Geschichte«, winkte Antimenidas ab, »ich werde sie dir später erzählen. Denn eigentlich führte ich meine Truppe nur nach Syrien gegen die Ägypter, die dort sehr starke Garnisonen hatten, besonders die von Karkemisch am Euphrat. Du kannst dir nicht vorstellen, mit wie vielen Söldnerheeren die Babylonier schon versucht hatten, sie einzunehmen, ihr König Nabopolassar und auch der Kronprinz Nebukadnezar. Ein unwahrscheinlich fähiger General übrigens, der alles fest in seinen Händen hält. Doch die Ägypter sind zäh und stark und rückten immer mit unglaublich großen Armeen auf. Sie wußten, daß sie alles verlieren würden, wenn sie dort ihre Festungen aufgäben, und daß sie damit vielleicht sogar ihr eigenes Land in Gefahr bringen könnten, auch wenn es noch so weit von Karkemisch entfernt liegt.«

Antimenidas unterbrach sich mit einer abwehrenden Geste.

»Aber das ist alles nicht so wichtig. Wahrscheinlich weißt du ja auch schon, daß Karkemisch schließlich doch von Nebukadnezar eingenommen und das ägyptische Herr weiter nach Süden gedrängt wurde. Ich wurde auf jeden Fall mit einer kleinen Gruppe von Phönikiern, Griechen und sogar einigen Medern nach Memphis geschickt, übrigens in einer recht geheimen Mission ...«

Auch Larichos war ungeduldig geworden.

»Aber ich fragte nach Alkaios, wo ist er?« unterbrach er die doch wieder ausschweifend werdenden Ausführungen des Antimenidas.

»Ja, das will ich doch gerade sagen«, antwortete Antimenidas etwas verärgert über diese Unterbrechung, hatte seine Erzählung doch – so meinte er – gerade ihren richtigen Schwung bekommen.

»Auf der Fahrt nach Ägypten war es – wir fuhren natürlich auf einem Schiff, gingen aber jeden Abend vor Anker. In einem dieser Häfen,

Aschkalon heißt er, ganz ausgebrannt war er, nur hier und da hatten die am Leben gebliebenen Einwohner wieder Hütten errichtet, und er gehört den Philistern ...«

»Nie gehört«, unterbrach ihn Larichos wieder ungeduldig.

»Nun laß mich doch deine Frage beantworten! In Aschkalon also, bei den Philistern, hörte ich, ein Alkaios habe in der Schlacht gegen Juda eine siegreiche Truppe angeführt. Doch ob das nun unser Alkaios war, konnte ich nicht weiter erkunden.«

»Und man hat dir von diesem Alkaios nichts weiter gesagt?«

»Doch, aber deswegen bin ich nicht sicher, ob es tatsächlich mein Bruder ist. Ganz Aschkalon redete sogar von ihm: Ein Trunkenbold und Frauenheld soll er gewesen sein. Und überhaupt erzählten sie scheußliche Sachen über ihn. Nein, sicher war das nicht mein Bruder. Denn er kann weder ein guter Feldherr noch ein widerlicher Wüstling sein.«

Larichos lachte auf: »Vor allem kein guter Feldherr!«

Er erinnerte sich sehr gut, mit welchem Entsetzen sich Alkaios damals in der Troas vor den furchteinflössenden Athenern in einen Busch verkrochen und dort Waffen und Rüstung versteckt hatte, um einem sehr riskanten Kampf aus dem Wege zu gehen. Und er sah seinen schmalen, zierlichen Freund mit den so feinen Gesichtszügen vor sich: Immer etwas zum Schreiben in der Hand, und mochte es ein vertrocknetes Feigenblatt oder die Scherbe eines alten Pithos sein. Und so rein war seine Seele, voller Verse und Begeisterung!

»Aber er lebt«, sagte Larichos leise, »ich fühle es ganz deutlich, daß er noch am Leben ist. Vielleicht findet auch er seinen Weg hierher wie du.«

Als es ganz dunkel im Raum geworden war, schwiegen sie lange und wie in einem stillen Einverständnis.

Larichos erhob sich, unendlich erschöpft von diesem langen Tag, den so vielen ungeordneten Gefühlen und Gedanken und zündete das Lämpchen an. Er sah zu Antimenidas hinüber. Dieser saß auf der bescheidenen hölzernen Pritsche, kaute bedächtig ein Stück dieses unvergleichlichen flachen, weißen kyrenischen Brotes und kraulte das kleine gelblichgestreifte Kätzchen, das leicht und lautlos in seinen Schoß gesprungen war und jetzt genüßlich schnurrte.

»Ich kenne diese kleinen Löwen aus Ägypten«, lächelte Antimenidas, »doch dort sind sie größer und kratzbürstiger. Solch ein Tierchen möchte ich mit nach Hause nehmen, denn bei uns sind sie ja ganz unbekannt. Wie würden sich die Mädchen darüber freuen! Ach, wenn ich nur sorglos nach Hause fahren könnte!«

Der Brief unter dem Bett regte sich nun, verlangte, sofort aufgehoben und vorgelesen zu werden.

Larichos blieb nichts anderes übrig. Er bückte sich, zog die zerknitterte Rolle hervor und gab sie, ohne ein Wort zu sagen, dem Bruder seines besten Freundes.

Antimenidas beugte sich weit in den unruhigen Lichtkreis des Lämpchens vor. Die Katze machte einen kleinen, beleidigten Buckel und verschwand im Dunkel des Raumes. Laut las er Zeile für Zeile, stockte manchmal, las einen Abschnitt nochmals, stolperte über ein besonders langes Wort, das sich Sappho selbst ausgedacht hatte, und als er zu den letzten Sätzen des Briefes kam, liefen ihm Tränen über das Gesicht, deren er sich nicht schämte.

»Wie gut und klug deine Schwester ist«, sagte er mit gedämpfter Stimme. »Wir müssen wirklich zurück, auch wenn es nicht leicht sein wird. Man braucht uns.«

Dann nestelte er umständlich in seinem Bündel, das neben ihm auf der Pritsche lag und zog einen vom oftmaligen Lesen sehr ausgefransten Papyrusbogen heraus.

»Ich habe dir noch nicht gesagt, daß ich dich gerade deshalb gesucht und so schnell zu dir gekommen bin. Denn auch ich erhielt einen Brief, der mich vor fünfzehn Tagen in Memphis erreichte. Er ist von Myrsilos. Hier, lies ihn!«

Sehr verstört von der unerwarteten Aufforderung des Antimenidas nahm Larichos das Blatt. Er las darin, daß Myrsilos nach der leichten Beseitigung des Tyrannen zwar gegen den Befehl des Pittakos den geschlagenen Melanchros eigenhändig umgebracht habe, aber ganz nach Willen und im Interesse des Volkes. Das habe Pittakos aber als schwere Herausforderung seiner Macht angesehen. Und nun stehe er gegen Pittakos, der sich mit seinem starken thrakischen Heer als ein neuer und noch fürchterlicherer Tyrann aufspiele, als es der blutige Melanchros gewesen sei, und die Einwohner von Mytilene stünden daher vor einem neuen Bürgerkrieg.

Mit mir, stand in dem Brief, *kämpft auch mein ehrenwerter und tapferer Freund Skamandrios, obwohl er vor Krankheit und Leid über seinen verbannten Sohn kaum noch gehen kann, ein Vorbild für alle Männer, die um Tugend und Pflicht wissen.*

Antimenidas sah Larichos prüfend an. Er sah, daß sich sein Freund sträubte, ihm zu folgen, daß er sogar den Brief mit großen Unbehagen und Widerwillen las. Eigentlich nur des Freundes wegen.

»Und du willst also so schnell wie möglich zurück nach Lesbos, um an diesem schmutzigen Krieg teilzunehmen?«

Antimenidas war zuerst verblüfft, dann aufgebracht.

»Warum schmutzig? Wie kannst du einen Krieg, in dem es um die Freiheit deiner, ja deiner Stadt geht, schmutzig nennen? Und warum schließt du dich mir nicht an? Rührt dich denn das Schicksal deiner Heimat überhaupt nicht? Hast du Vaterland und Familie vergessen?«

Viele solche empörte und beleidigte Fragen wären noch gefolgt, wenn Larichos nicht abrupt aufgestanden wäre. Antimenidas hielt den Atem an. Er konnte nichts mehr verstehen; solch ein Benehmen und Denken konnte er nicht begreifen.

»Er ist schmutzig«, begann Larichos den älteren Freund sehr fest und sogar betont unhöflich zu belehren, »weil beide nur um ihre eigene Macht kämpfen. Keiner von beiden schert sich auch nur einen Deut um das Wohl und das Leben der Menschen. Ohne mit der Wimper zu zukken würden sie, wie dieser Tyrann Melanchros, deine und meine Familie abschlachten lassen, wenn sie es für notwendig erachten. Nein, für solche Bestien gebe ich nicht das auf, was ich erreicht habe, werde ich nicht mein einziges Ziel ändern, das alle meine Handlungen bestimmt.«

»Das sagst du, der Sohn des Skamandrios, der Bruder der göttlichen Dichterin Sappho?« flüsterte Antimenidas im letzten Versuch, ihn umzustimmen.

»Sie schreibt dir doch, wie wertlos alles Erreichte in der Ferne ist. Und kann es ein anderes Ziel im Leben geben, als der Heimat zu dienen und dort eine angemessene Stellung zu erringen?«

»Oh ja!« Dies kam ziemlich spöttisch und sehr von oben herab.

»Es kann sogar sehr viele verschiedene Ziele geben, die hundertmal größer und wichtiger sind als die kleinlichen Streitereien irgendwelcher machtgierigen Familien, die noch ein oder zwei Weideplätze mehr haben möchten oder ein paar Rindviecher mehr als die anderen!«

Jetzt sprang auch Antimenidas auf, und beide standen sich mit hochroten Gesichtern, die im Lampenschein fleckig glänzten, gegenüber.

»Wenn du so denkst, so gehe ich. Wiedersehen möchte ich dich nie mehr. Mögest du gesund bleiben. Aber vor allem: Möge niemand je so schändliche Gedanken haben wie du! Das wäre der Untergang und das Ende aller Griechen!«

Er nahm sein Bündel, bemerkte im letzten Moment noch den ausgefransten Brief von Myrsilos und quetschte ihn achtlos durch einen Seitenschlitz in sein Wegbündel.

Larichos tat es schon weh, seinen einstigen Freund so aufgebracht und mitten in der Nacht gehen zu sehen. Doch er hätte ihn nicht ohne Zugeständnisse zum Bleiben bewegen können. Er hatte schon zu viel gesagt, und konnte doch nichts davon zurücknehmen.

»Es tut mir leid, Antimenidas«, sagte er wie in leiser Entschuldigung.

»Glaube mir, es tut mir aufrichtig leid. Aber ich kann nicht anders denken und handeln. Doch laß mich noch sagen, daß du im Unrecht bist: Gerade, wenn es die Griechen lernen werden, sich über ihre kleinen, nichtigen Zwiste in ihren heimischen Eckchen zu erheben und sich größeren Zielen zuzuwenden, wenn sie sehen, wie groß die Welt und unermeßlich weit die Seele im Menschen ist, dann wird es Fortschritt und Frieden geben.«

»Grünschnabel!« fuhr Antimenidas ihn an, obwohl er nicht mehr als fünf Jahre älter als Larichos war, drehte sich um und ging in die Finsternis hinaus, um am nächsten Tag ungeleitet seinen langen Weg nach Lesbos anzutreten.

Larichos blieb wie betäubt zurück. Er lauschte seinen eigenen Worten erstaunt nach. Nie im Leben waren ihm solche Gedanken in den Kopf gekommen, niemals hatte er solche gehört. Wie nur waren sie so plötzlich in seinen Mund gewesen? Lange saß er noch so da, dachte über seine eigenen Worte nach, und es schien ihm immer mehr, daß eine große Wahrheit in ihnen steckte.

Den Wüstensaum entlang

Er hatte schon einen ansehnlichen Troß bilden können: Zwei schwere Ochsenkarren, vollbepackt mit reicher Kriegsbeute, bewacht von seinen eigenen Männern, dazu mehrere Frauen und Sklavinnen, die vor allem auf das Beutevieh aufpaßten und seinen kleinen, aber schwierigen Haushalt im Lager versahen. Er war stolz auf sich, auf seine Erfolge, mit denen er die Schmach von Sigeion endlich aufgewogen hatte. Er, den man immer als einen verweichlichten Dichterling verachtet hatte, war tatsächlich zu einem geachteten Krieger herangewachsen, gewaschen mit allen Wassern des Krieges, listig im Planen, tollkühn im Angriff, raffgierig beim Plündern, unnachgiebig streng im Führen seiner Truppe.

»Du hast mir den Kopfputz versprochen, den aus Gold mit Lapislazuli«, hörte er hinter sich die beleidigte Stimme von Rhodope, die, angetan mit einem prächtigen weißen Kleid aus feinster Wolle mit goldbestickten Säumen, herausfordernd auf ihn zukam.

»Wo willst du denn den noch hintun?«, fragte er mißmutig. »Du hast dich doch schon vollbehängt wie ein Ischtarbild in Sidon.«

»Aber mein Lieber«, schmeichelte sie mit honigsüßer Stimme, »ich kann doch nicht jeden Tag denselben Schmuck tragen. Ich könnte dir doch gar nicht so gefallen. Langweilig wäre ich dir, du würdest deine Blicke auf die schmutzigen Sklavinnen werfen.«

Was er sowieso die ganze Zeit schon tut, dachte sie sich wütend hinzu.

Alkaios drehte sich nach ihr um und erwischte gerade noch ein Zipfelchen ihres Zorns in den zierlich-feinen Zügen.

Schon lange hatte er sie satt. Schon lange bereute er, sie jemals in Korinth kennengelernt zu haben. Überrumpelt hatte sie ihn damals mit ihrer Frage, die so unerhört gewesen war, daß er sie tatsächlich mitgenommen hatte. Ein Mädchen, das sich selbst anbot, bereit, mit einem Unbekannten in die Fremde zu ziehen, an Kriegsschauplätzen zu sein, so undenkbar, daß er es nicht hatte abschlagen können.

Und sie war ja auch schön, so schön, daß sich alle den Hals verrenkten, wenn sie in ihre Nähe kam. Aber jetzt hatte er sie gründlich satt. Immer mußte sie um ihn herum sein, immer etwas verlangen, nie zufrieden sein, nie das tun, was man von ihr erwartete. Er mußte irgendetwas unternehmen, um sie loszuwerden.

Rhodope sah seinen ganzen Mißmut und zuckte gekränkt mit den Achseln, wobei sich ihre linke Schulter, rund mit durchsichtig blaßblauen Adern, leicht entblößte.

»Und zieh dich anständig an!« entfuhr es ihm.

»Du bist in einem Heereslager und nicht auf den Straßen Korinths. Genug hast du mich ins Gerede gebracht!«

»Huh, der Feldherr meines Lagers ist heute mal wieder ungenießbar wie ein Becher Wein, der zu lange in der Wüstensonne gestanden hat«, schmollte das Mädchen und zog das Kleid zurecht. Als Alkaios ihr wieder den Rücken zugedreht hatte, ging sie langsam zu den anderen Frauen seines Trosses zurück.

Alkaios hatte inzwischen auch sich selbst satt, und sogar der Anblick seines Reichtums ließ nun keine Freude mehr aufkommen. Wie grob er geworden war! Seit Monaten hatte er keinen Vers mehr schreiben können, obwohl er es mehrmals abends versucht hatte. Kein Wein, keine Frauenbrüste, keine Soldatengesänge und Dirnentänze hatten ihn inspirieren können. Und dachte er an Lesbos, an sein Haus, seinen Freund Larichos und überhaupt an dieses unbekümmerte Leben, das er dort als Junge geführt hatte, dann kamen unverzeihlich unmännliche Tränen, unter denen alle Versuche zu dichten zerrannen. Er mußte etwas ändern. Nein, alles mußte er ändern.

Rhodope, an den Ochsenkarren angekommen, hielt es nicht lange in ihrem kleinen Kreis aus, in dem sie nur notgedrungen geduldet wurde. Mit keiner von diesen syrischen, hethitischen, urartäischen oder auch ägyptischen Frauen – sie alle waren Kriegsgefangene – konnte sie sich verständigen, noch hätte sie es gewollt. Zwar gab es bei anderen Trossen auch Griechinnen, doch diese waren sehr vulgär und zänkisch, Dirnen und Huren, immer neidisch, daß sich Rhodope stets mit neuer Kriegsbeute putzen konnte, während sie selbst nur einige wertlose Münzen erhielten und ansonsten froh sein konnten, wenn etwas Essen für sie abfiel.

Und dann waren da noch die unzähligen Kaufleute mit ihren Karren und Wagen, Pferden, Eseln und Kamelen, aufdringlich wie die ewig surrenden und summenden Sumpfmücken. Sie kamen aus aller Herren Länder, von den riesigen Heeren angezogen wie Spatzen von den

Pferdeäpfeln, und boten ihre verlockenden Weinschläuche, getrockneten Früchte, groben Getreidesäcke, dickwandigen Tongefäße mit Oliven, Amphoren mit Öl gegen kostbares Beutegut an. Unentwegt lagen sie untereinander in zeterndem Streit, und oft kam aus ihren Reihen größeres Geschrei als aus den ersten Schlachtlinien beim Angriff.

So schlenderte Rhodope aus dem Kreis des Lagers hinaus und stieg auf eine der hohen Dünen, die das Meer umsäumten. In leichten, ruhigen Schlägen krochen die kleinen Wellen den Sand hinauf, manchmal kleine Seetierchen, Muscheln und Algen hinterlassend, um sie beim nächsten Anschlag sorgfältig wieder zu sich zu nehmen. Weit im Süden lag ein großer Hafen in einer tiefen Bucht, und sie konnte im Dunst des Mittags hohe Gebäude und Türme erkennen. Sie hatte Lust, dorthin zu gehen, obwohl es, wie man ihr gesagt hatte, eine feindliche Stadt sei.

»Na, Rhodope, was guckst du da?« hörte sie eine bekannte und sehr freundliche Stimme hinter sich.

Sie drehte sich nicht um, sondern versuchte zu erraten, wem sie gehören mochte. Sie tippte auf Butas, einen hohen Offizier – den Vorgesetzten des Alkaios –, der erst gestern aus Karkemisch angekommen war und sich sofort um sie bemüht hatte. Ganz ehrenhaft natürlich.

Sie wandte ihren Kopf zur Seite und sah mit tiefer Genugtuung, daß sie richtig geraten hatte. Sie deutete mit dem rechten, weit ausgestreckten nackten Arm auf die feindliche Stadt mit ihren verschwommenen Konturen:

»Wie heißt das dort?«

»Das ist die Stadt Aschkalon«, erklärte Butas.

»Und wer wohnt dort?«

»Das ist eine der fünf Hauptstädte der Philister, der Pelischtim, wie sie sich selbst nennen«, antwortete Butas, stolz und zufrieden, die Neugier der Schönen befriedigen zu können.

»Und was sind das für Leute? Phönikier oder Aramäer?«

»Nein, hier in diesem Land wohnen ganz andere Völker, von denen wir bisher nur wenig wissen. Doch von den Philistern sagt man, sie seien früher, vor langer, langer Zeit Griechen gewesen wie wir. Doch sie leben nun schon so lange hier, daß sie sich von den anderen Stämmen kaum unterscheiden.«

»Es wird doch für das babylonische Heer sicher nicht schwer sein, sie zu besiegen?«

Butas schüttelte in leisem Bedenken den Kopf.

»Wir sind unbesiegbar. Doch die Philister sind auch große Kämpfer. Ein Ägypter erzählte mir einst, welch große Verluste sein Heer in den Schlachten gegen die Philister hatte hinnehmen müssen.«

»Sind sie reich?«

»Sie sind große Händler, und diese Stadt ist ungeheuer reich.«

Er sah Rhodope verschmitzt lachend von der Seite an.

»Die Juwelen der Philisterinnen werden dir ganz besonders gut stehen.«

»Ach«, Rhodope rümpfte ihr Näschen und warf ihre Hand in abwehrender Geste nach hinten, wohlbedacht, daß sich dadurch ihre so oft von Alkaios bewunderte Schulter wieder entblößte. »Dieser Geizhals Alkaios will mir noch nicht einmal einen kleinen Kopfputz aus Phönikien mehr schenken, den er mir schon lange versprochen hat.« Dabei zog sie das über den Oberarm gerutschte Tuch in einer traurig-langsamen Bewegung wieder nach oben.

»So ist das also!«

Butas war allen diesen Bewegungen mit sehr wachem Interesse gefolgt. Jagdeifer und Eroberungslust hatten ihn gefangen, zumal es ein leichter Kampf zu werden versprach.

»Und warum nimmst du dann all diese Mühen des Soldatenlebens auf dich? Liebst du ihn so sehr?«

»Nein, ich liebe ihn nicht!« antworte Rhodope aufrichtig, bestimmt und gewiß, daß nun endlich wieder Bewegung in ihr Leben kommen würde. Heftig schüttelte sie ihren Kopf, daß sich kleine rotblonde Lockensträhnen aus dem hochgebundenen Haar lösten und lustig hin und her flogen.

Begeistert und bezaubert trat Butas etwas näher an sie heran und flüsterte mit blitzenden Augen:

»Gut kann ich dich verstehen. Ja, natürlich, ich mag Alkaios. Ein braver Kerl. Doch du brauchst etwas ganz anderes: Einen richtigen Mann, der dich schätzt und dir gibt, was du wert bist.«

Rhodope sah innerlich frohlockend zu ihm auf. Tatsächlich, Butas war ein richtiger Mann: Bullig in seinem ganzen Äußeren, stiernackig, knubbelnäsig, bepackt mit prallen Muskeln Sie wußte von Alkaios, daß er aus Sparta stammte. Nein, Alkaios konnte sich in keiner Hinsicht mit diesem strammen und wirklichkeitsnahen Offizier messen. Sie war auch eigentlich nie mit Alkaios so richtig zufrieden gewesen. Zu ungeschickt und ungelenk war er, mit viel zu spitzen Ellenbogen und Knien, die ihr oft wehtaten. Wie groß war der Unterschied zwischen ihm und Theodotos, der sie so rücksichtsvoll und auch ästhetisch in dieses delikate Gebiet des Lebens eingeführt hatte!

Schnell wischte sie den Gedanken an Theodotos weg. Er störte hier, und sie wollte und durfte sich nicht stören lassen.

Sie richtete ihre Augen weg von Butas und wieder auf Aschkalon.

»In nur wenigen Tagen werde ich diese Stadt stürmen und einnehmen«, sagte er zu ihr. »Und dann werde ich alle Schätze der Philister den Göttern und dir vor Füßen legen. Wenn du dann zu mir kommst.«

Hoch in den Himmel reichten die weißen Türme mit den rot nachgezogenen Fugen, doch noch überragt von dem alles überschattenden Tempel der großen Göttin Aschtarte; mehrstöckige, bunt bemalte Häuser mit Säuleneingängen und duftenden Gärten in ihren Innenhöfen; Zitronenbäume, die gleichzeitig blühten und Frucht gaben, unter denen friedlich lächelnde Steinlöwen im Sommernachtsschlummer lagen; von der Brise leicht bewegte Dattelpalmen, die zusammen mit Wasserspielen Kühle spendeten und das leichte Rauschen und Geplätscher, das die Grundmelodie war, über der die Vögel ihre Variationen zwitscherten: Alles hörte, sah und fühlte sie, während die ferne Silhouette der Stadt in der flimmernden Mittagshitze mehr und mehr einer Fata Morgana zu gleichen begann.

»Gut, ich werde zu dir kommen, aber du mußt mich von hier wegbringen.«

Butas berührte mit seiner wuchtigen Hand leicht ihre an der Seite aufgelösten Locken und sagte:

»Nach der Schlacht werde ich dich holen und in ein Paradies führen.«

Sie nickten sich zu, wie nach einem erfolgreich abgeschlossenen Vertrag, und Rhodope ging langsam und lächelnd nachsinnend zu dem verhaßten Troß zurück.

Butas war ein erprobter Offizier und Ehrenmann. Er machte seine Sache gut. Obwohl die Philister tatsächlich nicht nur reiche Händler, sondern auch kriegserfahrene Soldaten waren – wie oft waren sie siegreich gegen die Judäer in den Krieg gezogen! –, gelang es Butas, mit der modernsten Belagerungstechnik, ausgeklügelter Strategie und hohen Prämien für seine Söldner, Aschkalon in nur wenigen Tagen einzunehmen. Immer und überall war er an der Spitze der Kämpfe und schlug eigenhändig tiefe, blutige Breschen in die dichten Reihen der schwerbewaffneten Fußkämpfer und Streitwagen vor den Stadttoren. Weder die Philister mit ihren seltsam hochgebundenen Haaren noch die bis zum letzten Blutstropfen kämpfenden Ägypter konnten ihn aufhalten.

Die riesigen Heere der Babylonier hatten die Stadt inzwischen umzingelt, und der babylonische Kronprinz Nebukadnezar saß etwas seitlich auf einer Erhebung unter einem weißen Baldachin, ließ sich Wahrsagungen durch Eingeweide der Opfertiere und zufälligen Vogelflug geben, erteilte wichtige Anweisungen auf weichen Tontafeln und sah Butas mit Wohlgefallen. Als der erste Mauerabschnitt fiel, nahm er eilig sein Schwert, um vor Butas in die Stadt einzudringen.

Der Triumph war unermeßlich. Aschkalon war ein wichtiger Stützpunkt des Pharaons Necho gewesen. Jetzt blieb ihm nichts anderes übrig, als sich wieder hinter die Grenzen Ägyptens zurückzuziehen.

Die einst blühende Stadt war ein Ort des Grauens geworden. Söldner der verschiedensten Völker rannten mit lauten Schreien auf den engen, winkligen und jetzt leichenübersäten Straßen umher, immer auf der Suche nach einem noch nicht geplünderten Haus. Alles, was ihnen wertvoll erschien, packten sie in großen Tüchern und Decken zusammen, Plunder schütteten sie einfach auf die Straßen. Nur selten fanden sie noch den einen oder anderen Bewohner der Stadt. Dieser wurde dann sofort mit dem Schwert niedergehauen; es waren meist Alte, manchmal auch Kinder oder Sklaven, die vergeblich gehofft hatten, von den Eroberern die Freiheit zu erlangen. Gab es keine Menschen zum Morden, so nahm man mit streunenden Katzen, Hunden, Ziegen und was man sonst noch finden konnte, vorlieb. Wichtig war den Soldaten, den Rausch des fließenden Blutes noch möglichst lange zu genießen und in ihm aufzugehen.

Der Großteil der Alten, Frauen und Kinder, soweit sie nicht schon vor der Belagerung weggelaufen waren, hatte sich oben auf die Zitadelle der Stadt geflüchtet, und hoffte betend und jammernd auf ein Wunder vom Himmel. Nur wenige Männer waren bei ihnen, denn die meisten waren schon gefallen oder leisteten den letzten verzweifelten Widerstand. Überläufer hatte es nicht gegeben.

Alkaios stand mit seiner kleinen Truppe links des wuchtigen Holztores mit den massiven Eisenbeschlägen in Form sanft geschwungener Lotosblüten, die den Weg auf die Burg versperrten, und wartete auf das Zeichen für den Angriff, das von Butas kommen mußte, der auf seinem nervös tänzelnden Hengst vor der ersten spartanischen Kampfreihe auf und ab ritt und seinen Soldaten Befehle und Anweisungen gab. Rechts des Tores befand sich der Flügel des mesopotamischen Heeres, und hinter Alkaios' Truppe wälzten sich die dichten Reihen aus kleinasiatischen Karern und Lykiern heran.

Alkaios konnte sich kaum noch auf dem Pferd halten. Sein Körper war übersät von Wunden, Kleinigkeiten, wie er sich einredete: Eine tiefe Schramme hatte ein vorbeisausender Pfeil in den Oberschenkel geritzt, ein geschleuderte Stein hatte ihn an der Augenbraue getroffen, so daß diese aufgesprungen war und stark blutete. Dann war er vom Pferd gestürzt, als es sich in panischer Furcht vor einem brennenden Strohbündel auf der Mitte der Straße aufgebäumt hatte. Sein ganzer Körper war mit starken, schmerzenden Prellungen übersät. Von üblen Gerüchen, der sengenden Hitze und dem ohrenbetäubenden Kriegslärm war ihm schlecht geworden. Ein gewaltiger Druck saß in seinem Magen, schnürte ihm das Herz ab, peitschte seinen Kopf in pochendem Schmerz, so daß er mehrmals meinte, das Gleichgewicht zu verlieren. Er wollte nichts mehr sehen, nichts mehr hören und nie mehr kämpfen. Er sehnte sich nach der Ruhe einer Papyrusrolle, über die man sich schreibend beugt.

Da ertönten die schrillen Pfeifen der Flötenbläser zum Angriff. Alkaios wurde zunächst von den nachrückenden Soldaten mitgefegt, zügelte aber dann das Pferd, bahnte sich mühsam einen Weg durch die schreienden und Lanzen schwingenden Reiter und ließ es weit links vor der Zitadellenmauer abbiegen. Von dort aus hörte er das Krachen des nachgebenden Tores, das dumpfe Geräusch, mit dem ein Schwert in die Leiber von Menschen fährt und das Heulen und Schreien von Frauen und Kindern. Mit zitternden Händen fuhr er sich über das Gesicht und öffnete damit die nur leicht verkrustete Wunde über seinem linken Auge. Mit schwerem Stöhnen ließ er sich vom Rücken des Pferdes gleiten, hockte sich in das dürre Gras, das der glühende Wind vom östlichen Hügelland tief zum Boden beugte und übergab sich.

Butas schüttelte die Wassertropfen von seinen Armen und Haaren, strich sich über die breite, schwarzbehaarte Brust und dehnte und streckte sich zufrieden unter der sich schon neigenden, ins Orange spielenden Sonne. Das Tuch, das ihm die Sklavin reichte, lehnte er mit einer freundlichen Geste ab. Die zwei großen Tonkrüge mit Wasser, das sie über Rücken, Kopf und Bauch geschüttet hatte, hatten ihn erfrischt und seinen vor Hitze und Kriegsrausch dampfenden Körper angenehm abgekühlt. Dieses Vergnügen wollte er nach all dem, was er an diesem Tag geleistet und sich verdient hatte, noch so lange wie möglich in die Länge ziehen.

Viel hatte er sich verdient: Reichtum aus Aschkalon, Ruhm unter den Heeresscharen aus aller Welt, Anerkennung des babylonischen Kronprinzen, die immer mit wertvollsten Geschenken verbunden war und – daran hatte er während aller Kämpfe unablässig gedacht – die schöne Rhodope, eine Frau, für die er noch zehn solche Städte einzunehmen bereit wäre. Er nahm das weiße Hemd aus den Händen der demütig gebeugten Sklavin und zog es sich über. Nun denn, jetzt war die Zeit gekommen, sie sich zu holen. Denn die große Versammlung der Heeresführer würde erst am Abend in der ersten Dunkelheit mit prächtigen Opfern und vor allem mit der Beuteverteilung stattfinden. Da wollte er sie bei sich haben.

Doch er wurde aufgehalten: Ein Offizier seines Heeres, auch er bereits gewaschen und mit einem frischen, sauberen Gewand, eilte ihm entgegen, da er einige wichtige Einzelheiten vor der Versammlung mit ihm zu besprechen habe. Um die Gefallenen ging es, über das Einsammeln der Beutestücke und deren Zuteilung.

»Laß mich, lieber Freund, ich habe keine Zeit!« versuchte Butas abzuwehren. »Ich komme zu dir, sobald die Sonne am Horizont steht, und dann werden wir alles in Ruhe besprechen.«

Doch der Offizier berief sich auf eine Anweisung von höchster Stelle, und Butas mußte nachgeben. Es würde ja auch nicht so lange dauern, beschwichtigte der Offizier ihn, legte seinen mächtigen Arm freundschaftlich auf seine Schulter und strahlte ihn mit dem Glück des siegreichen Soldaten an, der sich auf die Bescherung nach der Schlacht freut.

Doch die Besprechung nahm kein Ende. Butas tröstete sich mit dem Gedanken, Rhodope während der Feier zu sich holen zu können.

Die Augen von Rhodope warem stark gerötet und schmerzten. Auch im Kopf wütete ein elendes Stechen und Stoßen, so daß sie kaum mehr gehen konnte. Den ganzen Tag hatte sie unter den sengenden Strahlen der Sonne auf der Düne zugebracht, hatte versucht, aus dem großen Schlachtenbild Einzelheiten zu erkennen, doch die Entfernung war zu groß, die Rauchschwaden der Brände zu dick und undurchdringlich gewesen. Sie hatte nur erkennen können, daß die Stadt eingenommen wurde und betete für das Wohlergehen des Butas. Ein ganz anderes Leben würde sie mit ihm führen können: angebetet, geehrt, beschenkt. Er würde sie aus diesem scheußlichen Kriegslager wegbringen, an irgendeinen schönen, behüteten Ort, an dem Ruhe und Überfluß herrschten.

Sie preßte beide Hände an Augen und Stirn, doch der Schmerz wurde immer stärker. Sie brauchte unbedingt Schatten, doch wohin sollte sie gehen? Zum Troß des Alkaios konnte sich nicht mehr zurück, doch sie konnte auch noch nicht zu dem des Butas gehen. Das hieße, den eigenen Wert zu senken. Und das tat sie nie.

So machte sie sich langsam zu einer Gruppe von Dattelpalmen auf, die nicht allzu weit von der Düne entfernt an der Straße zur zerstörten und in Flammen stehenden Stadt standen. Dort würde ihr Schatten den Schmerz lindern. Und am Abend könnte sie ihn dann ausgeruht wieder oben auf der Düne erwarten.

Der Schatten war dicht, das Gras unter den schlanken Stämmen weich, und auch das Meer sandte bereits eine sanfte, leicht kühlende Abendbrise zu ihr herüber. Sie setzte sich mühsam, lehnte sich an einen Baumstamm und wandte das Gesicht mit geschlossenen Augen dem Wind zu. Angenehm war es hier, wie ein Vorgeschmack ihrer Wünsche und Träume. Und in diese Wünsche und Träume versunken glitt sie ganz langsam vom glatten Stamm der Palme in das Gras und schlief fest ein.

Das Schnauben von Tieren, Rasseln und Klirren von Ketten und verhaltenes Geflüster weckten sie auf. Es war gerade dunkel geworden, eine finstere, mondlose Nacht, und nur wenige Sterne waren am Himmel zu sehen. Sie wollte sich die Augen wischen, doch sie konnte ihre Arme nicht bewegen. Sie waren hinten auf dem Rücken mit Eisenketten gebunden. Das hatte dieses klirrende Geräusch gemacht.

Rhodope kannte Ketten bereits sehr gut. Alles war voller flüsternder und tuschelnder Hast, schwarze Schatten von Kamelen und Maultieren standen neben den hohen Silhouetten der Dattelpalmen. Um sie herum liefen einige Menschen in langen, dunklen Gewändern und gewundenen Tüchern auf ihren Köpfen.

So war also alles aus. Sie wußte, wer diese Leute waren. Sie kannte diese Tücher und diese langgezogenen, von Knacklauten unterbrochenen Worte genauso gut wie diese verhaßten Ketten. Wieder Phönizier! Und wo war Butas? Warum war er nicht gekommen?

Man zerrte sie unsanft in die Höhe. Widerstand oder Geschrei hätten keinen Sinn gehabt. Sie fügte sich, um wenigstens nicht geschlagen zu werden. Dann führte jemand sie zu einem Kamel, hob sie hoch und zwei kräftige Arme empfingen sie oben auf dem Sattel. Sofort setzte sich die ganze kleine Karawane in Bewegung.

Als sie auf eine Anhöhe gelangten, sah Rhodope weit in der Ferne das Lager mit vielen großen Feuern, und es schien ihr, als würden Gesänge, Trinksprüche und das Lachen im kühlen Nachtwind wie ein schlechter Witz zu ihr herübergetragen.

Und dann, als sie ihre Augen verzweifelt abwandte, erblickte sie noch einen fernen Ort, an dem viele Feuer gegen den Sternenhimmel loderten. Das war die Stadt Aschkalon. Die Bilder aus dem brennenden Korinth vermischten sich mit dem Widerschein dieser Flammen.

Da legte ihr der Mann, der hinter ihr saß, gutmütig eine Decke über die Schultern. Seltsam, aber vielleicht war sie nie im Leben jemandem so dankbar gewesen wie jetzt diesem unsichtbaren Schatten, mit dem sie auf einem Kamel von der Küste weg zur Wüste ritt.

Während seine Kameraden, soweit sie nicht in Aschkalon ihr Leben gelassen hatten, ihr großes Siegesfest feierten, wälzte sich Alkaios unruhig in ersten Fieberträumen auf der groben Matte neben seinem Zelt. Zwar hatte ein Arzt seine Wunden behandelt, ausgewaschen, mit irgendwelchen übelriechenden Salben und Tropfen beschmiert, um dann zum nächsten stöhnenden Verwundeten zu eilen, doch Linderung hatte all dies nicht gebracht. Besonders die tiefe Schramme in seinem Bein brannte und schmerzte, so daß er trotz Müdigkeit keinen ruhigen Schlaf finden konnte. Einige Freunde hatten ihn im Vorbeigehen besucht, ihm kurz mit den Geschichten eigener Verwundungen Trost spenden wollen, was ihren Zweck völlig verfehlte, und sogar Butas war zu ihm gekommen, hatte ihm auf die Schulter geklopft und dann ganz beiläufig nach Rhodope gefragt. Doch Alkaios wußte nicht, wo sie sein konnte. Soll sie doch zu den Säulen des Atlas gehen! Dieses Zierpüppchen hatte sich noch nicht einmal sehen lassen. Alkaios fühlte eine neue heiße Fieberwelle in sich, die gierig bis in Finger- und Zehenspitzen schwappte. Sein Kopf schien zu bersten.

»Wasser, gebt mir Wasser!« versuchte er zu rufen, doch es kam nur ein Röcheln heraus. Aber sofort fühlte er ein feuchtes, kaltes Tuch auf seiner Stirn und eine behutsame, gleichwie höchst besorgte Hand auf dem Hals, die den Puls fühlte. Er wußte, es war diese hethitische Sklavin, die er aus einer im Sturm den Ägyptern abgenommene Stadt in Nordsyrien mitgenommen hatte.

Am nächsten Tag brach das Heer zum Weitermarsch auf. Nur die Schwerverwundeten wurden mit einem Arzt zurückgelassen. Man hatte sie aber praktisch bereits abgeschrieben: Entweder würden sie an ihren Verletzungen sterben oder von den am Leben gebliebenen Einwohnern von Aschkalon oder auch von vorbeiziehenden Nomaden getötet werden.

Doch die Götter, sowohl die griechischen als auch die hethitischen, standen Alkaios bei, auf daß er alles durchstünde. Mawaziti – so hieß diese Hethiterin aus Nordsyrien – war eine gute Frau, eine von diesen Frauen, die den Sinn des Lebens im Mitleid zu anderen sehen und aufblühen, wenn sie jemanden heilen und pflegen können. Manchmal ist es Glück, solchen zu begegnen.

Mawaziti also hatte beschlossen, ihren Herrn zu retten, koste es, was es wolle. Unermüdlich saß sie bei ihm, kühlte Kopf und Wunden, beruhigte seine wilden Träume mit leisen Liedern und guten Worten und sorgte auch dafür, daß sein Eigentum nicht abhanden kam. Nachdem alles, was gehen, reiten oder fahren konnte, abgezogen war, brachte sie ihn zu seinem Wagen, spannte an und lenkte ihn nach Aschkalon, in das die Geflüchteten allmählich zurückgekehrten, um ihre Häuser wieder aufzurichten.

In einem unversehrten Dörfchen hinter der zerstörten Stadt bat sie eine Bäuerin um Einlaß und erhielt ihn gegen eine prächtige Silberschale. Beste phönikische Arbeit.

Und so genas Alkaios, obwohl er sich lange Zeit nicht sicher war, ob er überhaupt genesen wollte. Doch dann erblickte er nach vielen Wochen im Garten eine große Tonscherbe an einer Mauer. Sie stak halb in der Erde, und nur eine häßlich abgebrochene Spitze ragte heraus. Er bückte sich, hob sie auf, betrachtete sie stirnrunzelnd und wollte sie schon wieder wegschleudern, als er statt dessen seine Nadel vom Hemd nahm und so an die Mauer gelehnt – wie schon gesagt: Ohne an irgend etwas zu denken – einen Vers einritzte:

Komm und trink mit mir Leben und Wein!
Glaubst doch selbst nicht, das Strahlen der Sonne zu sehen
Hinter den blutigen Strudeln der Hadesgewässer?

Er hielt inne, las die Zeilen verwundert durch, verbesserte ein wenig den Rhythmus und schrieb weiter, bis Vorder- und Rückseite der nutzlosen Scherbe mit kleinen, ungleichmäßig und leicht hoch nach rechts gezogenen Buchstaben bedeckt waren.

Von diesem Tag an genoß er sein Leben in vollen Zügen. Er schrieb, kehrte in die Hafenkneipen von Aschkalon ein, die als erste wieder aufgebaut worden waren, vergnügte sich mit Philisterinnen, Judäinnen,

Mädchen aus dem phönikischen Tyros und aus den ägyptischen Heliopolis und Memphis, hielt auch eine Gruppe von jungen, versoffenen und grobschlächtigen Griechen aus, die es zufällig hierher verschlagen hatte, doch nie konnten Wein und Frauen ihn vom Dichten abhalten.

Der Krieg war für ihn vorbei. Mehrere Monate lebte er auf diese Weise. Wein, Dichten, Frauen, Dichten und nochmals Wein. Noch Jahre danach erzählte man in Aschkalon und Umgebung von diesem schmächtigen, heißblütigen und freigiebigen Griechen, der ein ganzes Vermögen verpraßte und seine zahlreichen Zechgenossen und Freundinnen mit noch nie gehörten Liedern, aber manchmal auch grausamen Späßen nächtelang unterhielt.

Als er einmal in seinem sehr gemischten Kreis ausgiebig zechte, ließ er heimlich eine kleine Krake in den großen Krater gleiten und verschluckte sich vor Lachen und mußte schwer nach Atem ringen, als sich die Fangarme des weingetränkten Tieres an das Gelenk einer hübschen, fast nackten Philisterin klammerten, die für ihren Freund Wein schöpfen wollte. Sie fiel fast in Ohnmacht – nur fast, denn ihr ohrenbetäubendes Gekreisch hielt sie wach – und auch den anderen Tischgenossen sträubten sich die Haare, weil sie dachten, es sei ein schrecklicher Geist in den Wein gefahren, der sich nun auch ihrer bemächtigen würde.

Alle liebten aber seine Lieder, auch wenn oft beißende Ironie in ihnen steckte. Doch was die meisten anzog, war das Thema der Freiheit und des Kampfes gegen die mächtigen Ungerechten dieser Welt und ihre unsinnig vernichtenden Kämpfe. Solche Gedanken offen auszutauschen war etwas Neues, zunächst etwas Empörendes, dann aber, wenn die Gedankengänge durch Wein und Vergnügung gemildert und erweitert wurden, eigentlich sogar etwas sehr Wünschenswertes.

Als ihm sein Reichtum ausging, war auch dieser Rausch vorbei. Er schenkte Mawaziti die Freiheit, nicht ohne sie mit den letzten, nicht geringen Resten seiner früheren Beute versehen zu haben, nahm das kleine Bündel, in das seine jetzige Habe paßte und verdingte sich auf einem Schiff, das nach Italien abfuhr, als Ruderknecht. Seinen Genossen und Freundinnen aber hatte er erzählt, er würde ein Heer der Babylonier gegen Jerusalem führen. Denn das gefiel allen, da Jerusalem hier niemand mochte.

Während Alkaios also auf diese Weise von den Wunden in Aschkalon genas, saß Rhodope Tag für Tag auf dem Kamel, das sie in schleppend schaukelndem Wüstenschritt immer weiter nach Süden brachte. Ihre Fügsamkeit war belohnt worden. Schon am ersten Tag hatte man ihr die Ketten abgenommen und ihr ein langes, weißes Gewand mit Kapuze gegeben, das sie gegen Sonne und Sand schützte. Der Mann, der ihr in der ersten Reisenacht so behutsam die wärmende Decke übergelegt hatte, erwies sich als der Anführer der Karawane, ein älterer, gutmütiger Händler, der sie zwar als Sklavin verkaufen wollte, doch ansonsten sehr menschlich mit ihr umging. In vieler Hinsicht erinnerte er sie an den Promenides, der sie auch in väterlichen Anwandlungen behütet und unterrichtet hatte.

Nur war hier der Unterricht ganz anders: Niemand von diesen Männern, die übrigens keine Phönikier, sondern Aramäer waren, wie man sie später berichtigte, konnte auch nur ein Wort Griechisch, so daß man sich nur mit schwierigen Gesten und Zeichnungen im Sand verständigen konnte.

Schon am zweiten Abend zeigten sie ihr, wie man kleine Fladenbrote auf der Glut backt, und auch hier erwies sich Rhodope als gelehrige Schülerin und erwarb sich Anerkennung und Wohlwollen. Ganz besonders interessierte sie sich für die Waren, die diese Aramäer mit sich führten, denn es waren die verschiedensten Dinge aus aller Herren Länder.

Und als Kermal, der Anführer der Handelskarawane, einmal sah, wie sie sich den Hals verdrehte, um in einen großen, von einem Tier heruntergefallenen Ballen zu linsen, lachte er belustigt und forderte sie auf, näherzukommen und sich alles genau anzusehen. Sie ließ sich das nicht zweimal sagen. Behutsam breitete sie die teuren phönikischen Hemden aus, gefärbt in einem prächtigen Rot aus dem Saft der Purpurschnecken.

Alkaios hatte ihr das Färben erklärt, als sie durch dieses Land gezogen und oftmals an kleinen, unbeschreiblich stinkenden Hügeln aus Schneckenhäusern und -fleisch vorbeigekommen waren. Diese kleinen, unansehnlichen Tiere, so hatte er sie belehrt, sammelte man in den heißen Sommermonaten, schnitt dann den Teil, der den kostbaren Farbstoff enthielt, aus ihnen heraus und legte diesen in eine Salzlake. Alles Übrige warf man auf einen dieser unappetitlichen Haufen, an denen man nicht vorbeikommen konnte, ohne Mund und Nase fest mit einem Tuch zu bedecken. Damit aber war der Purpur noch lange nicht fertig. Diese Salzsoße mußte von Klümpchen und anderen Verschmutzungen gereinigt und so lange gekocht werden, bis ein ganz dicker Brei entstand. Schließlich gab man noch Honig hinzu, damit die Schneckenfarbe tief in das Gewebe dringen konnte. Denn auch noch nach vielem Waschen konnte echter Purpur nicht verbleichen.

Sie faßte die Stoffe mit Bewunderung an, konnte es sich aber nicht verkneifen, auch an ihnen zu riechen. Nein, nichts von diesem abscheulichen Geruch war zu spüren. Sie hätte auch gern ein Purpurkleid besessen.

Unter diesen Gewändern und Stoffballen fand sie verschiedene kleine Ton- und Steingefäße, manche von ihnen bunt mit Ornamenten oder sogar mit Zeichnungen von Pflanzen, Tieren oder mit komischen Mischgestalten verziert, wie sie sie schon von Korinth her kannte und auch unterwegs mit Alkaios oft gesehen und sogar besessen hatte. Salben und teure Öle waren darin. Sie bedauerte, daß sie alle fest mit Wachs versiegelt waren. Dann gab es dort noch verschiedene kleine Metallkessel und -pfannen, wie man sie zur Vorbereitung für bestimmte delikate Soßen im Osten zu benutzen pflegte. Sie wunderte sich ein wenig, warum diese unter den Handelswaren lagen. Erst später sah sie, daß die Ägypter sie gern erstanden, da es solche dort nicht gab.

Nachdem sie lange unter Kermals wachsamen Augen herumgestöbert hatte, stieß sie auf einen nicht zu kleinen, fest zugebundenen Lederbeutel. Bevor sie ihn ergreifen konnte, war ihr der Karawanenführer schon zuvorgekommen. Unwillig richtete sie sich auf. Da lachte er und schnürte den Beutel auf. Rhodopes Augen wurden groß vor Erstaunen. Bunte Steine, solche von leuchtendem Blau, glänzendem Schwarz, durchsichtigem Weiß, funkelndem Rot, braune mit feinen, schwarzen Linien, lilafarbene wie erblühender Flieder, grüne mit feinen, wie aufgemalten Äderungen, in denen man ganze Landschaften aus Hügeln, Bäumen, Gebäuden und Blumen herauslesen konnte. Dann holte Kermal ganz von unten noch einige silberne Schmuckstücke hervor: zierliche Ringe, Armreifen aus dünnen Drähten kunstvoll zu schlangen- oder pflanzenartigen Figuren zusammengezwirnt, Halsketten mit granulierten Hängerchen und vieles andere mehr. Kermal freute sich an ihrer Bewunderung, knüpfte dann den Beutel wieder sorgfältig zu, verstaute alles, wie es sein mußte und gab das Zeichen zum Aufbruch.

Sie hatten nun den Wüstensaum verlassen und bewegten sich durch eine unendliche staubig-gelbe Hügellandschaft ohne ein einziges Grashälmchen, ohne auch nur das Pfeifen eines einzigen Vogels. Erst nach mehreren Tagen entdeckte Rhodope, erfahren im Beobachten, daß es hier mehr Leben gab, als es schien: Kleine schwarze Vögel mit weißen Tupfen auf Kopf und Flügeln lugten manchmal hinter Steinen versteckt neugierig hervor, emsige Käfer und Geckos malten ihre ineinander verschlungenen Wegspuren auf den Sand, und hier und da sah man auch dürre Pflanzen, jedoch jeder Zeit bereit, sich nach den seltenen Regengüssen grün und blühend zu erheben.

Man hatte Rhodope ein langes, leichtes Tuch gegeben, mit dem sie den Kopf einwickeln sollte. Nur mühsam konnte sie etwas durch den engen Augenschlitz sehen. Aber es gab tatsächlich nur wenig zu sehen, und feiner Sand, den der Wind dennoch in ihre Augen trieb, stach sie wie feine Nadeln.

Die Männer waren nun unruhiger. Es schien, als fürchteten sie überraschende Überfälle von den herumziehenden, räuberischen Beduinenstämmen, denn sie ritten immer mit gezogenen Waffen. Vielleicht aber verursachten auch die Größe und Ungewißheit der weiten, wasser- und nahrungslosen Öde in den schillernden Farben des Sandes ihre übergroße Angst und Hast.

Nach einem ihrer Abendessen saßen sie in einer kleinen Oase mit einem alten Brunnen um das nächtliche Feuer. Rhodope zog mit einem Stöckchen die Konturen ihrer Karawane, davor einen Pfeil und stieß Kermal leicht mit dem Ellenbogen an. Dieser lächelte über das gut erkennbare Bild und verstand ihre Frage.

»Misraim!« antwortete er und deutete in die Richtung, in der die Sonne eben als ein riesiger, leuchtender roter Ball hinter einer Sanddüne verschwunden war.

»Misraim! Menefe!«

Rhodope kannte kein Land mit solchen Namen und zuckte stirnrunzelnd mit den Achseln. Da nahm Kermal das Stöckchen aus ihrer Hand und zeichnete eine Karte: Ein senkrechter Strich, der in der Mitte einen weiten Bogen nach rechts machte – das war das Meer, dessen Rauschen er mit dem Mund nachahmte. Rhodope verstand und nickte. Dann malte er nicht weit davon entfernt Kamele, unförmige Ovale mit Strichbeinchen und zwei wellenartigen Rückenbuckeln. Das waren sie selbst am Wüstensaum, und Kermal machte dies mit der sie alle umfassenden Handbewegung verständlich. Dann kamen Sandberge, das war die Wüste, und dann eine Grenze, und dahinter ein Land mit Ziegen und Schafen, Gärten und Feldern und vielen Städten. Mitten durch diese blühende Landschaft im Sand zog sich ein großer Fluß hindurch, als solcher erkenntlich gemacht durch kleine, hüpfende Fische und Rohrpflanzen an seinen Ufern.

»Ägypten!« rief Rhodope, die plötzlich verstanden hatte. »Wir ziehen nach Ägypten!«

»Ja, Aigyptos, Aigyptos«, wiederholte ein anderer, der diesen Namen bei griechischen Händlern gehört hatte.

Rhodope deutete auf den großen Fluß:

»Nil?«

Wieder nickte der Mann zustimmend, während er mühsam mit seinen aufgerissenen Lippen kleine Stücke von der Brotkruste abzerrte, denn er hatte kaum Zähne im Mund.

Rhodope wollte noch mehr wissen. Sie zeigte mit dem linken Daumen auf sich selbst, dann mit dem Zeigefinger auf die Karte.

Kermal zog seinen Geldbeutel vom Gürtel und ließ die Münzen darin erklingen. Ja, natürlich, anderes konnte sie nicht erwarten.

Es schauderte ihr vor diesem Land, über das sie im Lager bereits Vieles und Seltsames gehört hatte: Von den tierköpfigen Göttern, dem Reichtum der Gräber, in denen man die Toten wie Lebendige pflegte. Als »das Land der Toten« bezeichnete man es oft, auch wenn die Soldaten das ausgezeichnete Bier und den Reichtum an Früchten und Fleisch priesen.

Das Land war wirklich sehr, sehr reich. Nachdem sie nach fünf angestrengten Tagesmärschen der Wüste glücklich entronnen waren, stießen sie an die Grenze Ägyptens. Nach sorgfältigsten Kontrollen der vielen mit schneeweißen Leinenröckchen bekleideten Beamten, die mal herrisch und würdevoll die Warenbündel und verwischten Briefe mit festen Siegeln untersuchten und tief ihre spitzen Nasen in alle Bündel und Gefäße, Beutel und Schriftrollen steckten, mal wie jagende Eidechsen flink hierhin und dorthin liefen, wurden sie eingelassen.

So erreichten sie müde und erschöpft den Nil. Jetzt verstand Rhodope, warum man immer mit so großer Verehrung und Schauder von Ägypten sprach. Dies hier war keine gewöhnliche Erde, kein gewöhnliches Land: Es lag weit hingebreitet inmitten von Himmel und Wasser, und man konnte nicht sagen, wo nun der Himmel aufhörte und wo das Wasser begann. Und der Nil war kein Fluß, sondern ein Himmelsmeer, das sanft und träge über die breiten Felder gurgelte und dabei die flimmernde Luft, die schlanken Rohrpflanzen und Palmen und die kleinen, auf grünen Anhöhen erbauten Dörfer in einem wasserflimmerndem Spiegelbild in sich aufnahm. Es war die Zeit der großen Nilschwemme.

Die Karawane hielt, Kermal und seine Gefährten stiegen von den Kamelen, warfen sich auf die Erde und versanken in lange Gebete.

Nun reisten sie viel langsamer, hielten in jedem Städtchen, verkauften und kauften, und auch Rhodope, die wieder gefesselt war, bot man mehrmals an. Doch niemand wollte einen guten Preis für sie zahlen, und Rhodope bemerkte, daß man sie mit zunehmend unzufriedenen Blicken maß. Erst nach vielen Tagen, als sie sich in einer so riesigen Stadt niederließen, wie sie Rhodope noch nie gesehen hatte – das große Memphis war es, die Stadt des weisen, menschengesichtigen Ptah –, erschien ein ägyptischer Käufer, der mit dem von Kermal geforderten Preis einverstanden war, ohne auch nur den Versuch zu machen, ihn herunterzuhandeln. Sie war nun Eigentum eines wendigen, nach Sauberkeit und geschmackvollen Duftölen riechenden ägyptischen Händlers geworden, der sofort erkannt hatte, was für einen Gewinn er mit dieser jungen schönen Griechin erzielen konnte.

Die Aramäer übergaben sie ihm ohne ein Wort des Abschieds oder Grußes. So, wie man ein Tuch oder einen Krug dem Käufer aushändigt. Doch dabei bemerkte Kermal an ihrem Hemd eine kleine, filigran gearbeitete Silbernadel, die er zusammen mit Tellern und Schalen von phönikischen Silberschmieden in Tyros erworben hatte. Er wollte sie ihr abnehmen, doch der Ägypter zerrte sie hastig zu sich. Der Aramäer hätte es eben rechtzeitig sehen sollen. Jetzt gehörte auch dieses zierliche Kleinod ihm. Er würde es seinem Lieblingsmädchen schenken.

Der weise Pittakos

Sein Körper war groß und sehr aufrecht, sehnig und sehr kräftig; die Züge seines Gesichtes waren immer entschlossen, auch wenn er zweifelte; männlich waren sie, aber nicht hart. Er unterschied sich von seinen Mitbürgern, und deshalb hatte er einige verbissene Feinde. Das war Pittakos, den spätere Philosophen zu einem der Sieben Weisen ernennen sollten.

Sein Vater Hyrrhas stammte nicht aus dem Kreis der alten Adelsfamilien in Mytilene, er war noch nicht einmal ein reiner Grieche, sondern hatte sich als Sohn eines thrakischen Königs auf der Insel niedergelassen. Er hatte sich schnell durch kluge Arbeit und weitreichende Verbindungen Reichtum und Ansehen verschafft, dennoch war er fremd geblieben. Sein Sohn hatte es bereits leichter, zumal er einen kräftigen, wohlgebauten Leib, edle, feine Gesichtszüge und von jedermann anerkannte und hervorragende Charakterzüge besaß. Viele Söhne dieser ihm zumindest distanziert gegenüberstehenden Aristokraten zählten zu seinen Freunden, wenn auch manchmal nur heimlich. Doch kam es zu Kämpfen, die einen Zusammenhalt des Standes erforderten, schlichen auch sie unmutig zurück zu ihren Reihen und stimmten den Schlachtruf an.

Er mußte jetzt sehr sorgfältig abwägen: Schritt er entschlossen gegen seinen Gegner Myrsilos vor, der ihn in seiner Abwesenheit überrumpelt und sich zum Alleinherrscher in Mytilene aufgeschwungen hatte, würde der ständig schwelende Bürgerkrieg in eine letzte blutige Phase treten. Und der Ausgang war mehr als ungewiß. Zu schwankend waren diese Mytilener: An einem Tag an seiner Seite, um am nächsten schon wieder Myrsilos als ihren Herren und Anführer zu preisen. Fast stündlich wurden neue Intrigen gesponnen, neue Fallen ausgelegt, neue Gifttropfen der Demagogie vergeben. Und wenn er wieder seine treuen thrakischen Heerscharen holen würde, könnte die Stadt endgültig nur mit der Gewalt der Waffen gehalten werden.

Es gab aber noch einen dritten Weg, um den sein Stolz mit seiner Klugheit rang. Und wenn einige ihn später »Pittakos den Weisen« nannten, so war dies dem Sieg seiner Klugheit zu verdanken.

Tief aufseufzend stand er auf, immer noch zögernd, aber überzeugt, das Richtige entschieden zu haben. Zwei seiner besten Gefährten nahm er mit sich. Er selbst war waffenlos, doch den beiden anderen hatte er befohlen, scharfe Dolche sorgsam unter den weitbauschigen Chitonen zu verstecken.

Es war die Zeit, in der man am liebsten unter dem Weinlaub im Hofe saß, kurz vor der Dämmerung, wenn die weit über den tiefblauen Himmel ausholenden Strahlen der untergehenden Sonne ihre lilaroten Streifen ziehen und die erfrischende Brise des Seewindes die sich am Tage angestaute Hitze zerstreut. Dann nippt man bedächtig von der Schale Wein, mischt die süßen Schlucke mit kleinen Käse- und Brothappen und sinnt behaglich dem vergangenen Tag und den vollbrachten Arbeiten nach.

So traf Pittakos seinen Feind Myrsilos an, als er von einem Diener in dessen Hof geführt wurde. Myrsilos war über diesen unerwarteten Besuch zunächst höchst aufgeregt und beunruhigt. Er hob in betont ruhiger Bewegung die Schale an seine Lippen, wobei seine leicht geschlitzten grauen Augen den Gast aufmerksam über den Rand betrachteten, und setzte sie – ebenso behäbig – auf dem kleinen Tischchen aus Zedernholz mit Elfenbeinintarsien ab. Pittakos war allerdings das leichte Zittern seiner Hände bei diesem Absetzen nicht entgangen. Er war zufrieden. Dieses Zittern deutete er als eine gute Ausgangsposition für das folgende, schwere Gespräch.

Die beiden Gefährten sollten draußen bleiben, das war die Vorbedingung, auf die Pittakos denn auch ohne Bedenken einging. Als Gast stand er unter dem besonderen Schutz des Zeus Xenios, dem Schirmherren der Fremden im Haus: Myrsilos würde einen Gottesfrevel nicht wagen, noch nicht einmal erwägen.

»Es ist gar nicht so lange her, daß wir noch als Freunde hier im Hof deines prächtigen Hauses saßen und lange Gespräche über unsere Stadt, ihre Bürger oder auch über die Welt, aus welchen Elementen sie besteht, aus welchem Stoff die Sterne sind und vieles andere mehr führten.«

»Recht hast du, Pittakos«, entgegnete Myrsilos vorsichtig.

»Du bist ein gebildeter und kluger Mann«, fuhr Pittakos fort, wobei er ihn genau im Auge behielt, »du warst auch ein guter Freund.«

Er schwieg, um Myrsilos die Möglichkeit zu geben, etwas zu diesem Satz zu sagen. Doch Myrsilos war verwirrt und konnte sich nicht vorstellen, was Pittakos bezweckte. Sicherlich nichts Erfreuliches. Daher sagte er gar nichts, sondern wartete ab.

»Wir alle sind unglücklich, daß du nicht mehr mein Freund bist. Ganz Mytilene ist unglücklich, lebt in beständiger Angst und betet um das Ende jeglicher Fehde.«

Da Myrsilos sich immer noch nicht regte, beugte sich Pittakos ganz nah zu ihm vor und fuhr mit fester, eindringlicher Stimme fort:

»Ich liebe diese Stadt, die mein Vater mir als Heimat ausgesucht hat, ich liebe ihre Bürger und fühle mit ihnen. Sie sind mir wichtiger als mein eigener Stolz. Auf denn, ich will alles verzeihen, alles vergessen. Laß uns die Freundschaft erneuern, auf daß wieder Friede herrsche!«

Es war so still im Hof, daß man glaubte, das Funkeln der ersten Sterne zu hören. Myrsilos fröstelte.

»Was verlangst du dafür?« fragte er schließlich, nachdem er seine Gedanken und Gefühle etwas geordnet hatte, wobei Pittakos ihn höflich auch nicht unterbrochen hatte.

»Nur das, daß du mich an der Regierung der Stadt teilnehmen läßt. Ich habe Melanchros besiegt, also gebührt mir das Recht. Dennoch, ich will nicht den Platz des Ersten, den überlasse ich dir. Laß uns einen Bund schließen, um gemeinsam die Geschicke Mytilenes zu lenken und den Menschen wieder zu Ruhe und Wohlstand zu verhelfen!«

Lange und überzeugend sprach er noch über die Bedeutung der Harmonie im Staatswesen, zeigte Parallelen aus dem Reich der Götter und Heroen auf, wies auf den frühen Nachthimmel und legte dar, daß nur durch die Ordnung der ewigen Bahnen und das friedliche Nebeneinander der Gestirne, nur durch den Sieg über die ursprüngliche, ungöttliche Unordnung über das Chaos, alles in gleichmäßig ruhigen Kreisen wiederkehren und unter der segensreichen Herrschaft der strahlenden olympischen Götter leben könne.

Der fast volle Mond zeigte sich im Himmelsausschnitt über dem Hof, als Pittakos seinen Plan schließlich durchgebracht hatte. Den neuen Bund, der von Pittakos große Kompromisse und von Myrsilos zunächst nur kleine Eingeständnisse abverlangt hatte, bekräftigten sie mit heiligen Eiden, von denen der bei dem größten und fürchterlichsten Gewässer der Unterwelt, der Styx, der mächtigste war.

Unbeschreiblich war die Freude Sapphos, als sie Antimenidas vor sich stehen sah. Er war gekommen, um sie zu begrüßen und einen kurzen Brief von Larichos zu überbringen. Sie legte ihre Rechte auf seine hohe Schulter und strahlte:

»Antimenidas, der erste unserer verbannten Freunde, der endlich nach Hause zurückgekehrt ist! Wie die erste Schwalbe im Frühling!«

Antimenidas strahlte ebenfalls. Mehrere schwere Lasten waren von seinen Schultern gefallen: Die erste war die Last des Heimwehs gewesen, die sich schon beim Anblick der Heimatinsel in einen nie zuvor gespürten Herzensjubel verwandelt hatte. Die zweite war der Eintritt in das väterliche Haus. Es stand noch da wie eh und je, und auch die Eltern, die übrigens sehr bald hatten wieder zurückkehren dürfen, waren wohlauf und glücklich über die Heimkehr des älteren Sohnes. Und die schwerste und bitterste, der Gedanke an einen Bürgerkrieg, hatte sich von selbst aufgelöst. Freiheit, Frieden, Einverständnis! Nie hatte man es in Mytilene so gut gehabt!

So sprach der glückliche Antimenidas vor der kleinen Frau mit den tiefschwarzen, hochgebundenen Haaren, redete sich in immer höhere Begeisterung hinein und bemerkte gar nicht, daß die Züge Sapphos immer härter und abweisender wurden. Schließlich unterbrach sie ihn:

»Antimenidas, vielleicht hast du recht, daß der Bund zwischen Pittakos und Myrsilos weise war und den Ausbruch des Bürgerkrieg zunächst verhindert hat. Doch du bist noch nicht einmal einen Tag hier! Warte, beobachte, aber sei vorsichtig!«

Antimenidas sah sie erstaunt an. Doch Sappho fügte schnell hinzu:

»Komm doch bitte zu uns! Du hast Larichos getroffen, wie ich sehe. Wir möchten mehr über ihn erfahren, und natürlich auch über dein Schicksal während der Verbannung. Und über Alkaios! Hier weiß niemand etwas über ihn. Wo ist er?«

Antimenidas aber konnte die Einladung nicht annehmen, so oft Sappho sie auch wiederholte.

»Meine Eltern werden meine glückliche Rückkehr mit einem großen Opfer an Poseidon und Athene feiern. Zehn Rinder werden sie dafür vorbereiten und ganz Mytilene dazu einladen. Aber nach dem Fest werden wir genügend Zeit zum Erzählen finden. Doch nun muß ich gehen, vieles ist vorzubereiten!«

Sappho bedauerte es zwar, sah aber seine Eile ein. Sie dankte für seinen kurzen Besuch, für den überbrachten Brief, versprach, mit ihrem Vater zum Opfer zu kommen und kehrte tief in Gedanken ins Haus zurück.

Wieder war der Vater bettlägerig geworden, doch fast war sie froh darüber. Zu oft war er in den letzten Wochen unterwegs gewesen, hatte mit Freunden zusammengesessen und zu oft war er den geheimen Kundschaftern seines früheren Freundes Myrsilos aufgefallen. Denn von dem neuen Bund zwischen Pittakos und Myrsilos hielt er gar nichts:

»Das ist der schändlichste Pakt, von dem ich je gehört habe!« rief er, als man ihm darüber Mitteilung machte. »Wo ist der Stolz des Pittakos, wo sein Sinn für Gerechtigkeit, wenn er diesem Verräter, Dieb und Betrüger die Hand gibt? Welche Erniedrigungen wird mein Vaterland noch hinnehmen müssen?« Und er stöhnte tief auf und zog sich das Oberteil des Gewandes vor Trauer und Empörung über seinen Kopf.

Er hatte sich von Myrsilos ganz abgewandt und ihn sogar einmal aus seinem Haus gewiesen, als jener ihn besuchen wollte. Er hatte mit List und Betrug den Platz eingenommen, der Pittakos als Sieger über Melanchros zugestanden hatte. Er hatte das alte Recht und die Ehre des Adels auf schändlichste Weise verletzt. Auch Sappho war überzeugt, daß ein Bund, der einen Verräter und einen Verratenen zusammenschloß, nicht haltbar sein und vor allem nichts Gutes bringen konnte.

Als sie in seine Kammer trat, lag Skamandrios angezogen auf seinem Lager, die dürre, mit Altersflecken besprenkelte Hand bedeckte seine Augen, und er atmete schwer.

»Vater, wir haben einen Brief von Larichos«, sagte Sappho leise, um ihn nicht zu wecken, falls er schliefe.

Skamandrios hob die Hand und richtete sich sogar mühsam auf. Hoffnung und Neugier belebten das eingefallene, blasse Gesicht.

»Setze dich zu mir und lies ihn mir vor!« befahl er.

Sofort ließ sich Sappho an seiner Bettkante nieder, brach das Siegel der Rolle und begann zu lesen:

»Seid gegrüßt von Larichos, Sohn des Skamandrios aus Mytilene auf Lesbos! Heute erhielt ich den Brief von meiner lieben Schwester, für den ich ihr danke. Außerdem aber kam Antimenidas unerwartet zu mir, und wir sprachen lange und ausführlich über das Schicksal unserer Heimat und über eine Rückkehr. Er ist überzeugt, sofort nach Mytilene fahren zu müssen. Ich würde euch auch gern wiedersehen, doch sehr wichtige Geschäfte halten mich noch davon ab. Ich bin im Begriff, richtig reich zu werden. Laßt mich dieses erreichen, und dann werde ich einst vielleicht als angesehener Bürger zurückkehren können.«

Es folgten einige Zeilen, die Sappho nicht vorlas und betete, daß Skamandrios nie von ihnen erfahren würde.

»Verzeiht mir, aber ich kann nicht anders. Meine Gedanken und Ziele sind woanders. Manchmal erscheint es mir, als gäbe es meine Heimat gar nicht mehr. Ich habe euch lieb und denke und bete oft für euch. Mögen die Götter euch Glück und Gesundheit geben.«

Skamandrios ließ sich wieder auf sein Kissen zurückfallen. Hatte er doch tatsächlich gehofft, Larichos würde endlich seine Heimkehr ankündigen. Nichts gefiel ihm an diesem Brief.

»Reichtum, Geld, nur das hat er im Sinn, wie all die anderen! Und wo ist das Gefühl für Ehre, für Pflicht? Nichts ist mehr wie früher. Mytilene braucht junge, kräftige Männer, das hast du ihm geschrieben. Und unser Haus braucht auch ein neues Oberhaupt. Bald werde ich in die Unterwelt ziehen. Wer wird dann dein und meiner Enkelin Vormund sein?«

Sappho schauderte es bei diesem Gedanken, der auch sie oft beschäftigte. Tatsächlich würde der Rat der Stadt ihr nach dem Tod des Vaters – und der stand bevor, da brauchte man sich nichts vorzulügen – einen gesetzlichen Vormund geben, dem sie sich unterwerfen müßte. Nur Larichos konnte verhindern, daß dann ein Fremder über sein Eigentum verfügen würde.

»Vater«, sagte sie mit zu sanfter Stimme, »Vater, all dies, was in deinem Kopfe hin und her zieht, liegt noch in weiter Zukunft. Wir werden Larichos schon dazu bringen, nach Hause zu kommen, er selbst wird bald den rechten Sinn finden. Jung ist er noch, und Verstand und rechtes Verständnis wachsen langsam. Wir dürfen nicht zu ungeduldig mit ihm sein!«

»Du bist eine Frau«, seufzte Skamandrios, »deshalb hast du immer zu viel verzeihendes Verständnis. Doch unsere männliche Welt ist nicht die Welt von Frauen und Verzeihung. Du magst in vielem recht haben, doch damit kann die Welt nicht recht leben und sich nicht erhalten.«

Dies war ein häufiges Thema zwischen Vater und Tochter, lange konnten sie darüber sprechen und die Erfahrungen aus ihrer männlichen beziehungsweise weiblichen Welt austauschen und staunend die manchmal unüberbrückbaren Unterschiede wahrnehmen. Ja, einen wachen und manchmal fast männlichen Geist hatte seine Tochter, groß genug, sogar Männern guten Rat zu geben. Doch wie oft geschah es, daß sich ein unüberwindbares Meer zwischen ihnen ausbreitete, ein Meer aus Gefühlen, weiblichem Beurteilen, Instinkten, die so leicht falsch aufgefaßt und gedeutet wurden!

Sappho, die fürchtete, seine Gedanken würden noch um Larichos kreisen, setzte wieder zum Reden an:

»Ich sagte dir schon, daß Antimenidas diesen Brief überbrachte.«

»Ah, ja, natürlich. Warum ist er nicht zu mir herein gekommen? Schon lange war er nicht mehr hier. Sicher hat er auch viel in der Welt gesehen. Es wird interessant werden, ihm zuzuhören.«

»Ich habe ihn eingeladen, doch sie bereiten heute ein großes Dankopfer vor. Daher hatte er keine Zeit. Heute Abend versprach er, uns alles zu erzählen.«

Skamandrios scheute die Mühe, einen wenn auch nicht langen Weg machen zu müssen. Außerdem würde er dort vielleicht auch Myrsilos treffen und all diejenigen, die sich mit ihm zu einem unehrenhaften Bund zur Schande der Stadt zusammengeschlossen hatten. Doch die Liebe zu seinen Nachbarn, mit denen er sich immer gut verstanden hatte und auch die Neugier, mehr über seinen Sohn zu erfahren, besiegten schließlich seine Zweifel.

Mit reinen, festlichen Kleidern, mit grünen Zweigen bekränzt und schwer auf zwei Diener gestützt, an der Seite seine Tochter, die fürsorglich jeden seiner schleppenden Schritte beobachtete und sich seinem Gang anpaßte, kam er zur schon versammelten Festgesellschaft. Freudig eilte ihm Damoklas, der Vater des Antimenidas und Alkaios, entgegen. Freundschaftlich wies er die beiden Diener an, zur Seite zu treten und führte ihn selbst zu seinem Ehrenplatz in der ersten Reihe der Gäste. Sappho gefiel diese Aufmerksamkeit ganz außerordentlich. Sie wußte, wie sehr der Vater solch eine Geste schätzte. Sie folgte zufrieden einem Diener auf ihren Ehrenplatz bei den Frauen.

Es war keine Zeit mehr, sich umzusehen und Geladene in Augenschein zu nehmen, denn schon trat die Opferdienerin mit ihrer Schale, die das noch reine Schlachtmesser über den Gerstenkörnern verbarg, an den Altar, der vor den Sitzen aufgebaut war. Es folgten weitere Mädchen in langen, weißen Kleidern, die Wasserkrüge und anderes Gerät trugen und schließlich Musikantinnen, die ihren Doppelflöten einfache, langgezogene Melodien in einem langsam wiegenden Rhythmus entlockten.

Sie alle schritten mehrmals feierlich um den alten Steinaltar. Schließlich brachte man das erste Schlachtopfer in den Kreis. Es war ein junger, kräftiger Bulle. Sein weißes Fell glänzte in der Sonne, und in seinen mit Blattgold umwundenen Hörnern brachen sich ihre Strahlen, so daß man blinzeln mußte. Auch er wurde mehrmals um den Altar geführt, und die Mädchen besprengten ihn dabei mit dem Wasser aus ihren Krügen. Er ließ alles ruhig mit sich geschehen und nickte dabei nur mehrmals mit seinem schweren Kopf. Die in höchster Spannung alles verfolgende Festgemeinschaft atmete auf: Das war ein gutes Vorzeichen. Es war so still geworden, daß man das verhaltene Schnauben des Tieres hören konnte.

Viel hing vom Verlauf dieses Rituals ab: Es würde zeigen, ob der große Gott des Meeres ihnen gewogen war, es würde Glück oder Unglück für das Haus und für alle, die hier zusammengekommen waren, vorhersagen.

Damoklas, in festlichster Kleidung, mit einem Kranz aus grünen Zweigen, in den er buntfarbene Wollfäden verflochten hatte, trat nun vor. Die Dienerin bot den Gästen aus der Schale Gerstenkörner an. Alle nahmen davon eine Handvoll und hielten sie zum Werfen bereit. Unterdessen erhob Damoklas seine Arme mit geöffneten Handflächen zum sonnenüberfluteten Himmel und sprach ein kurzes Gebet:

»Oh Herr, Poseidon, Gebieter der Meere, Erschütterer der Erde! So oft warst du gnädig uns allen, hast uns gerettet aus Gefahren und Mühen, hast zurückgegeben, was schon verloren geglaubt war, hast dein Ohr geneigt unserem Flehen. Und wieder hast du deine Allmacht und deine Kraft bewiesen, daß du diesen lieben Sohn zurückführtest in seine Heimat, daß du hast geglättet die Wogen vor ihm und gebändigt die Stürme, auf daß sie ihm nicht Schaden zufügen konnten. So sei auch uns nun gnädig, und nimm dieses Opfertier, das beste, das ich aus meinen Herden auserwählte, geneigt an. Deiner Herrlichkeit, deiner Hoheit sei es geweiht!«

Langsam neigte er Blick und Arme vom Himmel zur Erde, noch geblendet vom Licht. Da warfen die Opferteilnehmer die Gerstenkörner mit aller Kraft auf das Opfertier und auf den Altar, obschon manche an den verschwitzten Handflächen kleben blieben. Der Bulle schien eher verwundert als erschrocken über diesen nahrhaften Regen. Er hob den Kopf, schnupperte und machte ein paar Schritte auf den Altar zu, auf dem, wie er meinte, die dicksten Körner lagen. Die Menge jubelte auf, denn das bedeutete, wie sie meinten, daß das Tier freiwillig zum Opfertod hineilte. Und das war ein besonders gutes Zeichen.

Auch Damoklas lächelte sehr zufrieden, als er nun das verdeckte Opfermesser aus der großen Schale nahm, die das Mädchen ihm in feierlicher Geste hinhielt. Er versteckte es hinter seinem Rücken und trat an den Bullen heran. Dann tat er einen schnellen Schnitt in das kurze, borstige Haar über seiner Stirn. Der Bulle wunderte sich und hob und senkte unmutig seinen Kopf. Damoklas warf die Stirnhaare in das gerade aufflackernde Feuer. Ein unangenehmer Geruch machte sich breit und gab den Vortakt für die nächste, die schreckliche Handlung. Ein Diener trat vor, ein blitzendes Beil in beiden Händen so fest gepackt, daß sich die Fingerknöchel weiß unter den schwarzblau hervortretenden Venen abzeichneten, und tat den gezielten Schlag. Brüllend brach das Tier zusammen, wälzte und krümmte sich unter fürchterlichem Schnauben auf dem Boden, zuckte dann noch mehrmals krampfartig, um schließlich unter schreckenerregendem Stöhnen und weiß brechenden Augen langsam zu verenden.

Es erhob sich ein ohrenbetäubender Schrei der Frauen, als seien sie eine Stimme geworden. Sie schrien vor Entsetzen und Angst, Angst vor dem Tod und dem Blut, Entsetzen vor der Schlachtung dieses gesunden, kräftigen Tieres. Sie schrien ihr »Ololyge!« als sei ein naher Verwandter von ihnen öffentlich erstochen worden, wie nach einem grauenvollen Verbrechen. Dieser Brauch des Beklagens von Opfertieren stammte aus uralten Zeiten, und er war immer noch so wirklich, so echt, daß über die ganze Opfergemeinschaft ein tiefer Schauer hinwegging. Der blutige Tod dieses schönen Jungtieres ging allen zu Herzen und sie fühlten seinen Schmerz bis ins Innerste. Aber es war nicht umsonst gestorben: Es gehörte nun dem Gott Poseidon. Es war ein heiliger Tierkörper geworden.

Der Diener nahm nun das Messer und öffnete mit einem geübten

Schnitt die noch angeschwollene Ader am weißen Hals. Helles Blut spritzte hervor und vermischte sich mit dem aufgewirbelten Staub der Erde. Schnell hielt er eine Schale darunter, um einen Teil der dampfend strömenden Flüssigkeit aufzufangen. Und als er dann mit dem besudelten Hemd durch die Reihen ging und alle Anwesenden mit dem Opferblut besprengte, da wurde es wieder ganz still. Der stechende Brandgeruch des Altars, das schaurige Erlebnis des Opfers und die warmen, klebrigen Blutstropfen, die nun auf Armen und sogar Gesichtern trockneten, waren der Preis für den Eintritt in eine andere Welt, in die Welt, in der man mit der Gottheit zusammen war, in der man mit ihr sprechen und ihre Anwesenheit körperlich fühlen konnte.

Nach all diesen erhebenden und ermüdenden Ritualen saßen sie, jeder mit seiner genau seinem Rang entsprechenden dampfenden Portion des gebratenen Opferfleisches und nahmen es andächtig ein.

Skamandrios hatte ein Ehrenstück dieses Poseidonbullen erhalten. Auch er hatte schon mehrmals solche Opfer dem Gott der Meere dargebracht und ihn geehrt, womit er nur konnte. Möge er doch auch Larichos glücklich heimwärts führen! Seinen Sohn zu sehen, als Nachfolger und Erbe seines Hauses! Nicht wünschte er sich sehnlicher, während er seinen Anteil des göttlichen Besitzes Stück für Stück einverleibte. Die heilige Pflicht.

Als nur noch ein dünner, sich im Abendrot kräuselnder Rauchfaden vom Altar aufstieg, kam Antimenidas zu ihm, begrüßte ihn ehrerbietig und setzte sich zu ihm. Lange erzählte er von seinen eigenen Irrfahrten und auch ein wenig von Larichos. Er verschwieg allerdings dessen Silphiongeschäfte, die ihm nicht gefielen, ohne genau sagen zu können, was ihn daran so abstieß. Ebenso verschwieg er ihren Abschied, denn er wollte den kranken Skamandrios, der ihm immer wie ein wohlwollender und hilfreicher Verwandter gewesen war, nicht betrüben.

Das Gesicht des Skamandrios war vor Krankheit, Erschöpfung und Leid um seinen Sohn eingefallen, und fast gespenstisch blickten unter den buschigen, weißen Augenbrauen die großen dunklen Augen aus ihren tiefen, in welken Falten eingebetteten Höhlen hervor.

Sappho lauschte den recht langatmigen Ausführungen des Antimenidas geduldig, ohne ihn zu unterbrechen. Sie wartete auch, bis ihr Vater alle seine Fragen gestellt hatte. Auch sie wollte noch mit ihm sprechen.

Fröstelnd raffte Skamandrios seinen Übermantel um seine dürren Schultern an der Brust zusammen und senkte traurig sein Haupt.

»Habe vielen Dank für deine Mitteilungen. Sie haben mich nicht erfrischt, doch ich sehe jetzt vieles klarer.«

Er sah sich suchend um. Er mußte nun unbedingt mit Antimenidas' Vater sprechen. Er fühlte, seine Zeit war nah. Larichos würde vielleicht nie wieder kommen. Das hatte er mit seinem feinen Verständnis und sicheren Gefühl aus all den Reden des jungen Mannes herausgehört. Er mußte nun die Zukunft seiner Tochter und Enkelin sichern. Nur sein guter Freund Damoklas konnte ihnen jetzt helfen. Er mußte sich als Vormund anbieten und seinen, ihren, Besitz bewahren. Wer anders als er? Unsicher versuchte er aufzustehen, um sofort mit ihm darüber zu sprechen.

Sappho wollte gerade Antimenidas fragen, ob er etwas über Alkaios wüßte, als sie den dumpfen Aufprall vernahm. Skamandrios lag regungslos am Boden. Den Mantel hatte er noch halb über den Kopf ziehen können.

Längst war schon alles vorbei: die Totenklage, das Begräbnis, die vierzig Trauertage, alle diese dunklen Rituale um den toten Körper und seine Seele, die sich unmutig über das nicht Erledigte auf den schweren und schwierigen Weg in die Unterwelt gemacht hatte. Ein Nachtfalter, geführt von Hermes, dem Gott mit den kleinen, flauschigen Flügeln und dem goldenen Stab, auf dem Aufgang, Zenit und Untergang der Sonne in den drei übereinanderfolgenden Kreisen dargestellt sind. Aber ging die Sonne nicht nach jedem Untergang auch wieder auf?

Leer und finster war es im Haus geworden. Sogar das Töchterchen Charitis zeigte sich bedrückt und artig und suchte ständig die Nähe der Mutter. Larichos, dem sie sofort geschrieben hatte, meldete sich nicht. Sappho wußte nicht mehr, was für eine Zukunft sie erwartete. Daher war sie nicht erstaunt, als eines Tages ein Mann, ein Diener des Myrsilos, auftauchte, der sie bat, ihn zu seinem Herrn zu begleiten. Jetzt würde sie sich entscheiden, diese Zukunft. Besser war irgendeine Zukunft, als das stumpfe Warten auf die Beschlüsse anderer.

Myrsilos empfing sie höflich und ehrerbietig, sprach nochmals sein tiefes Beileid aus, sagte einige wohlgesetzte Worte über seinen ehemaligen Freund und hieß sie dann, in seinen Empfangsraum zu kommen.

Dort waren sie schon versammelt. Sappho sah sich in wachsendem Entsetzen um: Hier waren nur die Gegner ihres Vaters zusammengekommen. Kein einziger Freund ihres Hauses war zugegen. Als sie sogar Leocharis bemerkte, der sich zufrieden und leicht wiederkäuend über den Leib strich, wußte sie schon, was sie erwarten würde. Sie nahm sich vor, gefaßt und ruhig zu bleiben, sich nicht provozieren zu lassen, aber bis zum letzten Atemzug für die Rechte ihres Bruders und für sich selbst zu kämpfen.

»Du weißt«, begann Myrsilos mit etwas heiserer Stimme, »daß es Zeit ist, dir einen Vormund zu geben, denn kein männlicher Erbe ist mehr im Hause des Skamandrios. Wir haben lange hier beraten, denn dein Schicksal und das deines kleinen Kindes liegt uns allen zutiefst am Herzen.«

Er legte eine kleine, wirkungsvolle Pause ein, um allen Anwesenden die Möglichkeit zu geben, mitleidsvolle Mienen zur Schau zu stellen. Dies sollte Sappho auch deutlich sehen und zu schätzen wissen.

»Du bist noch eine junge Frau, Sappho, Witwe ohne Fehl und Tadel. Du hast dich lange aufopferungsvoll um deinen kranken Vater gekümmert. Du hast unsere Mädchen unterrichtet und sie auf ihr Eheleben vorbereitet. Dafür sind wir alle dankbar. Nun aber wird es Zeit, daß du wieder an dich denkst. Da wir dein Gutes wollen, aus ganzem Herzen ...«

Bei diesen Worten nickten alle Anwesenden zum Zeichen eines freudigen Einverständnisses.

»... haben wir beschlossen, daß du einen dir würdigen Mann nehmen sollst, an dessen Seite du den Besitz deines Vaters genießen kannst.«

Myrsilos war sehr zufrieden mit dieser Formulierung und blickte sich beifallerheischend und triumphierend im Kreise um. Ja, alle waren zufrieden mit ihm und noch mehr über ihre eigene Entscheidung.

Schlimmer hätte es nicht kommen können. Sappho hatte zwar nicht gehofft, daß man sie rücksichtsvoll behandeln würde, doch daß man ihr eine Heirat aufzwingen würde, hätte sie sich auch in den schlimmsten Alpträumen nicht vorstellen können. Alle hier wußten, daß sie beim Tod ihres Mannes, ihres Phainias, gelobt hatte, nie wieder einem Manne zu gehören. Und jetzt verlangte man von ihr, diesen Eid zu brechen! Ihre Fäuste ballten sich unbewußt zusammen.

Myrsilos' Stimme wurde noch sanfter, aus ihr troffen süßliche, giftige Worte, weiß und schleimig wie der Saft des Schierlings.

»Man kann nicht die Welt zum Hades machen. Wir leben hier und jetzt. So ist es unser aller Pflicht. Auch deine. Daher haben wir beschlossen, dir Satyros als Bräutigam zu geben ...«

Er hatte seine Rede noch längst nicht abgeschlossen, doch Sappho war beim Klang dieses Namens wie ein wildes Tier von ihrem Sitz aufgefahren. Sie schüttelte ihre Fäuste. Mit gefährlich funkelnden Augen und geschmeidigen Schritten, wie eine Löwin, die zum Sprung ansetzt, trat sie vor Leocharis. Sie sprach ganz leise, doch ihre Stimme war so scharf und durchdringend, daß alle sie hörten:

»Wenn du das versuchst, bringe ich dich um, dich und deinen unsauberen Sohn Satyros!«

Hinterlist und unverhohlene Schadenfreude machten sich auf Leocharis' Gesicht breit. Da packte sie ihn an seinem Chiton aus bestem, blütenweißem Leinen, holte weit aus und schlug mit aller Kraft in diese Schadenfreude hinein.

Es war so schnell und unerwartet gekommen, daß alle wie erstarrt waren. Sappho konnte nicht mehr aufhören. Sie schlug, kratzte, stieß, schrie dabei ihren ganzen Haß und ihre ganze Verzweiflung heraus, und als Myrsilos endlich dem ächzenden und keuchenden Leocharis zur Hilfe eilte, der in seiner Körperfülle tatsächlich unfähig war, sich gegen diese kleingewachsene, sehnige Frau zu verteidigen, traf sie dessen Stirnader so schwer, daß er sein Bewußtsein verlor. Im Fallen schlug Myrsilos' Kopf mit häßlich knirschendem Geräusch an den großen Eisendreifuß, der neben dem Sitz des Leocharis gestanden hatte. Eine dünne Blutbahn zeichnete ein schlangenähnliches Muster zwischen Stirn und Ohr.

Nun erhob sich ein ohrenbetäubendes Geschrei. Sappho schüttelte nochmals den ihr auserwählten Schwiegervater, dann fielen ihre Arme kraftlos nach unten, und sie wandte sich hilflos ab. Alles hatte sie falsch gemacht. Aber es hätte auch nichts gegeben, das sie hätte richtig machen können.

Zuerst ließ man sie von Wachen abführen, dann trug man den verletzten Myrsilos hinaus, und sie hörte noch, wie er mit Stöhnen wieder zu sich kam. Sie bedauerte, ihn nicht getötet zu haben.

Sie wußte nicht mehr, wie lange sie in diesem elenden, schmutzigen Holzverschlag gefangengehalten worden war. Ein heftiges Fieber hatte sie in derselben Nacht gepackt, das sie durch grauenerregende Träume geführt hatte, so daß sie Wirklichkeit und Vision nicht mehr voneinander unterscheiden konnte. Zum ersten Mal fühlte sie sich jetzt ein wenig wach. Die sonst schwer verriegelte Tür stand ein wenig offen, und ein grellweißer Sonnenstrahl malte ein langgezogenes Dreieck auf den kotigen Boden. Sie spürte Wasser an ihren Lippen und sog es gierig auf.

»Sappho, Sappho, welch böse Geister sind nur in dich gefahren?« hörte sie eine leise, gütige Stimme über sich.

Mühsam öffnete sie ihre Augen, über die sich eine harte Schicht verkrusteten Eiters und Schmutzes gelegt hatte. Erstaunen und Neugier gaben ihr etwas Lebenskraft zurück. Es war Pittakos, der sich mit einer Schale Wasser über sie beugte.

»Ich dachte schon, du seiest von uns gegangen. Es freut mich, daß es nicht so ist.«

»Wo ist mein Kind?«

Kein anderer Gedanke war in ihr.

»Sorge dich nicht! Die Schwester deines Phainias hat sie bei sich aufgenommen. Sie ist gesund und wartet auf dich.«

»Sie darf warten?«

»Ja, du kannst, du mußt dich schon morgen zu ihr aufmachen.«

Sappho richtete sich mühsam auf. Sie konnte nichts von alledem verstehen. Herotima, ihre Schwägerin, wohnte weit weg in Katana, im westlichen gelegenen Sizilien, wohin ihr Mann sie vor langen Jahren mitgenommen hatte. Dort sollte ihr Töchterchen sein? Wer hatte sie dorthin gebracht? Und warum? Und wie sollte sie selbst dorthin gelangen?

Pittakos gab ihr die Wasserschale in ihre Hände, doch sie spürte keinen Durst mehr.

»Bitte, Pittakos, kläre mich auf! Du siehst, ich bin krank und weiß noch nicht einmal, wieviel Zeit seit meiner Verhaftung verstrichen ist.«

»In der Nacht des Neumondes brachte man dich hierher. Adanna, deine junge Freundin, und die Dienerin Artemidora haben dein Kind sofort nach Sizilien gebracht, als sie hörte, daß man dich schwer bestrafen würde. Morgen wird Vollmond sein. Morgen mußt du Lesbos verlassen.«

Sappho atmete auf. Wenn Adanna, diese gute, umsichtige und kluge Freundin, sich des Kindes angenommen hatte, brauchte sie sich um Charitis nicht zu sorgen. Sie zwang sich, nur an den Augenblick zu denken.

»Ich muß oder darf Lesbos verlassen?«

»Beides. Man wollte dich mit dem Tode bestrafen, da du unseren Regenten, meinen Mitherrscher Myrsilos, fast umgebracht hättest. Mit Gottes Segen aber heilte seine schlimme Wunde am Kopf sehr schnell. Ich habe es durchsetzen können, daß man dich nur verbannt. Und damit du bei deinem Kinde sein kannst, habe ich Katana als deinen Verbannungsort festgesetzt. Es war nicht leicht, Myrsilos und seine Gefährten dazu zu überreden.«

»Warum hast du das getan?«

Pittakos seufzte. Er suchte lange nach passenden Worten.

»Du bist eine kluge Frau, Sappho, und wirst mich verstehen. Und du wirst auch niemandem davon erzählen, was ich dir jetzt sage. Nicht immer sind wir Herren unserer Wünsche und Ziele. Manchmal erscheint es, als gäbe es nur die Entscheidung über Leben und Tod. Doch diese Entscheidung ist zu einfach. Schwirig und vielschichtig ist das Leben, so vieles ist in ihm verknüpft und verflochten! Und so müssen unsere Entscheidungen oft sehr verknüpfte und verflochtene, vielleicht auch verworrene Wege annehmen. Ich weiß sehr gut von dem Unmut deines Vaters über meinen Bund mit Myrsilos. Aber er – und auch du – wißt vielleicht nicht, daß durch ihn die Gefahr eines Bürgerkrieges gebannt worden war.«

Sappho verstand plötzlich. Alles wurde ihr auf ein Mal klar, und sie fühlte große Hochachtung aufsteigen vor diesem Mann, den sie vorher mit ihrem Vater für einen kleinmütigen Verräter ohne Stolz gehalten hatte.

»Ja, ich verstehe nun. Mein Vater hat immer gesagt und gedacht, Stolz und Ehre seien das Wichtigste. Doch dann kam der Kampf um Sigeion, und unser Freund Alkaios schrieb ein so wahres Gedicht über den Stolz des Lebens, der größer ist als der Stolz des Todes.«

»Nicht ganz richtig ist dein Verständnis. Alkaios' Gedicht ist schädlich und dumm. Es geht nicht um den eigenen Stolz, der bewahrt oder nicht bewahrt werden soll. Auch nicht um das armselige eigene Leben. Das Leben der anderen, das ist es, was wichtiger als jedes persönliche Gut ist.«

»Jetzt sprichst du als Staatsmann, nicht als der weise Pittakos. Alkaios hat Recht.«

Pittakos runzelte die Stirn. Vielleicht war es so, aber alles in ihm sträubte sich, es so anzunehmen.

»Du bist zwar klug, aber doch nur eine Frau. Schwerlich wirst du in die Gedanken von Männern eindringen können. Für euch Frauen ist alles Leben heilig, denn ihr bringt es ja zur Welt. Für uns Männer ist der Tod heilig, denn er schützt euer Leben.«

Das kam Sappho zu allgemein vor, um wahr zu sein. Doch sie war noch zu schwach, solche endlosen Gespräche zu führen, wie sie es sonst liebte.

»Aber warum hast du mich von der Todesstrafe befreit?«

Jetzt mußte Pittakos wieder lächeln.

»Zu klug und zu gut bist du. Ich weiß, du wolltest niemanden töten. Es war ein unglücklicher Zufall. Und außerdem ... hat es mir solch ein großes Vergnügen bereitet, Leocharis am nächsten Tag zu sehen: Sein Gesicht war doppelt so breit und hoch als gewöhnlich, tiefe Kratzwunden waren darauf wie mit skythischen Dolchen eingeritzt, oder als habe er wie Herakles mit dem nemäischen Löwen gekämpft: Seine Unterlippe war aufgerissen und geschwollen wie ein Weinschlauch, und auf der Stirn türmten sich rotblaue Beulen auf.«

Dann sah er nachdenklich auf Sappho herab.

»Er ist gefährlich. Sieh dich vor! Er verbreitet ganz furchtbare Dinge über dich.«

»Was für furchtbare Dinge? Ich habe nie Anlaß zu irgendwelchen Anschuldigen gegeben, außer dieser hier!«

»Er erzählt überall, du hättest deinen Schülerinnen frevelhafte und sittenwidrige Dinge gelehrt. Nicht nur in Worten, sondern auch in Taten.«

Sappho verstand nicht.

Verärgert, alles erklären zu müssen, verließ Pittakos den freundlichen und höflichen Ton.

»Er verbreitet überall, du hättest dich an den jungen Mädchen zu deinem Vergnügen vergangen und sie ermahnt, nicht an Männer, Heirat und Kinder, sondern nur an Frauen zu denken.«

»Aber das kann ihm doch keiner glauben! Und selbst wenn es wahr wäre, wenn es in meinen Kreisen solch eine Art von Liebe gegeben hätte, wie sie unter euch Männern üblich ist: Was wäre so schändlich daran?«

»Die Leute sind schnell mit ihrem Vorurteil, wenn man ihnen schlüpfrige Sachen erzählt. Und noch etwas: Niemand würde deine Apologie von Liebe zwischen Frauen verstehen und gnädig annehmen. Wiederhole sie nie vor anderen Männern! Nun weißt du, wie es steht, und ich wiederhole: Hüte dich wohl, und ganz besonders vor Leocharis!«

Schon am nächsten Tag geleitete er Sappho, die sich immer noch recht schwach fühlte, auf das Schiff, das Myrsilos bereitgestellt hatte.

»Ich verspreche dir, daß du nicht zu lange in der Verbannung wirst leben müssen«, sagte er, als er sie zum Abschied freundschaftlich umarmte, und fügte schnell noch hinzu:

»Und um den Besitz, deinen und den des Larichos, mache dir keine Sorge! Ich werde ihn gewissenhaft verwalten.«

Der Herr Heropompos und sein Haus

Eigentlich war es hier viel schöner als bei Theodotos in Korinth. Das Haus lag auf einem hohen Hügel. Von hier aus sah man zum Norden hin auf eine weite, abfallende Ebene mit großen, grünen Feldern, auf die ovalen Terrassen der Weinberge, auf dunkle Haine mit schlanken Zypressen und knorrigen Akazien und auf üppig tragende Obstgärten. Ganz weit weg am Horizont konnte man den blauen Streifen des Meeres erahnen. Und blickte man zur anderen Seite, sah man die Stadt Kyrene stolz auf einer zweiten Anhöhe liegen: Die auf hohen Felsen aufragende Akropolis, den Tempel des Apollon, die vielen anderen großen Gebäude des Marktplatzes und die winkeligen Gassen der drei durch breite Straßen unterteilten Stadtviertel. Beide Hügel trennte eine tiefe, schattige Schlucht, durch die die große Karawanenstraße aus der Libyschen Wüste weiter zum Meer führte.

Viel größer war dieses Haus und ganz aus verschiedenenfarbigem, weithin glänzendem Marmor, in das man Rhodope mit sehr gutem Gewinn und zufriedenem Händereiben verkauft hatte.

Bald waren alle die Mühen und Qualen der langen Reise zu Land und zu Wasser vergessen, die endlosen Märkte, auf denen, den Göttern sei Dank, keiner von diesen kleinen, halbnackten und rotbraunen Ägyptern sie haben wollte. Und die heruntergekommenen griechischen Söldner, die sie mit glitzernden Augen abtasteten, hatten nicht genügend Geld für sie aufbringen können, so viel sie auch in ihren Beuteln wühlten und kramten. Als in Sais eine Bordellbesitzerin bereit war, sogar einen ganz außerordentlich hohen Preis zu zahlen, lehnte es der ägyptische Sklavenhändler dennoch höflich ab. Ihm gefiel dieses griechische Mädchen, das so ganz anders war als alle übrigen Sklavinnen: unerschrocken, aber nicht aufsässig, trotz all der täglichen Unbill immer freundlich, immer eine neugierige Frage auf den Lippen und nie arrogant, wie sich sogar die griechischen Sklaven Ägyptern und anderen Nichtgriechen gegenüber verhielten. Nein, dieses Mädchen war zu schade für ein mittelmäßiges unterägyptisches Hurenhaus. Natürlich wollte er gut an ihr verdienen, doch auch sie war ein Mensch. Er würde sie auf jeden Fall irgendwie auch ihrem menschlichen Wert gemäß unterbringen.

Das reiche Haus des Heropompos im libyschen Kyrene erschien ihm dafür gerade recht. Der Handel in Libyien war einträglicher als der in Ägypten, und die noch neuen griechischen Kolonien, die sich in den letzten Jahren gut entwickelt hatten, waren sein eigentliches Ziel gewesen. Dort brauchte man immer mehr Sklaven für die fruchtbaren Weizen- und Silphionfelder, die im Jahr mehrmals abgeerntet wurden, für die weiten, fetten Weiden, die Nahrung für stattliche Rinder und die berühmten und ausgezeichneten Pferde Libyens gaben, und für die Häuser der Neureichen.

Er kannte den Aufseher dieses Hauses recht gut, denn er war ein regelmäßiger Kunde und ein guter Kumpel bei einem hohen Becher scharfen und starken ägyptischen Biers. Daher schickte er, gerade erst in der Stadt angekommen, sofort einen Jungen zu ihm. Der Aufseher kam, sah Rhodope, hörte sich das Radebrechen des Ägypters geduldig an und kaufte die Sklavin. Gerade hatte er sie entgegengenommen, da begrüßte sie ihn bereits mit einer Frage:

»In welches Haus wirst du mich führen?«

Der Aufseher starrte sie mit offenem Mund an.

»Das wirst du noch früh genug erfahren. Und bis dahin halte gefälligst deinen Schnabel!«

Der Ägypter wiegte bekümmert seinen kleinen Kopf mit dem pechrabenschwarzen, mittellangen und sorgfältig geölten, glatt gekämmten Haar hin und her:

»Gut Mädchen! Nicht böse mit sie sein! Immer fröhlich und ziert.«

Der Aufseher lachte:

»Zart, willst du wohl sagen. Nun gut, du hast dich in dieses Hühnchen vergafft. Kann ich ja verstehen. Vielleicht wird es mein Herr auch tun, denn das macht er jeden Tag mehrmals.«

Sie lachten zusammen, schlugen sich gegenseitig auf die Schultern und verabredeten sich in munterem Radebrechen zum Abend in einer nahen, beiden gut vertrauten Kneipe.

Sie wurde also gekauft, damit sich der gewichtige Herr des so reichen Hauses, Heropompos, vergaffen und sein Vergnügen an ihr finden solle. Dafür verdiente der Aufseher denn auch nicht nur den unverschämten Zuschlag, den er sich selbst gegönnt hatte, sondern obendrein noch eine

Gehaltserhöhung, ein Kleid bester ägyptischer Qualität und ein langes, mit vielen Ausrufen des Entzückens unterbrochenes Lob. Alle, aber auch wirklich alle waren zufrieden.

Struthes, so hieß dieser glückliche Oberaufseher, war ein Mann mit viel Initiative und noch mehr Phantasie. Er gab Glykeia, der Aufseherin der jungen Sklavinnen, den Auftrag, sie »wie Aphrodite« herauszuputzen.

Glykeia wußte Bescheid. Rhodope wurde in einer riesigen ägyptischen Wanne aus leuchtend weißem Stein gebadet, mit duftenden Ölen eingerieben und wie zu einer Maskerade angezogen und frisiert. Drei Frauen bemühten sich darum, sie in eine geradewegs aus dem Meerschaum entstiegene Göttin zu verwandeln. Ihr Erfolg konnte sich sehen lassen. Alle hatten sich größte Mühe gegeben: Wenn Rhodope bei ihrem neuen Herren Gefallen fände, so würde auch für sie eine gute Belohnung abfallen.

Während der ganzen Zeit wurden die emsigen Arbeiten an Rhodope mit eifrigem Geschnatter begleitet, und als sie sich als frischgebackene Aphrodite kokett vor dem ihr hingehaltenen Bronzespiegel wand und drehte, war sie bereits über einen Großteil des aktuellen Klatsches in diesem Hause im Bilde, vor allem aber über den Herrn Heropompos: Niemand sei so freizügig und freigiebig wie er, aber auch niemand so gefährlich, wenn er seine Freigiebigkeit mißbraucht sah. Niemand liebe Scherze und geistreiche Antworten so wie er, aber niemand würde sich grausamer rächen, wenn er sich verhöhnt fühle. Auf jeden Fall könne niemand in Kyrene, vielleicht sogar in ganz Afrika, die Schönheit von jungen Frauen und den Duft edlen Weines mehr schätzen und genießen als er.

»Sei freundlich und gefügig, gib ihm das Gefühl, der Klügste, Stärkste, Schönste und Beste zu sein, und es wird dir an nichts fehlen!« sagte ihr die kluge Glykeia noch an der Tür, bevor sie hineingelassen wurde.

Während Rhodope zu einer betörenden Aphrodite wurde, machte Struthes seinen rechtverdienten Feierabend und eilte zur verabredeten Kneipe an der Agora, am Marktplatz von Kyrene.

Sein kleiner Freund mit dem unaussprechlichen Namen Psenchnubis wartete schon mit müde gesenktem Kopf auf einer Holzbank, die er wacker gegen alle, die sie einnehmen wollten, verteidigt hatte. Hier war ein reges Kommen und Gehen. Jeden Tag trafen mehrere Karawanen aus dem libyschen Hinterland und aus Ägypten ein, jeder war ausgedörrt von Sonne und Wüste und zudem begierig, Neuigkeiten und Gedanken zum Lauf und Stand der Dinge auszutauschen.

Einen hohen Krug Bier hatte er in seinem großen Durst schon geleert, doch den zweiten wollte er mit Struthes trinken. Er vertrug diesen gegorenen Saft nicht sehr gut, überhaupt alle gegorenen Säfte. Leicht schwindelte ihm danach der Kopf, drehten sich die Wände oder Dattelpalmen unaufhaltsam im Kreise herum, ohne daß er sie anhalten konnte. Und nachdem er mehrmals in solche Übelkeit schaffende Kreise hineingeraten war, sah er sich vor und hütete sich. Denn gerade die Griechen schlugen hier gern über alle Stränge, hier, in Kyrene und überhaupt in den von ihrer Heimat über den Meeren weit entfernten Kolonien, denn sie hatten wohl Sehnsucht nach ihrem Zuhause und langweilten sich auch vielleicht. Er hatte schon viel über Griechenland und die »Grünen Inseln«, wie sie die Ägypter nannten, erfahren, da er oft mit Griechen zu tun hatte. Theater sollte es dort regelmäßig geben, bunte und heilige Prozessionen zu Ehren dieser seltsamen nur menschengestaltigen Gottheiten – eine ganz und gar unfromme Vorstellung – mit vielen Vergnügungen und sogar die Herrschaft dort, hatte man ihm gesagt, sei wie ein Theater, bei dem das ganze Volk mitspiele. Bei solch einem Leben, das er sich nur vage vorstellen konnte, mußte man hier natürlich große Langeweile verspüren. Hier, in Kyrene gab es kein Volkstheater, hier herrschte der König Arkesilaos, Battos war sein Titel, und er herrschte offenbar streng und mit viel zu vielen Gesetzen. Davon konnte Psenchnubis ein Lied singen, da man ihn jedesmal, wenn er mit seiner Ware ankam, mit neuen Steuergesetzen, Kontrollanweisungen und -bestimmungen und ähnlichem behelligte. Er fragte sich oft in jammerndem Selbstmitleid, bis wann sich hier überhaupt noch ein Geschäft lohnte.

Endlich sah er Struthes herbeieilen. Schweißperlen zitterten auf seinem strahlenden Gesicht. Er habe unterwegs einen Freund getroffen, wichtige Neuigkeiten habe er erfahren, deshalb möge er, der gute Psech..., Pchs..., Psench...nubis, seine Verspätung doch bitte entschuldigen. Er wisse doch, wie sehr er ihn schätze und ehre. Der Ägypter nickte ruhig, zumal zusammen mit den überstürzten Worten auch der scharfe Geruch ungemischten Weines aus dem Mund des Griechen strömte. Es hätte gar keinen Sinn gehabt, nicht einverstanden zu sein.

Struthes holte zwei Krüge Bier, und nach mehreren, ausgiebigen Zügen begannen sie ihre Nachrichten auszutauschen.

»Viel neu Geld in Kyrene. Immer Geld, für alle Waren, zu viel!« beklagte sich Psenchnubis. »Warum jeder Tag neu Gesetz, mehr Geld?«

Struthes klopfte seinen Freund gutmütig und beruhigend auf die Schulter.

»Das ist die Wirtschaft. Die Stadt braucht Geld, die letzte Ernte war nicht so gut: Die libyschen Wüstennomaden haben in diesem Jahr zu wenig Heuschrecken verzehrt, deswegen sind sie wieder in dichten Armeen zu uns geflogen, um alles kurz und klein zu fressen. Und außerdem muß sich unser König gegen neue Feinde wehren ...«

Der Ägypter unterbrach ihn mit großer Besorgnis und sah sich mehrmals erschrocken um, als lauerten die Feinde schon hinter seinem Rücken.

»Feinde! Was Feinde? Wo sind Feinde?« und dabei sprach er den Diphthong sehr langgezogen mit einer kleinen auf und ab gehenden Melodie aus.

Struthes lachte und klopfte ihm wieder brüderlich auf die Schultern.

»Keine Angst, es sind keine Feinde von außen. Du kannst in Frieden auf deinen Handelsstraßen ziehen. Hier in der Stadt hat unser Battos einen großen Feind, der schon reicher ist als er. Keiner der Libyier wird ihm das Silphion bald mehr verkaufen, weil der andere bessere Preise bietet. Und außerdem versteht der König vielleicht etwas vom Regieren, aber nichts vom Handel. Gewohnt und verwöhnt ist er, daß alle ihm gehorchen und Steuer und Geschenke bringen. Doch das ist jetzt sehr bald vorbei.«

Die Angst des Psenchnubis war der Neugier gewichen.

»Und wer der Große, wer Feind von König?«

Struthes beugte sich vor und flüsterte mit ernstester und bereitwilligster Verschwörermine in sein Ohr:

»Mein Herr ist es! Das Haus des Heropompos ist schon reicher und größer als das des Königs, das kannst du mir glauben! Nicht der König, Heropompos beherrscht mit seinem Geld alles hier. Vielleicht wird sogar er bald der König sein.«

Psenchnubis fuhr zurück. Aufstand, Ungehorsam, Aufruhr gegen einen König machten ihn zutiefst betroffen. Er schüttelte in traurigem Unwillen seinen dunklen Kopf.

»Gegen König! Das nicht gut. König wie Gott. Feind von König auch Feind von Gott.«

Struthes lachte und brachte noch zwei Krüge. Doch Psenchnubis rührte seinen nicht an.

»Ihr Ägypter glaubt ja, euer Pharao sei ein Gott. Ich weiß das. Doch bei uns ist das anders. Könige sind einfache Menschen, wie du und ich.«

Psenchnubis sah ihn ungläubig, mißtrauisch und sogar unfreundlich an. Er liebte es nicht, wenn man seine Überzeugungen angriff.

»Bei uns Griechen gibt es nur wenige Könige, und die meisten fallen früher oder später von ihrem Thron wie reife Datteln. Und der Vater unseres König war auch einmal nichts anderes als ein elender Hungerleider, der noch nicht einmal etwas von Göttersprüchen verstand.«

Hier widersprach Psenchnubis aber heftig:

»Nein, nicht, ich weiß gut, ich hören von viele Griechen hier: Battos aus hoher Geschlecht!«

Struthes machte eine verächtliche Geste, die diesen Einwand vom Tisch fegte.

»Ach was, so läßt er nur alle erzählen. Du kennst seine eigentliche

Geschichte vielleicht nicht. Ich weiß auch nicht, ob du mir folgen kannst, wenn ich sie dir erzähle.«

Struthes sah die Neugierde im Gesicht des Ägypters, der immer für Geschichten zu haben war. Und da er ja wußte, daß sein dunkles Gegenüber zwar nur schlecht Griechisch sprach, aber verstehen konnte, hub er in seiner mitteilungsseligen Laune an:

»Es ist eine wundersame Geschichte. Höre also zu! Ich muß nämlich ganz von vorn anfangen, denn sonst wirst du den Faden nicht erkennen. Also, in einer Stadt Oaxos, das ist auf der Insel Kreta ...«

Psenchnubis nickte mit einem aufblitzenden Funken des Wissens in seinen lebhaften, tiefschwarzen Augen. Ja, Kreta kannte er sehr gut, obwohl er nie dort gewesen war und mit Sicherheit nie dorthin kommen würde. Doch wie oft war er mit kretischen Händlern zusammengekommen, wie oft hatte er selbst mit kretischen Waren gehandelt!

»Aha, du weißt also, wo Kreta liegt. Dort, in Oaxos also, lebte ein König, dem seine Frau eine Tochter gebar. Phronime, die Verständige, nannte er sie. Doch dann starb seine Frau, und er heiratete eine andere, wie es eben so ist. Und wie es eben so ist, behandelte die Stiefmutter Phronime so schlecht, wie es nur ging. Als Phronime ein großes Mädchen geworden war, sagte ihre Stiefmutter zu ihrem Mann, daß seine Tochter es mit allen verruchten jungen Männern der Stadt triebe. Der Vater – er war so dumm, der schlechten Frau zu glauben ...«

»Sie sicher war sehr schön. Alle glauben schöne Frauen.«

Struthes lachte.

»Genau so ist es, auch du verstehst diese Dinge gut. Er glaubte ihr also. Und um seine Tochter zu bestrafen, dachte er sich ein großes Verbrechen aus. Er bat einen reichen Händler von der Insel Thera in sein Haus und bewirtete ihn reichlich. Dann ließ er ihn schwören, daß er ihm alles erfülle, um was er ihn bäte. Der Händler, glücklich, mit dem König gegessen und getrunken zu haben, legte den gewünschten Eid ab. Da holte der König seine Tochter, übergab sie ihm und forderte ihn auf, sie im Meer zu ertränken.«

Bekümmert wiegte der Ägypter seinen Kopf hin und her.

»Schlecht Kreter. Immer lügen. Ich weiß.«

»Nicht alle, ich kenne auch ehrliche. Aber dieser König war wirklich sehr übel. Und der Händler protestierte sofort, konnte aber den Eid nicht mehr zurücknehmen. Er mußte mit dem Mädchen abfahren. Um keinen Meineid geschworen zu haben, warf er sie auf See vom Deck in das Meer, holte sie aber sofort wieder heraus und rettete sie.«

Der Ägypter freute sich und klatschte vor Vergnügen sogar mit seinen Händen.

»Händler gut und klug!«

»Ja, so hatte er es allen recht machen können: Den Göttern, wegen des Eides, dem König, wegen des Befehls, und sich selbst, wegen des Gewissens. Er gab Phronime einem Freund, einem Bürger von Thera zur Nebenfrau. Der nahm sie gern, denn sie war schön und einsichtig. Und bald kam ein Junge zur Welt. Weil er stotterte und stammelte, nannte sie ihn Battos. So heißt bei uns nämlich jemand, der stottert.«

Jetzt verstand Psenchnubis. Dennoch guckte er Struthes etwas skeptisch an.

»Baby, schtootert???«

»Na ja, so ist die Geschichte«, räumte Struthes ein. »Doch vielleicht war es tatsächlich ein wunderbares Baby, das sprechen konnte. Nur eben stotternd.«

Er hielt inne, um kurz darüber nachzudenken, da ihm dieser Gedanke gefiel.

»Aber das ist auch nicht so wichtig. Als Battos groß wurde, sagte unser großer Gott Apollon zu ihm, er solle in Libyen eine Stadt gründen. Doch da Battos nicht wußte, wie, mit welchen Leuten, ja noch nicht einmal, wo Libyen überhaupt liegt, tat er so, als hätte er nichts gehört. Doch da geschahen ihm und allen Menschen auf Thera jeden Tag seltsame Unglücksfälle, und sie häuften sich. Mal kamen Sturmwellen und nahmen die Boote mit auf das Meer, mal starb das Vieh, mal erstickten weiße, dicke Flecken das Laub an den Bäumen, daß sie starben und die Früchte mit ihnen. Dann kam eine große Mäuseplage. Bald hatten die Leute nichts mehr, womit sie sich ernähren konnten. Da fragten sie den Gott, was sie bloß machen könnten. Und dieser wiederholte seinen Befehl, den mit der Stadt in Libyen. Da endlich fingen sie an zu suchen und zu fragen, bis sie einen Führer fanden, der sie nach Libyen geleitete.«

»Ahh, ich verstehe. Und hier Battos wird König, weil Battos libysch heißt »König«.«

»Ja, ich weiß. Aber die Geschichte geht weiter: Als Battos hier auf dem Myrrhenhügel zum ersten Mal einen Löwen sah, fuhr ihm der Schreck so sehr in die Knochen, daß er aufhörte zu stottern.«

Psenchnubis kicherte erheitert:

»Ja, Griechen kennen nur Esel und Kakerlaken, keine stolze und schreckliche Löööwe.«

»Schon gut, auch wir kennen sehr wohl große und schöne Tiere. Aber ich wollte dir ja etwas anderes sagen: Siehst du, auch unser Könighaus kommt aus einem kleinen Hof. Und sicher wird es wieder klein werden.«

»Ihr Griechen anders. Wir Ägypter nicht so.«

Er ärgerte sich jetzt, daß er nicht besser Griechisch konnte. Auch er hätte Struthes viel erzählen können. Doch so reihte er nur hilflos wie ein

kleines Kind ungebeugte Wörter in kleinen Sätzen nebeneinander und hoffte, daß man ihn verstand.
Struthes sagte begütigend:
»Ich will dich ja auch nicht überzeugen. Du glaubst, daß dein König ein Gott ist, wir haben da ganz andere Meinungen. Doch behalte in deinem Gedächtnis, daß Heropompos jetzt der reichste Mann in Kyrene ist. Wenn du das nächste Mal kommst, bringe außer guten Sklaven für seine Schiffe auch Dufthölzer aus dem Libanon und Arabien mit! Und wenn du Holztransporte organisieren kannst, so wirst auch du bald ein reicher Mann sein.«
Das nun interessierte Psenchnubis brennend, und sie besprachen die Einzelheiten der nächsten Einfuhr.

Trotz aller gründlichen Vorbereitungen und gutwilligen Ratschlägen, die man ihr mit gegeben hatte, trat Rhodope etwas unsicher ein, auch wenn ihr die nach unbekannten afrikanischen Blüten duftenden Öle, die buntfarbigen Haarbänder und die kostbaren, schweren Gewänder ein ganz neues Selbstgefühl gaben.
Der Saal, in den sie trat, war lichtdurchflutet, und von den hellen Marmorwänden wehte eine angenehme Kühle. Sie hätte sich solch einen Raum nie vorstellen können: Statuen aus Stein und Metall standen prunkvoll und monumental an den Wänden, wuchtige Möbel aus dunklem Holz, in das anmutige Pflanzen und Tieren eingeschnitten und mit Elfenbein- und Edelsteinintarsien geschmückt waren, Stühle, Schemel, Liegen und Tische, in mehreren Gruppen angeordnet. So muß es auf dem Olymp aussehen, dachte sie in fassungsloser Begeisterung.
Eine kaum bemerkbare Bewegung auf einer hinteren Liege ließ sie zusammenfahren.
»Komm nur, komm nur, mein Kind«, vernahm sie eine tiefe, wohltönende Stimme, ohne einen dazugehörigen Menschen erkennen zu können. Vor Scheu leicht tänzelnd ging sie der Stimme nach.
Da lag er, Heropompos, auf der Seite, bequem und neugierig nach ihr blinzelnd, die Knie leicht angezogen.
»Du also bist die neue, süße Aphrodite meines Hauses!« sagte er mit freundlichem, vielleicht auch etwas schmalzigem Lächeln, ohne seine Lage zu verändern.
»Komm, laß dich begrüßen!«
Etwas unschlüssig kam Rhodope seiner Aufforderung nach, unschlüssig und langsam, aber keinesfalls ängstlich.
Heropompos streckte seine Hand aus. Man sah ihr an, daß sie einst schwer gearbeitet hatte. Muskulös und hart war sie, doch schon lange keine Mühe mehr gewöhnt, mit weißer, weicher Haut umspannt.

Rhodope ergriff sie und fühlte sich mit unerwartetem Schwung auf die Liege geworfen.

Sie richtete sich auf, brachte ihr noch ungewohntes Kleid in Ordnung.

»Herr, geht man in Afrika so mit areskämpfenden Aphroditen um?«

In ihren Augen blitzten schalkhafter Vorwurf und Freude am Spiel. Ihre Erleichterung war unendlich: Dieser hier war nicht wie Leocharis und Alkaios. Fast hätte man ihn noch jung nennen können, kräftig und sehnig, aber auch nicht so bullenartig wie Butes. Von der geistigen Kraft eines Theodotos, die ja oft so ermüdend ist, war er ebenfalls weit entfernt. Nein, hier könnte sie sich wohl fühlen, diesem Herrn würde sie sich mit Freude unterwerfen können.

Heropompos lachte laut auf, und erstaunte Anerkennung lag in diesem etwas meckernden Lachen.

»Aber ja, Afrika ist ein heißes Land, und daher sind auch die Kämpfe zwischen Ares und Aphrodite viel heißer als im gemäßigten Griechenland. Du wirst diesen Kontinent schon noch kennenlernen.«

»Dazu hat mich die Göttin zu dir geschickt«, entgegenete sie mit leichter Neigung ihres feinen Köpfchens und vielsagend hochgezogenen Augenbrauen.

»Ja, ich sehe: Struthes, der alte Gauner, hat eine Gehaltserhöhung verdient, und die Göttin ein fettes Schaf! Aber setze dich nun zu mir und erzähle, woher du kommst!«

Rhodope gehorchte, und Heropompos ließ sich ihre ganze Geschichte vortragen. Immer, wenn sie über eine Episode mit einem kurzen Nebensatz abtun wollte, unterbrach er sie, fragte nach und bohrte, bis sie ihr Leben bis in die Einzelheiten hinein vor ihm ausgebreitet hatte.

Alles an ihr gefiel ihm. Er selbst hatte sich als Sohn armer Bauern von der Insel Thera hier in Kyrene hochgearbeitet, mit der Arbeit seiner eigenen Hände, mit Klugheit, List und Hinterlist. In ihrer Geschichte sah er – trotz aller, auch schwerwiegender Unterschiede – ein wenig sein eigenes Schicksal, vor seinem großen Durchbruch und steilen Aufstieg.

»Was kannst du noch, außer wie die Göttin ausschauen und schalkhafte Scherze ausstreuen?«

»Ich kann lesen und schreiben, etwas malen, singen und tanzen.«

»Sing mir etwas vor!«

Rhodope stand auf und begann mit hoher und etwas schütterer, aber sicherer Stimme ein Loblied auf den Weinstock, seine Ranken und seinen Saft vorzutragen, das sie einst Alkaios gelehrt hatte. Heropompos klatschte begeistert im Takt und fiel in der zweiten Strophe mit seinem klaren Bariton ein. Lachend sahen sie sich an. Heropompos streckte beide Arme nach ihr aus, Rhodope ergriff sie, und so kam es zu ihrem ersten, sangesglühenden Kuß.

Heropompos hatte oft Gäste aus aller Herren Länder: Aus allen Teilen Griechenlands und der ägäischen Inselwelt kamen sie, aus den phönikischen Städten und den Gauen Ägyptens, tief aus dem afrikanischen Kontinent. Doch am häufigsten waren Gäste aus Italien und Sizilien da: Reiche Griechen der dortigen reichen Kolonien und auch Etrusker, die sich sehr vornehm und zurückhaltend zeigten und nur das Notwendigste sprachen, sei es, weil sie das Griechische nur unzureichend beherrschten, sei es, weil ihre Sitten es so vorschrieben. Vielleicht aber waren auch ihre Geschäfte mit Heropompos der Grund für ihre Einsilbigkeit. Denn diese Geschäfte, die ihn so wohlhabend und einflußreich gemacht hatten, weit über diese griechische Kolonie hinaus, wurden immer nur einsilbig und leise, ohne Zeugen und schriftliche Verträge abgeschlossen. Als Rhodope ihn einmal fragte, wie er zu dieser ganzen Pracht gekommen sei, hatte er ihr nur einen kurzen, prüfenden Blick zugeworfen und sehr eindringlich gesagt:
»Ich bin ein Händler. Ich kaufe und verkaufe. Und ich möchte nicht, daß du dein feines Näschen in meine Angelegenheiten steckst. Ich hoffe, du bist klug genug, es nicht zu versuchen.«

Rhodope war tatsächlich klug genug und ließ sich nie anmerken, daß sie sich doch für die Geschäfte mit dem Silphion, für die Anlagen des Heropompos und seine Organisation interessierte. Erschienen aber diese Ausländer mit den modisch geschnittenen Gewändern und vielzähligen Gold- und Silberschmuckstücken, ging sie still nach artiger Begrüßung hinaus, bis man sie wieder zu Tanz und Gesang hereinrief. Und schließlich waren diese Gäste ihr nicht unlieb, denn von ihnen hing der Wohlstand des Hauses von Heropompos, also auch ihrer, ab.

Immer ging es heiter und lustig vor, immer waren Speisen, Getränke und Vergnügungen in unübertrefflichem Überfluß vorhanden. Ägyptische, libysche und lydische Tänzerinnen in weichen, durchsichtigen Kleidern schwebten zu den süßesten Klängen der verschiedensten Instrumente, die man blies, zupfte oder schlug, durch den Raum. Je mehr die Stunde vorrückte, desto zahlreicher mischten sich junge Frauen unter die Gäste, boten ihnen mit lieblichem Lächeln erwärmende Getränke und prickelnde Gespräche an, ließen sich auf ihren Liegen nieder, um mit ihnen zu plaudern, zu scherzen und ihnen den Genuß der ersten Wohltaten der Aphrodite zu schenken.

Unter diesen Frauen befand sich regelmäßig auch Chrysippe. Sie war Rhodope schon am ersten Abend mit ihrer tiefen, wohltönenden Stimme, der Eleganz ihrer Kleidung und Bewegungen, aber auch mit ihren lustigen Erzählungen und lebhaften Gesten aufgefallen. Und auch Chrysippe hatte an diesem noch so jungen Mädchen Gefallen gefunden, und sich ihrer wie eine größere Schwester angenommen. So war es zu einer Freundschaft gekommen, die Rhodope sehr behilflich war, um sich in ihrer neuen Umgebung zurechtzufinden. Doch auch Chrysippe hatte ihren großen Nutzen von Rhodope: War sie mit ihr zusammen, so fielen die Augen der Gäste unweigerlich auch auf sie selbst. So erhielt sie, die immer zu Schminktopf, Schmuck und weiten Kleidern greifen mußte, um die Unebenheiten des Gesichtes und des Leibes zu verdecken, auch Anteil an einem kleinen Zipfel der außergewöhnlichen Schönheit ihrer neuen Freundin.

Ja, immer ging es hoch her im Hause des Heropompos, doch es entging Rhodope nicht – sie war ja von Theodotos zum Schauen und Beobachten erzogen worden – daß das reiche Haus überall und zu jeder Tageszeit streng bewacht wurde. Und fuhren die Gäste aus Italien und Sizilien vor, patrouillierte die Wache in doppeltem Einsatz, was nur von den ständigen Hausbewohnern bemerkt wurde.

»Was hast du heute wieder gelernt, mein Rotkehlchen?« fragte Heropompos, träge hingestreckt auf seiner Liege wie ein müder Löwe nach erfolgreicher Jagd. »Trag es mir vor, kleine Nachtigall!«

Gern nahm Rhodope, die bei der besten Sängerin der Stadt Unterricht erhielt, die Kithara von dem kleinen, goldbeschlagenen Tischchen, die dort immer für sie bereitlag und schlang das bunt geflochtene Tragband mit solch einer graziösen Bewegung um ihren Rücken, daß Heropompos ausrief:

»Was brauchst du noch zu singen! Nimm nur das Instrument an dich, und schon hast du das schönste Kunstwerk geschaffen!«

Rhodope lächelte ihn mit gesenkten Augen an, nahm das Plektrum und schlug eine Tonreihe an.

Heropompos runzelte die Stirn.

»Nein, nicht so! Ich habe heute keine Laune für etwas Leichtes und Seichtes. Nimm doch bitte die lydische Tonart, die wäre mir recht. Feurig und tief ins Blut gehend soll sie sein. Genau so, wie du es bist.«

Rhodope machte es ihm recht, wie sie ihm alles recht machte. Und als die letzte Strophe verklungen und der letzte Saitenton noch in der blütenschwere Luft verrann, trat Heropompos zu ihr und legte ihr ein schweres goldenes Geschmeide um den Hals, von dem viele lotusblätterförmige Hängerchen aus verschiedenfarbigen Edelsteinen in filigrangearbeiteten Goldeinfassungen herunterfielen. Auf ihrer nur leicht gebräunten Brust sahen sie aus, wie auf weichen Samt gebettet.

Rhodope war vor Verwunderung, Entzücken und Freude blaß geworden.

»Mein Herr, mein liebster Heropompos! Was tust du?«

Heropompos trat zwei Schritte zurück, betrachtete diesen schlanken, seidigen Mädchenhals und den zarten Brustausschnitt, der wie ein Blumenkelch aus dem tief ausgeschnittenen Peplos hervorwuchs, die bunten, kostbaren Steine, die wie farbige Sterne um den Halbmond des Goldstreifen herum funkelten, und faßte sie dann überwältigt an beiden Armen.

»Heute ist mein großer Tag, meine süße Rhodope. Heute bin ich endgültig der Größte geworden, und das wollte ich mir und dir zeigen.«

»Du bist doch immer der Größte gewesen. Wie konntest du noch größer werden?«

Heropompos lachte laut und meckernd. Er rief einen Diener, befahl ihm, vom besten Wein zu bringen und ließ sich dann mit einer vollen Schale wieder auf der Liege nieder.

»Leg die Kithara weg! Wunderbar hast du gesungen. Du hast so schnell und gut gelernt, wie es noch nie ein Mädchen geschafft hat. Das sagte mir gestern deine Lehrerin. Übrigens, heute Abend werden viele Gäste kommen. Manche davon sind meine Freunde, die du ja auch schon kennst, doch es werden auch manche neue aus Italien dabei sein. Einige von ihnen verstehen kaum ein Wort unserer Sprache. Damit sie sich nicht langweilen, muß es also viele Tänze und Lieder geben. Es sind alle sehr wichtige Leute, und du sollst der Höhepunkt aller Darbietungen sein. Du versprichst mir, so gut zu singen, wie du nur kannst?«

Sie nickte eifrig.

»Alle sollen sehen, daß ich jetzt nicht nur der Größte bin, sondern bald auch der Einzige sein werde. Und du, meine Einzigartige, sollst ihnen dies auf deine Weise sagen.«

Rhodope setzte sich zu ihm und kraulte ihn unter dem glattrasierten Kinn, wie er es am liebsten hatte.

»Du bist schon immer der Größte und Einzige gewesen. Wie stolz ich auf dich bin! Du bist wie ein König, ein ganz großer König, hoch über allen anderen ...«

Plötzlich lachte sie wie ein kleines Mädchen auf:

»Als ich gestern deine Katze genauso streichelte, hat sie mich ganz bösartig gekratzt. Wie schön, daß du ein gesitteter und gebändigter Löwe bist!«

Heropompos fuhr mit einem Ruck auf, daß ihre Hand in der Luft hängenblieb, und fragte mit harter Stimme:

»Welche von diesen Viechern war es?«

»Die gelbweiß Gestreifte. Aber das ist doch egal. Sie hat mir nicht sehr wehgetan.«

»Zeig mir deine Wunde!«

Eine merkwürdige, unerklärliche Angst überkam Rhodope. Hätte sie doch nur nichts davon erzählt! Sie streckte aber gehorsam ihre linke Hand vor, auf deren Innenfläche nur noch ein kleiner roter Strich von diesem unbedeutenden Vorfall Kunde gab.

Heropompos lief hochrot an vor Zorn. Er rief nochmals den Diener und befahl ihm, die besagte Katze sofort zu fangen und zu erhängen.

Rhodope zupfte ihn zaghaft am Chiton und bat in ganz leiser Stimme um Mitleid und Gnade für das Tierchen. Doch Heropompos fuhr auch sie mit vor Wut bebender Stimme an:

»Du hast mir nicht zu widersprechen! Keiner hat das Recht, mir zu widersprechen! Geh nun, bereite dich für heute Abend vor. Du hast gehört, wie ich dich haben will.«

Rhodope verneigte sich und lief aus dem Saal. Sie lief durch alle diese langen Gänge, durch alle endlosen Marmorfluren, bis sie den unglücklichen Diener endlich gefunden hatte, der verzweifelt nach der gelbweiß gestreiften Katze suchte.

»Oh bitte, erhänge sie nicht! Es ist doch nur ein unschuldiges Kätzchen! Und ich spiele so gern mit ihr!«

Der Diener sah sie an, als käme sie aus einer anderen Welt.

»Du bist nun schon einen Monat hier, Rhodope, und du weißt noch nicht, was geschieht, wenn man Heropompos nicht gehorcht? Sieh dich vor! Jetzt hast du seine ganze Gunst. Doch wenn du dich ihm nicht in allem fügst, wird es dir ergehen, wie dieser elenden Katze. Und wie mir, wenn ich sie nicht finde und seinen Befehl nicht ausführe.«

Dann wandte er sich um und setzte seine Jagd fort, denn es ging um Leben und Tod.

Das schöne Leben der Rhodope im Haus des Heropompos hatte einen Sprung bekommen. Sie bedeckte ihn sorgfältig, verbannte ihn aus ihrem Gedächtnis, doch er war da und würde sie vor allzugroßer Leichtfertigkeit bewahren.

Die Gastmahle des Heropompos waren so verschieden von denen des Theodotos! Bei dem Künstler hatte sie immer im Hintergrund sein müssen: bedienen, helfen, und dann stundenlang auf ihrem Schemel sitzen, zuhören, beobachten, verstehen. Es war harte Arbeit gewesen, doch sie wußte jetzt, daß sie dadurch sehr viel gelernt hatte.

Doch hier stand sie im Mittelpunkt, sang, tanzte, unterhielt sich mit allen Gästen, die sie wie ein göttliches Wesen angafften und es dennoch wagten, sie wie eine Hetäre anzusprechen und sie in fortgeschrittenen Stunden anzufassen. Zuerst war ihr das unangenehm gewesen, da sie Angst hatte, daß dies Heropompos erzürnen könnte. Doch es war nicht so, es schien ihm sogar zu gefallen und spornte sie an, seine Gäste mit Charme und Schönheit in ihren Bann zu ziehen und dabei nicht zimperlich zu sein.

Es gab hier keine umständlichen Spenden für die Götter, keine inbrünstigen Gebete. Gespräche über die feinen Stilunterschiede berühmter

Bildhauerschulen, über die Urstoffe der Welt und die Herkunft des Geistes, über gerechte und ungerechte Staatsmänner, und noch vieles andere, was sie oftmals gefesselt, manchmal aber auch höchst gelangweilt hatte, fehlten hier völlig.

Sie hatte einmal versucht, an Heropompos ihr kleines Wissen auszuprobieren, doch der hatte sie nur ausgelacht und noch lange damit gestichelt:

»Ah, da ist sie ja endlich, meine reizende Philosophin! Auch ich habe lange nachgesonnen über den heutigen Sinn meines Lebens. Komm ganz nah zu mir, ich zeige ihn dir!«

Nein, auch die Gespräche waren hier ganz andere, und es gab sehr unterschiedliche. Vor allem waren sie in laute und leise einzuteilen. Bei den lauten hatte sie mitzuhalten, die leisen dagegen zu meiden. Sie verband diese eilig und eindringlich hin und her schwirrenden Sätze zwischen eng zusammengetretenen Männern richtig mit der verdoppelten Patrouille und der in einer entfernten Ecke des Blütengartens erhängten gelbweiß gestreiften Katze.

Ihre Lieder, verknüpft mit leichten Tanzschritten und sogar einigen anmutigen Pirouetten, hatten einen nicht verklingen wollenden Beifall gefunden. Sie war wieder in ihrer Aphrodite-Tracht aufgetreten, auf der das neue Schmuckstück im hellen Schein der zahllosen Fackeln an den Marmorwänden funkelte und loderte. Um ihr dichtes, rotblondes Haare war ein golddurchwirktes Band gewunden, und die Kosmetikerin hatte aus ihrem feinen Gesichtchen tatsächlich ein wahres Kunstwerk geschaffen, in dem sich ägyptische Augenschminke, mesopotamisches Weiß und phönikisches Lippenrot zu einem unvergleichlichen Bild vereinten.

Sie mußte Heropompos wie eine Schutzgöttin von Gast zu Gast begleiten, und jeder überschüttete sie mit Komplimenten, so gut er es verstand. Obwohl sie sich an Wein gewöhnt hatte, mußte sie an diesem Abend doch etwas mehr trinken, als sie vertragen konnte. Immer wieder hieß Heropompos sie, ihre Schale zu leeren, um ihr von neuem einzuschenken. Er lachte, als er sah, wie unsicher ihre Schritte wurden, daß sie sich immer häufiger an ihm festhalten mußte, und die Worte nun mit stockendem Lispeln über ihre schwerfällig gewordenen Lippen kamen.

Doch dann trat einer der dunklen Freunde des Heropompos dicht an ihn heran und machte ihm mit höchst beunruhigten Zügen irgendeine wichtige Mitteilung. Heropompos schien zu versteinern. Diese tiefe senkrechte Falte auf seiner Stirn, die seine dichten schwarzen Augenbrauen ineinanderschoben, diese Zornesfalte, die sogar sie zu fürchten gelernt hatte, veränderte im Nu sein Gesicht, als habe er in Blitzesschnelle die eine Maske gegen eine andere getauscht. Grob schob er Rhodope zur Seite, um sie dann aber nochmals kurz an ihrem Oberarm zu fassen, wie zur Entschuldigung. Dann eilte er mit dem anderen Mann aus dem Saal.

Somit war Rhodope also in ihrem unsicheren Schwanken allein gelassen. Sie versuchte, aus dem Blickfeld der anderen zu verschwinden, um nicht lächerlich zu wirken und ließ sich auf der Liege des Heropompos nieder. Nur ein wenig ausruhen und den Wein ausglühen lassen! Eine unüberwindbare Müdigkeit überfiel sie, sobald sie die Kissen unter sich verspürte, und sie bemerkte gar nicht, wie sie auf der Stelle einschlief.

Wahrscheinlich war sie nur für wenige Minuten eingenickt, denn als das Getuschel hinter ihrem Rücken sie aufweckte, waren die Fakkeln nicht viel niedriger gebrannt. Sie wollte weiterschlafen, doch die gedämpften, aber scharfen Stimmen schnitten sich in ihre Schläfrigkeit ein und ließen Müdigkeit und Weintrunkenheit im Nu verfliegen.

»Schon morgen vor Sonnenaufgang müssen wir es machen. Habt ihr auch alles vorbereitet? Seid ihr bereit?«

»Ja natürlich. Wir haben doch schon hundertmal alles ganz genau besprochen. Sobald der Mond über dem Apollontempel steht, beginnen wir. Dionysios macht den Wächter unschädlich, Misogonos fährt den Wagen und wartet auf die anderen. Dann laden wir die Ware um und bringen sie ... «

»Nein!«

Das war offensichtlich die Stimme eines gerade Hinzugetretenen.

»Deswegen habe ich euch zu dieser kleinen Unterredung hier gebeten, obwohl wir uns eigentlich nicht vor anderen Leuten treffen sollten. Alles hat sich geändert: Ich habe soeben erfahren, daß dieser Halunke sein Schiff mit der Ware schon morgen Abend vom Hafen Apollonia abstechen lassen will. Während wir hier fröhlich waren, aßen, tranken und tanzten, hat er schon alles vorbereitet.«

Die Betroffenheit war aus dem langen Schweigen herauszuhören.

»Und was machen wir jetzt?« fragte jemand unentschlossen nach langer Pause.

»Nur eines: Unser gnädiger Herr hat befohlen, daß sich das nie mehr wiederholen darf.«

»Also, die Parole, Aikinakes?«

»Ja, und zwar so schnell wie möglich. Das heißt: sofort. Wir haben also nicht viel Zeit. Schon in wenigen Stunden muß er auf dem Weg zum Hades sein.«

Es entstand eine kurze Pause, dann vernahm sie wieder diese rostige Stimme mit einem besonderen knarrenden Unterton:

»Und danach werden wir uns sofort an die Vorbereitung der nächsten Aufgabe machen. Ihr seid alle im Bilde?«

Zwei Männer ließen verlauten, daß sie nichts wüßten.

»Stimmt, ihr wart nicht bei der Versammlung, als die Entführung der Tochter des Arkesilaos beschlossen wurde. Doch darüber werden wir uns morgen Abend nochmals kurz absprechen. Dieses Unternehmen hat noch Zeit, denn wir müssen erst unseren Mann dort einschleusen.«

Rhodope begriff ihre mißliche und vor allem gefährliche Lage. Hier waren wieder diese leisen, finsteren Sachen, die sie weder hören wollte noch hören durfte. Ganz vorsichtig schob sie ein Kopfkissen über ihren Kopf und verbarg ihn darin. Wenn man sie so entdeckte, würde man vielleicht annehmen, daß sie tief geschlafen und nichts von diesen heimlichen und gefährlichen Gesprächen vernommen haben konnte.

Das letzte Wort, das noch an ihr Ohr drang, bevor sie es fest verstopfte, war der Name »Larichos«.

Das Exil in Sizilien

Es ist nicht leicht, von Lesbos nach Katana zu fahren. Sappho hatte nur ihre liebste und treuste Dienerin, Lysiche, mitgenommen, um nicht ganz allein zu sein. Der gute Freund und Nachbar Antimenidas hatte sich zwar angeboten, sie zu begleiten, doch es war lediglich eine höflich ritterliche Geste gewesen. Als sie seinen Vorschlag ablehnte, fühlte er sich denn auch so unendlich befreit, daß man den stummen Seufzer der Erleichterung in seinen Augen zu hören schien.

»Du mußt dich nun um Haus und Hof kümmern!« hatte Sappho in ihrem Gehorsam fordernden Lehrerinnen-Ton streng erwidert, »dein greiser Vater kann schon lange Haus und Hof nicht mehr selbst aufrecht erhalten. Und vor allem: Mytilene braucht ja jetzt jeden tapferen jungen Mann. Du siehst doch, wie gefährlich auch jetzt noch die Lage ist, sowohl von innen als auch von außen.«

Er hatte sehr eifrig zustimmend genickt. In Kleinasien taten sich große Dinge: Der Lyderkönig Alyattes wurde immer mehr von den iranischen Stämmen bedrängt. Zuerst waren es die Meder mit ihren bunt bestickten Mänteln und rassigen Pferden gewesen, die in wilder Eroberungslust von der Südküste des Kaspischen Meeres zum Westen vorgestoßen waren; doch bald wurden diese von einem anderen, dem sich in unbeschreiblicher Schnelligkeit und Stärke ausbreitenden Stamm der Parsai besiegt, die im elamischen Bergland wohnten, dort, wo die uralte Stadt Susa stand. Die ganze Welt um sie herum gärte und kochte. Man mußte sehr auf der Hut sein und alles genau verfolgen, um einst nicht zu den Verfolgten zu gehören.

»Und außerdem möchte ich lieber allein reisen. Es ist auf jeden Fall einfacher mit weniger Personen. Im Westen gibt es weniger Gefahren.

Und zudem weiß ich ja auch nicht, wie lange ich in der Fremde werde verweilen müssen. Überall habe ich liebe Gastfreunde, bei denen ich jeder Zeit die sicherste und angenehmste Unterkunft finden kann. Sorge dich also nicht!«

So hatten sie sich sehr freundlich und freundschaftlich verabschiedet.

Am nächsten Tag nahm sie dann kurz und herzlich Abschied von Pittakos, dann wurde sie zusammen mit Lysiche zunächst unter Polizeischutz in einem gut ausgestatteten Ruderboot des Myrsilos nach Chios gebracht, denn dieser wollte sicher sein, daß man sie weit genug von Lesbos entfernt hatte.

Von Chios ging es nach Samos und dann weiter, von Schiff zu Schiff, von Insel zu Insel. Manchmal hatten sie mit schwerem Wellengang zu kämpfen, oft erreichten sie die angestrebten Häfen nicht mehr bei Tageslicht und mußten sich nachts an den hell leuchtenden Sternbildern orientieren.

So umfuhren sie die Peloponnes, um dann von der Insel Korkyra aus den gefährlichsten Teil der Reise zu bewältigen: Die Überfahrt über das offene westliche Meer, das nicht nur wegen seiner Insellosigkeit den Seefahrern Angst einflößte, sondern vor allem wegen der vielen Piraten, die wahllos unschuldige Schiffe angriffen, ausraubten und ihre Besatzung mitsamt ihren Passagieren erbarmungslos im schwarzen Salzwasser ertränkten. Je mehr mit reichen Waren bepackte phönikische und zusehends auch griechische Handelsschiffe dieses Meer durchkreuzten, desto mehr heimat- und gewissenlose Männer gesellten sich zu diesen Räubern. Es war ein großes Übel, doch es gab zu dieser Zeit niemanden, der versucht hätte, sie auch nur abzuschrecken. Das einzige, was man tun konnte, war, daß man sich selbst so gut wie möglich bewaffnete und zu den alten Schutzgöttern der unbescholtenen Seefahrer betete, daß sie solche Mörder und Banditen fernhalten mögen.

Die Götter waren offensichtlich mit ihnen. Kein düsteres Räuberschiff kreuzte ihre Fahrt, kein hoher Wellengang schlug ihr Schiff auf die Seite, kein rasender Sturmwind zerfetzte ihre Segel, noch brachen Maste und Ruder unter furchtbaren Böen. Und als sie wohlbehalten ihre noch leicht zitternden Füße zum ersten Mal im großen, sicher geschützten Hafen von Tarent auf den Boden Italiens setzten, dankten sie denn auch lange und inbrünstig Poseidon, den Dioskuren, diesen Schutzzwillingen der Seefahrer und der Aphrodite, die sich auch gern und bereitwillig frommer Menschen auf See annahm. Sappho gelobte ihr ein prächtiges, von geschickten lydischen Mädchenhänden gesticktes Gewand, wenn sie mit Charitis nur einst nach Lesbos zurückkehren würde. Die huldreiche Göttin lächelte und freute sich auf das Geschenk, das sie in nur zwei Jahren erhalten würde.

Doch noch mehrere Tage hatten sie unterwegs die Strapazen der Seefahrt zu erleiden, bis sie endlich den Hafen von Katana erreichten.

So waren sie also endlich am Ziel, im sizilischen Katana, angekommen. Übel mitgenommen sahen beide Frauen aus, abgemagert, mit einer dünnen Kruste des Meersalzes auf ihrer sonnenverbrannten Haut und des festen Bodens unter ihren Füßen entwöhnt.

Daher meldete der Torsklave im edlen Hause des Polyoikes den neuen Besuch mit einer recht gerümpften Nase, pikiert zusammengezogenen Lippen und skeptisch gerunzelten Augenbrauen den unerwarteten Besuch an:

»Zwei sehr merkwürdige und nicht sehr vertrauenerweckende junge Frauen bestehen auf Einlaß. Die eine davon behauptet, eine Dichterin aus Lesbos zu sein ...«

»Sofort laß sie ein! Sofort bringe sie zu mir!« rief Herotima. Schnell beauftragte sie eine immer bereit stehende Hausklavin, Adanna mit dem Kind zu rufen. Kaum war sie herausgeeilt, da stand Sappho schon auf der Schwelle, mit einem strahlenden Lächeln auf dem ausgemergelten Gesicht, streckte ihre Arme der Schwägerin entgegen und rief:

»Herotima, du ... ich ... nein, ich weiß nicht, was ich sagen soll!«

Sie war über und über rot geworden und rang nach Worten, wie sie es selten tat. Die beiden Frauen umarmten sich, ohne ein Wort zu wechseln. Seit dem tragischen Tode des Phainias hatten sie sich nicht mehr gesehen.

Noch hatten sie sich nicht von ihrer Sprachlosigkeit und Umarmung gelöst, da erscholl schon ein lauter Aufschrei durch die weite Empfangshalle, der von allen glänzenden, gesprenkelten Marmorwänden vielfach wiedergegeben wurde, begleitet vom Platschen nackter Füßchen, und schon hing Charitis am Arm ihrer Mutter und sprang wie ein ungestümer Ball auf und ab, um ihr mit leuchtenden Augen überschwengliche Küsse zu geben.

Schnell aber waren Ermüdung und Überschwang von Reise und Ankunft vergessen. Schon nach einigen Tagen stellten sich die Probleme des Alltags ein. Sappho lehnte höflich, aber bestimmt die aufrichtig gemeinte Einladung Herotimas ab, bei ihr zu wohnen.

»Ich weiß nicht, wie lange ich hier bleiben werde. Vielleicht nur für einige Monate, aber vielleicht auch bis zum Ende meines Lebens. Mein Schicksal liegt nicht in meinen Händen. Du weißt, wie ich dich liebe und schätze, beste Herotima. Aber es sei genug, daß wir zusammen in einer Stadt wohnen und uns, so oft wir nur wollen, sehen können.«

Herotima drängte sie nicht. Sie kannte Sappho und ihre Eigenwilligkeit und gab ihr schließlich auch Recht. So zog Sappho in ein kleines, schmuckes Haus, das ihr Schwager Polyoikos ihnen zur Verfügung gestellt hatte. Mit Adanna, Artemidora, Lysiche und dem kleinen Mädchen hatte sie einen richtigen kleinen Haushalt zu versorgen und zu leiten. Doch am meisten freute sie sich, daß sie nun genügend Zeit für Charitis hatte. Sie machte lange Spaziergänge mit ihr, begleitet von ernsten und lustigen Gesprächen.

Und nach solch einem Gang voll Spiel und Scherz kamen sie am Rande des Hafens von Katana an diesen niedrigen, windschiefen Holzbuden vorbei, in denen Wein ausgeschenkt, Würstchen gebraten und Seeleute mit dünnen Geldbeuteln ein einfaches Lager fanden. Immer zog es Sappho hierhin wie auch an den Kai, denn sie hoffte stets, Nachricht aus Lesbos und vor allem von Larichos zu erhalten, oder auch von anderen, schon lange verschollenen Freunden. Wie sie mit neugierigen und spähenden Blicken und leicht klopfendem Herzen durch diese recht anrüchigen Straßen schlenderte, hörte sie ein Lied, das sie innehalten und angestrengt lauschen ließ:

... doch schweige, ach schweige, du Herz,
wehren kannst du dich nicht, auch nicht dich auflehnen
gegen vermessene Herrscher.

Rauch gibt der Wald statt Holz,
Stroh nur die Felder statt Frucht,
Nur eins gibt es noch, Mytilener:
Blast in die Flamme, verbreitet das Feuer,
laßt ihn verbrennen,
den blutigen Herrn ...

Das Lied war äolisch. Sie zitterte vor Aufregung. Fest nahm sie Charitis an die Hand und trat in die finstere, nach gegorenem Wein und Männerschweiß stinkende Spelunke. Das Mädchen schmiegte sich ängstlich an sie, als sie die halb nackten, halb betrunkenen Männer im Raum sah, die beim Eintritt der Frau auf einen Schlag still wurden und sich nach ihr umdrehten.

»Wer von euch hat eben dieses Lied von Mytilene gesungen?« fragte sie in die Stille und Ausdünstungen hinein.

Ein junger, kräftiger Mann mit stark gerötetem und grobem Gesicht stand auf.

»Ich war es, schöne junge Frau«, und warf sich stolz in die Brust, auf deren dichten, schwarzen Kräuselhaaren zahlreiche Schweißperlen glitzerten.

»Hat es dir gefallen?«

»Woher kommst du?« entfuhr es Sappho, der dieser Anblick peinlich und eklig war.

»Etwas langsamer, wenn ich bitten darf«, erwiderte dieser und warf ihr einen prüfenden und abschätzenden Blick zu. Eine Dirne war die da nicht. Im Gegenteil, sie sah anständig und vermögend aus. Das konnte man vielleicht ausnutzen.

»Für jede Antwort zwei Obolen!«

Auf das Wort »Obolen« kam Bewegung in diese aufmerksam lauschende Männergesellschaft. Sie fühlte sich von vielen lauernden Augenpaaren angestarrt. Charitis versuchte, sie aus der Kneipe zu zerren, wagte aber nicht, etwas zu sagen.

»Du bist ein Gauner und Betrüger!« ereiferte sich Sappho, die das Gezerre ihrer Tochter gar nicht bemerkt hatte. »Überall suchen solche wie du nur, anderen das Geld aus der Tasche zu ziehen. Nichts werde ich bezahlen! Wo hast du das Lied gehört und gelernt? Kennst du einen Alkaios?«

»Alkaios!?«

Immer gelang es Sappho, betrunkene Männer nüchtern zu machen. Sie setzten sich wie Soldaten gerade auf, hielten die Köpfe vor Erstaunen leicht nach vorn gestreckt und betrachteten Sappho mit wacher Aufmerksamkeit und Vorsicht.

Auch der wortreiche Bursche änderte seinen lauten protzenden Ton, und wurde nun viel leiser und sogar fast höflich:

»Oh ja, Alkaios kenne ich wohl. Er hat dieses Lied wohl hundert Mal in Aschkalon gesungen.«

»In Aschkalon?«

»Ja, bei den Philistern. Doch nun ist auch er hier.«

»Wo hier?«

»Das weiß ich nicht. Er ist mal hier, mal da. Aber wenn er kommt, dann ist immer etwas los.«

Die anderen Männer bestätigten das mit grölendem Gelächter.

»Komm, schöne Dame, trink einen Becher Wein mit mir!« rief ihr ein älterer Ruderer aufgekratzt zu, der sie wohl für eine Seemannsbraut des Alkaios hielt.

Sappho zögerte. Am liebsten wäre sie sofort hinausgelaufen, nach Hause, um sich ausgiebig diesen Schmutz abzuwaschen. Doch die Nachricht war einfach zu wichtig.

Sie wandte sich an den jungen verwegenen Sänger:

»Du bekommst fünf Obolen, wenn du Alkaios eine Nachricht von mir übergibst!«

Der Angesprochene brachte heisere triumphierende Ausrufe wie »Oh! Ah! Hab' ich's doch gewußt!« hervor und hielt seine schmutzige prankenartige Handfläche Sappho hin. Sie bemerkte seine langen, schwarzen Fingernägel, deren Kanten gezahnt zu sein schienen, und zuckte zurück.

»Warte!«

Sie holte ein Stück Pergament aus ihrem Gürtel, das sie immer bei sich trug, und setzte sich auf eine Bank. Sie wollte eigentlich nur aufschreiben, wo sie wohnte, hielt aber sofort inne. Sie stellte sich plötzlich vor, wie Scharen von schmutzigen, betrunkenen Schiffsruderern, Packern und Trägern mit anstößigen Liedern Abend für Abend vor ihr Haus zögen. Nein, so ging es nicht. Alkaios, wenn er ihre Nachricht erhielt, mußte eben selbst klug genug sein, um sie zu finden. So schrieb sie nur: *Ich wohne mit Charitis in Katana. Bitte besuche uns. Die Schwester des Larichos*

Sie faltete das Blatt zusammen, nahm das Geld aus ihrem Beutel und übergab beides dem Jungen. Dieser steckte es mit einem vergnügten Pfeifen ein.

In der Kneipe ließ der junge Ruderer indessen neuen Wein bringen, und zog schließlich ganz berauscht von diesem Saft, den Dionysos den Sterblichen zu Wohltat und Strafe beschert hat, den Zettel heraus, um ihn mit schwerer Zunge allen Anwesenden vorzulesen.

Als er mit Mühe die letzten Worte *Schwester des Larichos* buchstabierte, breitete sich an diesem Nachmittag zum zweiten Mal eine Todesstille aus.

»Au Mann«, brachte schließlich einer der älteren Männer heiser flüsternd hervor, »*Schwester des Larichos*! Jetzt steckt schon die ganze Familie in diesem Geschäft!«

Alkaios war tatsächlich mal hier, mal da. Sein letztes Geld hatte er für die Überfahrt nach Sizilien ausgegeben. Nun mußte er versuchen, etwas Neues anzufangen. Kriege gab es hier – den Göttern sei es gedankt! – im Moment nicht. Er konnte sich also nirgends als Söldner verdingen. So bemühte er zunächst, in irgendeiner Stadt als Zuwanderer ein Landlos zu erhalten, mit dem er sich hätte ernähren und langsam in der Gesellschaft Geld und Ansehen erwerben können. Doch nirgends hätte man mehr freies Gemeindeland, hieß es. Denn der Boden war hier sehr fruchtbar und brachte kostbares Getreide in großer, goldener Menge hervor, und solch einen Reichtum übergab man nicht einem zufälligen Zuwanderer, auch wenn er aus einer alten, wohlbekannten Familie stammte. So zog er fast wie ein Bettler von Stadt zu Stadt, bis er in Katana auf einen Landsmann stieß, den er schon in Aschkalon flüchtig kennengelernt hatte. Ein grober, junger Abenteurer aus Methymna, der von Lesbos geflohen war. Zu Unrecht, wie er oftmals beteuerte, sei er beschuldigt worden, seinen Nachbarn mit einem Beil erschlagen zu haben. So habe auch er sich als Söldner in fremden Heeren verdingt, allerdings auf ägyptischer Seite, und habe sich bei Aschkalon abgesetzt, da die Ägypter nur noch unterlagen und schließlich auch keinen Sold mehr zahlten. In Aschkalon habe er ihn bei mehreren Gelagen getroffen. Bei Dionysos, nie habe er so viel getrunken wie in Aschkalon! Könne sich Alkaios denn nicht mehr an ihn erinnern? Nun gut, aber jetzt habe er auf jeden Fall hier eine Arbeit gefunden, die ihm einmal im Monat einen guten Batzen Geld einbrächte.

Alkaios mußte ihm viele Becher Wein bezahlen, bis der Junge endlich herausrückte, um was für eine Arbeit es sich handelte.

So geriet Alkaios in den Handel mit dem Silphion aus Nordafrika. Und da er geschickt, verschwiegen und umsichtig war, wurde er bald zu einem engen Vertrauten der kleinen, exklusiven Kataner Silphiongilde, die das Traummittel mit großen Gewinnen nach Norden, nach Italien und sogar noch weiter brachten. Man munkelte sogar, daß ganz hoch im Norden, noch weit hinter den wenig bekannten Kelten, dort, wohin sich noch keiner der Griechen je zu reisen getraut hatte, weil dort immer finsterste Nacht und eisige Kälte herrschten, daß es also dort oben bei einem unbeschreiblich primitiven, bei einem fast tierähnlichen Menschenstamm Wahrsagerinnen gäbe, die für den Saft dieser Pflanze viele, kostbare Felle zu geben bereit wären.

Es war tatsächlich ein einträchtiges, aber auch sehr gefährliches Geschäft. Diejenigen, die es regelmäßig kauften, versuchten oft, es sich mit Gewalt zu beschaffen, wenn sie kein Geld oder andere Mittel zum Bezahlen hatten. Alkaios hatte schon von vielen Mordopfern gehört. Zudem waren die Händler unter sich äußerst argwöhnisch. Sogar ihren eigenen Freunden mißtrauten sie, ein falsches Wort oder eine falsche Bewegung konnte einen Unschuldigen blutüberströmt auf den Weg zum Acheron, zum Grenzfluß ins Reich der Toten, schicken. Übrigens ohne eine einzige Obole in der erstarrten Hand, so daß er noch nicht einmal seine Überfahrt in das Land der schwebenden Schatten begleichen konnte, sondern als ein zahlungsunfähiges, höchst bösartiges Gespenst auf Ewigkeit an der Grenze zwischen Erd- und Totenreich umherirren mußte.

Und schließlich hatten viele griechische Städte in Sizilien und Italien den Silphionhandel mit erheblichen Einfuhrzöllen belegt, um auch ihren Anteil am hohen Traumgeld zu haben. Diese nun waren tunlichst zu umgehen. So war Alkaios noch mehr zu einem Grenzgänger geworden, immer zwischen Vertrauen und Argwohn, zwischen Erlaubtem und Verbotenem; einerseits immer zwischen den heimatlosen, heruntergekommenen und ziellos vor sich hinlebenden Opfern der Bürgerkriege in Griechenland oder schlichtweg Verbrechern und andererseits bei den wohlhabenden aristokratischen Familien der westlichen griechischen Städte, in denen er als Adliger aus Lesbos und als Opfer eines demagogischen Tyrannen gern und oft aufgenommen wurde. Es war ein ermüdendes Doppelleben. Und dann gab es ja noch sein drittes: das Leben eines Dichters.

Der Brief Sapphos wurde ihm erst drei Wochen später ausgehändigt. Er war nach Caere, einer etruskischen Stadt weit im Norden gereist, um dort seinen Stammkunden einige Amphoren mit Silphion zu verkaufen. Ihm war dabei aufgefallen, daß die Amphoren anders waren als gewöhnlich: Es waren keine griechischen, sondern phönikische. Und als er sich ihr Siegel genau anschaute, hob er verwundert seine Augenbrauen: Sonst waren dort die Initialen KH zu lesen, die des Großen Herren in Kyrene Heropompos. Doch jetzt waren andere, aber auch griechische auf dem kleinen Tonquadrat zu lesen: LS. So sehr er auch sein Gedächtnis durchwühlte, es fiel ihm kein Name ein, der zu diesen Buchstaben gepaßt hätte. Er nahm sich vor, nach Katana zurückgekehrt, sich sofort nach dem neuen Lieferanten zu erkundigen.

Als er seinen Kumpanen am Hafen traf, wollte er zunächst ihn danach fragen, doch dieser zog sofort den Fetzen Pergament aus seinem Beutel und machte ein Gesicht, als erwarte er nun eine fette Belohnung. Diese erhielt er, sobald Alkaios die beiden Zeilen durchgelesen hatte. An nichts anderes konnte er nun denken, als daß er Sappho sofort aufsuchen müsse.

Doch da klopfte der zufriedene Überbringer der Nachricht ihn mit offener Anerkennung gutmütig auf die Schulter und flüsterte mit Verschwörermine:

»Du steckst jetzt also schon mit allen großen Silphionlieferanten unter einer Decke! Und die Frau, die dich gesucht hat, sieht auch aus wie mit allen Wassern gewaschen!«

Alkaios starrte ihn fassungslos an.

Der Junge lachte auf und klopfte ihm nochmals freundschaftlich und anerkennend mit seiner riesigen Pranke auf die sonnenverbrannte Schulter:

»Sei unbesorgt! Ich werde niemandem etwas sagen.«

Doch dann zögerte er mit etwas schuldbewußter Miene.

»Aber meine Kumpel wissen dennoch davon. Sie waren ja dabei, als die Schwester des Larichos dir diesen Zettel schrieb.«

Alkaios fiel es wie Schuppen von den Augen. LS! Natürlich, Larichos, Sohn des Skamandrios! Aber konnte der …?

Er steckte dem rede- und sangesfreudigen Arbeiter rasch noch eine ganze Silberdrachme in die Hand.

»Bitte, sprich mit niemandem mehr darüber! Und du wirst deine Verschwiegenheit sicher nicht zu bereuen haben.«

»Du bist ein Mann, wie man ihn nur selten trifft, mein bester Freund,

Alkaios. Kein einziges Wort wird über das Gehege meiner Zähne kommen.«

Und er deutete mit theatralischem Pathos auf seine wulstigen, von Sonne und Salzwasser aufgesprungenen Lippen, bleckte sein gelbliches, bereits sehr lückenhaftes Gebiß und war auch schon verschwunden. Ohne Zweifel in Richtung Kneipe, wo er seinen Kumpanen alles genauestens berichten würde.

Nichts hatte Sappho ihrem Freund über Larichos verschwiegen: Seine Liebe zu Rhodope, seinen Angriff auf Leocharis, seine Verbannung, seine Verweigerung, nach Hause zurückzukehren. Sie verschwieg aber ihre eigene unglückliche Lage als vater- und mannlose Frau. Auch Alkaios dachte lange Zeit nicht daran.

Er hatte die ganze Zeit zugehört, ohne sie zu unterbrechen, ohne auch nur ein Wort zu sagen. Dabei wurde aber sein Schweigen immer tiefer und nachdenklicher, und als Sappho ihre Erzählung mit dem Inhalt seines letzten Briefes beendete, denjenigen, den Antimenidas ihr nach seiner Rückkehr auf Lesbos übergeben hatte, sackte sein Kopf auf die hochgezogenen Knie.

Obwohl Sappho alles kurz und sachlich berichtet hatte, wie ein Herold auf dem Marktplatz wichtige Ereignisse mit nur wenigen Worten kundtut, so fühlte sie sich dennoch aufgewühlt und erschöpft, als hätte sie alles nochmals in fliegender Eile durchlebt.

Ihr Blick fiel auf den hohen, kegelförmigen Berg, der sich unweit der Stadt mit seiner ständigen, dünnen, weit in den Himmel aufsteigenden Rauchfahne erhob. Wie hatte sich Charitis in der ersten Zeit vor diesem Vulkan gefürchtet! Besonders als Herotima ihr eines Tages erzählte, wie er manchmal fürchterlich aufwachen, vor Zorn Feuer und glühende Gesteinsmassen ausspucken und sie mit einer fürchterlichen Gewalt bis an die Küste, ja sogar weit in das Meer schleudern konnte, wo sie dann ohrenbetäubend aufzischten, um schließlich im brodelnden und kochenden Meer langsam zu tiefschwarzen, düsteren Steingestalten zu erstarren. Denn dorthinein, in den Schlund des Aitna, hatten die olympischen Götter den aufsässigen Typhon, das schreckliche, vorolympische Ungeheuer – so riesig, daß sein schlangenbesetzter Löwenkopf bis weit in den Himmel reichte – verbannt, nachdem sie ihn mit so vielen Mühen, Angst und Schrecken endlich überwunden hatten.

»Er ist doch besiegt«, hatte Herotima Charitis mit beruhigendsanfter Stimme gesagt. »Du brauchst keine Angst vor ihm zu haben. Die Götter werden nicht zulassen, daß er wieder zu wüten beginnt.«

»Aber er sitzt doch da drinnen und hat noch Kraft! Sieh, was für große Wolken aus ihm herauskommen! Er ist noch lebendig! Ach, warum haben die Götter ihn nicht ganz getötet!«

Da erzählte Herotima ihrer kleinen, sie so furchtsam anschauenden Nichte diese denkwürdige Geschichte weiter:

»Große Angst war damals den Göttern in Mark und Bein gefahren. Daher flohen sie weit weg, bis zum afrikanischen Ägypten. Und damit der gewaltige Typhon sie nicht auch dort entdecken und verfolgen konnte, verwandelten sie sich in Tiere: Zeus in einen Widder, Hermes in einen Affen und die anderen wählten in ihrer Hast die ersten besten Geschöpfe für sich aus: Krokodile, Schakale, Katzen und sogar Mistkäfer. Seit dieser Zeit verehren die Ägypter ihre Götter in Tiergestalt.«

Da hatte Charitis laut aufgelacht, und ihre Furcht vor dem feuerspukkenden Monstrum war verflogen.

Es war grün hier ringsherum, so grün, wie es bei ihnen auf Lesbos nur während der kurzen Zeit des Frühlings werden konnte. Wilder Oleander blühte weiß und rosa gegen den tiefblauen Himmel, das blaugrüne Meer war so klar, daß man die glänzenden Fische und allerhand anderes Meeresgetier sich darin tummeln sah. Vögel und Zikaden übten ihre Lieder wie Chöre vor einem Wettbewerb, und das Rascheln des Laubes zog seine eigene Melodie als einen ununterbrochenen Faden durch diesen Gesang. Wie schön war dies alles, und wie unvernünftig dieser Schönheit gegenüber all das menschliche Leiden, unvernünftig und unnatürlich, so ganz gegen diese üppig blühende und vor Freude schier berstende Natur! Ja, Charitis hatte recht: Warum hatten die Götter dieses Urungetüm am Leben gelassen? Warum haben die Götter solche Urungetümer nicht in den Menschen getötet?

Sie versuchte, Alkaios' Gedanken und Gefühle zu erraten, seine Verzweiflung, die seine ganze gespannte und gleichzeitig niedergeschlagene Haltung ausdrückte, zu verstehen. Sie konnte es nicht.

Schließlich fragte sie, einfach um das allzu lange Schweigen zu unterbrechen:

»Und hast du vielleicht etwas von Larichos gehört?«

Alkaios hob sein Gesicht und schüttelte mehrmals den Kopf. Er hatte sich wohl wieder gefaßt. Eine Unsicherheit, ein Zweifeln und Schwanken lag nun in seinen ausweichenden Blicken. Er wußte nicht, ob er ihr mit der gleichen Aufrichtigkeit antworten konnte, wie sie wohl sein wildes Leben nach seiner Flucht von Lesbos beurteilen würde. Sie waren immer gute Freunde gewesen, hatten immer alles untereinander geteilt, Larichos, er und Sappho. Doch sie war so sauber, so gut! Und er war so schlecht und grob geworden! Haß auf dieses Leben kam in ihm hoch, dieses Leben, das Menschen bis zur Unkenntlichkeit zu Ungeheuern verwandeln konnte.

»Du machst irgend etwas Wichtiges mit dir aus«, hörte er ihre sanfte, fast betörende Stimme. »Sage es laut zu dir und zu mir. Vielleicht wird dann leichter ein Ausweg gefunden.«

Wieder schüttelte er nur mit dem Kopf, doch bereits mit weniger Nachdruck.

»Gut«, sagte er schließlich mit einem sehr langen Seufzer, »könntest du mir denn vergeben, daß ich ein solch unbändiges und auch unanständiges Leben geführt habe und führe? Wie könnte ich dir, einer Frau, davon erzählen?«

»Wenn es etwas mit Larichos zu tun hat, mußt du es erzählen!«

Ihr Ton war vielleicht eine Nuance zu hart geworden.

Er nickte.

»Ich habe nichts direkt von ihm gehört, obwohl ich immer und an allen Orten der Welt, in die mich mein Schicksal verschlagen hatte, nach ihm fragte. Dennoch hat dieses verhaßte Schicksal mein Leben mit dem des Larichos in mehreren bösartigen Schlingen miteinander verknüpft.«

In einer erregten Geste fuhr er sich über die wilden und wirren hellbraunen Locken.

»Ich will und kann dir nicht alles erzählen. Es wäre auch viel zuviel und auch unnötig. Vielleicht wirst du später eines nach dem anderen erfahren, wenn du es willst. Doch was Larichos betrifft ...«

Wieder stockte er, gab sich dann aber einen Ruck, um mit sicherer Stimme in der Absicht, ohne Unterbrechung und sachlich fortzufahren:

»Nach meiner Flucht aus Mytilene fuhr ich nach einem Streit mit meinem Bruder Antimenidas zu einem Freund in Milet. Von ihm erfuhr ich, daß der König von Babylonien für seinen Krieg gegen die Ägypter griechische Söldner sucht. In Korinth würde ich in den nächsten Tagen schon seine Mittelmänner treffen können. Ich machte mich also sofort zu dieser Stadt auf. Oh, wäre ich doch nie in dieses verfluchte Korinth gegangen! Doch irgendein Gott hat es wohl so bestimmt. Denn in Korinth, da traf ich ein Mädchen, jung und schön, lebhaft, gesprächig und voller Witz. So schien es mir damals. Sie bat mich, daß ich sie in den Osten auf den Feldzug mitnähme. Kannst du dir das vorstellen? Im griechischen Troß zog sie, ein junges und nur wenig erfahrenes Mädchen, mit dem babylonischen Heer durch ganz Syrien. Sie war meine Vertraute und Geliebte, bis ich sah, daß sie es nur auf meine kostbaren Beutestücke abgesehen hatte. Bis Aschkalon war sie bei mir. Dort verschwand sie spurlos in der Nacht der Siegesfeier. Ich habe bis eben nie mehr etwas von ihr gehört und war froh darüber. Du fragst, warum ich dir das alles erzähle? Nun, ihr Name war Rhodope.«

Ja, das war Rhodope gewesen. Ganz zweifellos. Sappho erinnerte sich bis in die kleinsten Einzelheiten an jenem Abend bei Theodotos.

Theodotos, den das Schicksal ja auch so unvernünftig grausam dahingerafft hatte, bevor er sein Lebenswerk, ihr gemeinsames griechisches Werk hatte vollenden können.

Nun ja, das hatte natürlich nichts mit Rhodope zu tun, aber es schien Sappho, als wäre dieses Mädchen schon immer wie eine flüchtig schwebende Dämonengestalt um so viele Unglücksherde herumgeflogen.

»Verstehst du?« fragte Alkaios, und sie hörte die ganze dumpfe Verzweiflung heraus. »Ich habe das Mädchen, das mein bester Freund mehr liebt als alles andere auf der Welt, einfach so als Geliebte gehabt.«

Jetzt fuhr Sappho ihn hell empört an:

»Glaubst du denn, bist du dir denn sicher, daß sie es verdient, das Mädchen zu sein, das mein Bruder mehr liebt, als alles andere auf der Welt?«

»Nein. Oh nein!«

Sappho versuchte ihren so plötzlich aufgestiegenen Zorn auf Rhodope zu beherrschen. Sie brauchte jetzt schnell andere Gedanken.

»Du sprachst von ›Schlingen‹, in denen du und Larichos euch verwirrt habt. Es ist also nicht nur dieses Mädchen?«

»Nein, nicht nur Rhodope. Und das andere ist vielleicht noch schlimmer.«

Und er erzählte ihr von seiner heutigen Entdeckung, von dem Silphionhandel und seinen Gefahren. Sappho hörte aufmerksam zu. Natürlich wußte sie von dieser Pflanze, sie wußte, wie reich die nordafrikanische Stadt durch sie geworden war, wie begehrt der Traum und Farben bringende Saft war, besonders bei gewissen Festen, an denen man das Herabsteigen und die Anwesenheit einer Gottheit erwartete, bei denen man hoffte, eins mit ihr zu werden; sie wußte, daß es auch als ein sehr gesuchtes Heilmittel gegen die verschiedensten Krankheiten und Schwächen begehrt war, doch nie hätte sie sich solch verbrecherischen Handel vorstellen können.

Zwar war Handel ja tatsächlich immer mit größten Schwierigkeiten verbunden, die schon so manchem Kaufmann das Leben gekostet hatten: Handel und Raub gingen oft ineinander über und waren nicht immer klar zu unterscheiden: Überall konnte man übervorteilt, überfallen und überrumpelt werden. Dann waren da auch die lebensgefährlichen Reisen mit teuren Waren, und sowohl zu Wasser als auch zu Lande mußte man immer bereit sein, sein Leben und Eigentum mit scharfen eisernen Waffen zu verteidigen. Doch das, was Alkaios ihr nun erzählte, erschütterte sie im Innersten. Ihre Angst um Larichos hatte durch die Erzählungen des Alkaios nur allzu deutliche Konturen erhalten.

Wieder blickte sie zornig zu der sich leicht im Sommerwind kräuselnden hellgrauen Wolke, die unschuldig und anmutig aus der gleichmäßigen pflanzen- und leblosen Rundung des Aitna zog. Warum hatte man diese Urungeheuer im Inneren nur am Leben gelassen?

Alkaios stand auf. Er hatte einen Entschluß gefaßt und fühlte sich wieder voller Tatendrang.

»Ich werde morgen alle meine Geschäfte hier erledigen und einige neue vorbereiten. In zwei Tagen geht das Schiff der katanischen Silphionhändler nach Kyrene zurück, um eine neue Lieferung des Larichos aufzunehmen. Ich werde diesmal mitfahren und alles tun, um Larichos dort herausholen, um ihn der unsinnigen Liebe zu diesem unwürdigen Mädchen und den Gefahren seiner Arbeiten zu entreißen.«

Er stand auf, sein Gesicht leuchtete und strahlte. Jetzt sah er wieder aus wie der alte Alkaios, wie ihn Sappho vor seiner Verbannung aus Lesbos kannte.

»Und dann fahren wir beide – Larichos und ich – zurück nach Lesbos und werden dort diesen blutigen Tyrannen Myrsilos töten, damit wir alle – auch du und Charitis – sicher auf unsere Güter zurückkehren können.«

»Es wird nicht leicht sein, Larichos dazu zu überreden. Ich würde alles dafür hergeben«, antwortete Sappho, doch es lag wenig Hoffnung in ihrer Stimme.

Eros und Thanatos

Erst als es ganz still und dunkel im Saal geworden war, wagte sich Rhodope aus ihrem Versteck heraus. Vorsichtig schlich sie auf den mit Porphyr belegten Flur. Doch alles lag in tiefer Stille. Ängstlich eine Zehenspitze vor die andere setzend gelangte sie zu ihrem Gemach, riß sich das Kleid vom Leibe und wickelte sich ganz fest in ihre leichte, mit roten und goldenen Lotosblüten bestickte Baumwolldecke ein.

Bald darauf hörte sie feste, eilende Schritte auf den Steinplatten vor ihrer Tür. Sie zerrte die Decke mit verkrampften Händen ganz über den Kopf und wand sich darunter vor Angst und Entsetzen. Als Heropompos mit einem Ruck das leichte Tuch von ihrem bebenden Körper zog, starrte sie ihn mit schreckerfüllten Augen an.

Heropompos lachte leise in seiner tiefen, wohltönenden Stimme, fuhr über ihr seidenweiches, rotblondes Haar, in dem ihr modisches Band vom Liegen zerknautscht und verrutscht war und fragte fürsorglich:

»Aber, aber, meine liebste kleine Aphrodite, was hast du so Böses geträumt, daß dir der Angstschweiß auf der Stirn steht und du mich anschaust, als sei ich der Typhon in eigener Person?«

Rhodope faßte sich schnell. Sie ärgerte sich sogar über sich selbst, wie sie nur in solch eine kopflose und gedankenlose Panik hatte verfallen können.

»Mein bester Herr und Meister«, erwiderte sie müde und zart, »ich hatte so lange auf dich gewartet in Sehnsucht und Vorfreude.«

Das war gewagt: Hätte er sie schon früher hier gesucht, würde ihre Lüge ihr eine böse Falle stellen. Doch sie hatte Glück.

»Ich hatte geschäftlich zu tun«, war seine kurze Antwort.

Rhodope sah es und wurde geradezu dreist:

»Und dann, ach Heropompos, bin ich wohl von dem schweren Wein sehr tief eingeschlafen, und es träumte mir, du seist in ganz großer Gefahr: Jemand hob hinter dir einen riesigen, scharfen Dolch – gekrümmt war er wie die Sichel des abnehmenden Mondes – wie diese skythischen Aikinakes, die hier so viele Menschen tragen. Doch dann, ach, den Göttern sei Dank, – aber ganz besonders dir, mein Liebster – hast du mich aus diesem Greueltraum errettet. Siehe, ich zittere immer noch!«

Und sie streckte ihm in anmutiger und verlangender Geste ihre beiden nackten Arme entgegen. Sie zitterten tatsächlich noch merklich.

Heropompos war sichtlich gerührt und berührt. Er streichelte die sanfte, straffe Haut dieser zierlichen Ärmchen und auch sie strich ihm liebevoll über seine Schulter. Doch dabei zuckte sie plötzlich zurück und versuchte das Eklige zu sehen, das an ihrer Hand klebengeblieben war. Der blasse Mondschein zeigte es deutlich: Es war Blut.

»Was ist denn?«

Heropompos war durch die Unterbrechung seiner Rührung sehr ungehalten.

»Blut!« flüsterte Rhodope und sah immer noch auf ihre kleine Handfläche mit den vor Entsetzen weit gespreizten Fingern.

»Ach so!«

Heropompos ertastete die kleine Schnittwunde an der linken Schulter und grinste dabei zufrieden.

»Ich habe mich nur dummerweise gestoßen, nichts von Bedeutung.«

Und wieder rührte ihn die ehrliche Anteilnahme seiner zierlichen Freundin. Gleichzeitig empfand er aber auch zum ersten Mal Hochachtung und ein gewisser Schauer vor ihr erfüllte ihn: Wie hatte sie die Gefahr und vor allem den scharfen Dolch in ihrem Traum so richtig erkannt! Eine Prophetin war sie, eine wunderschöne und wundersame Prophetin!

Nein, er hatte sich natürlich nicht dummerweise gestoßen, sondern man hatte ihn leicht gestoßen, ganz aus Versehen, und tatsächlich mit einem blitzend-scharfen Dolch, einem dieser Aikinakes, nach denen das nächtliche Unternehmen benannt worden war. Alles war genau nach seinen Plänen geschehen, genau nach seinen Wünschen verlaufen. Er wußte, daß Larichos seine Ware heute Nacht in mehrere Wagen verladen und diese in die Hafenstadt Apollonia schicken würde. Von dort sollte die Fahrt nach Katana gehen. Er mußte ihm zuvorkommen.

Als Larichos mit zwei seiner turbanumwundenen libyschen Freunde die Amphoren vor dem Stadttor auf den schweren Ochsenkarren verlud, lösten sich plötzlich vier vermummte Gestalten aus dem dichten, vor sich hindörrenden Gestrüpp hinter der dunklen Toranlage und überfielen sie lautlos. So, wie sie die großen, schlanken Amphoren mit ihrem kostbaren Inhalt in den Händen trugen, konnte sie leicht überwältigt werden. Die Libyer fesselte man an die hohen Pinienbäume am Eingang der Schlucht, wo sie mit böse funkelnden Augen leise, furchtbare afrikanische Flüche zwischen den Zähnen ausstießen, Larichos aber verhüllte man den Kopf mit grobem Leinen und stieß ihn durch steile, winklige Gassen und Pfade über viele Umwege zum Haus des Heropompos. Dort schloß man ihn in einen der engen Kellerräume ein und schob einen riesigen eisernen Riegel vor die massive Tür aus dunklem afrikanischem Holz.

Und bei dieser Aktion hatte eben ein Helfer des Heropompos seinem Herrn aus Versehen in die Schulter geritzt, als er das Seil für eine Fessel zurechtschnitt und ihm das Messer dabei abrutschte. Wirklich nicht der Rede wert!

Heropompos wollte seinen unerwarteten Konkurrenten lebend. Denn eigentlich haßte er Mord und Totschlag und tat dies daher nur in ausgesprochenen Notfällen. Und außerdem wollte er seinen Feinden – und es gab noch solche in den hohen Posten der Stadtverwaltung und vor allem dem bescheidenen Königshaus – keinen Vorwand für irgendein Gerichtsverfahren geben und schon gar nicht wegen eines Kapitalverbrechens; und zum dritten dachte er, daß er diesen jungen, wendigen Kerl mit ein paar Drohungen und ein paar Geschenken leicht auf seine Seite bringen könnte. Schließlich hatte dieser gute Beziehungen zu den nicht so leicht unterzukriegenden libyschen Händlern, Bauern und Hirten. Daher wäre er ein geschickter Vermittler in seinen, Heropompos' Angelegenheiten. Morgen würde er ihn sich gehörig vorknöpfen.

Auch Rhodope beruhigte sich wieder. Heropompos war aufmerksam, sparte nicht mit Schmeicheleien und sogar verlockenden Versprechen. So ging der kurze Rest dieser Nacht schnell vorbei.

Am nächsten Mittag ließ Heropompos Larichos vorführen. Da stand er nun mit auf den Rücken gefesselten Händen, von den nächtlichen Schlägen verquollenem Gesicht und von der schmutzigen Zelle besudeltem Körper und Kleiderresten, die ihm um den schlanken, sehnigen Leib hingen. Sein Gesicht war gesenkt, doch ab und zu sah er Heropompos, der wieder malerisch auf seiner Liege hingestreckt lag, mit einer Verachtung an, die tief aus seinem Herzen kam.

Heropompos hatte sich vorgenommen, lange Zeit zu schweigen, da er meinte, sein Gegenüber dadurch noch mehr zu verunsichern und zu demütigen. Doch diesen Blick der Verachtung hielt er nicht lange aus. Er mußte sich sehr beherrschen, um ruhig und gelassen zu bleiben.

»Du weißt wahrscheinlich, warum ich es nicht dulden kann, daß du auf eigene Faust in den Handel eingestiegen bist?«

»Wer bist du, daß du es nicht dulden kannst! Ich habe eine offizielle Erlaubnis dafür, und viel habe ich dafür zahlen müssen.«

Heropompos lachte laut heraus.

»Eine Erlaubnis hat er bekommen«, ahmte er ironisch Larichos' Ton nach. Dann beugte er sich vor und zischte ihn bösartig an:

»Nun, mein Jüngelchen, jetzt weißt du, daß diese Erlaubnis dir völlig wertlos ist. Du hättest dich vorher etwas besser umsehen müssen. Dann würdest du ganz anders vor mir stehen.«

Larichos schwieg. Aufzubrausen wäre zwecklos gewesen. Er hatte schon genügend bewaffnete Männer in diesem geschmacklosen Prunkhaus gesehen.

Heropompos lehnte sich wieder bequem zurück und versuchte es mit einem freundlich herablassenden Lächeln.

»Einen großen Verlust mußtest du hinnehmen, Larichos. Diese Amphoren ...«, und er zeigte in eine Ecke des Raumes, wo sie in Reih und Glied, Bauch an Bauch, aufgestellt waren, »sind ein ganzes Vermögen wert, von dem du einen guten Teil abbekommen hättest.«

Larichos biß sich auf die Lippen, bis sie schmerzten. Wieviel Hoffnung hatte er an diese Amphoren gehängt! Dann hätte er sich auf die Suche nach seiner Liebe begeben, sie finden und loskaufen können. Nur Geld brauchte er, viel Geld.

»Du kannst sie wiederhaben«, fuhr Heropompos mit einem lauernd prüfenden Blick fort. »Du wirst auch deinen Gewinn davon davontragen, aber unter einer Bedingung.«

Larichos schwankte in wenigen Sekunden zwischen unüberwindbarem Stolz, tiefster Verachtung für diesen gewalttätigen, gewissenlosen Händler und der übermächtigen Sehnsucht nach Rhodope. Schon einmal hatte er sie verloren, damals, als er so unüberlegt in den Hof des Leocharis eingedrungen war. Er durfte nicht nochmals alles aufs Spiel setzen und alles von vorn beginnen. Scham und Demütigung erdrückten ihn fast, doch er stellte die von Heropompos erwartete Frage mit kaum hörbarer Stimme:

»Welche Bedingung stellst du mir?«

Noch vor einer Stunde hatte er sich auf dem feuchten, schmutzigen Boden seines Kerkers gewälzt, nun saß er in dem riesigen, sonnendurchfluteten Bad, in dem auch Rhodope vor mehreren Monaten zum ersten Male in diesem Haus gebadet worden war. Sklavinnen wuschen ihn, brachten duftende Tücher und erlesene Kleidung, unsichtbare Flöten und Harfen spielten Melodien, die er hier zu lieben begonnen hatte: alte griechische Lieder mit dem besonderen Tonfall und Rhythmus Afrikas. Die Müdigkeit der ereignisschweren und durchwachten Nacht kam noch dazu: Er fühlte sich wie betäubt, als wäre er in einem Silphiontraum ganz weit weg von seinem eigentlichen Leben entführt.

»Er muß völlig erschöpft, ganz am Ende sein!« hatte Heropompos den Dienerinnen befohlen. »Gebt euch Mühe. Er kann alles bekommen, was er will. Nur keine Ruhe.«

Daher führten die Frauen ihn in die weiten, üppig blühenden Gärten, deren Blühten die Luft mit den exotischen Blumenaromaten dieses Kontinents in fast greifbarer Dichte füllten, mit kühlenden Springbrunnen auf den vielen einladenden Plätzen, sie zeigten ihm die vielen bunten und putzigen Tiere darin und führten ihn dann schließlich durch die Empfangsräume des Hauses, die schon wieder für viele Gäste geschmückt und vorbereitet wurden.

Es war kaum dunkel geworden, da eilte eine Gruppe ägyptischer und libyscher Sklaven in kurzen, weißen Leinenschürzen mit brennenden Fackeln hierhin und dorthin, um sie in den Ständern an den Wänden zu befestigen. Bald erglühte alles in hell flackerndem Licht, das von den kostbaren Metallen in diesem Raum vielfach widergespiegelt wurde, in einem überwältigendem, glitzerndem Prunk und einer unbeschreiblichen funkelnden Pracht, die nicht irdisch zu sein schien. Es war ihm, als sei er in den Palast mächtiger Dämonen geraten.

Nun trat Heropompos in einer betont würdevollen Haltung ein, gekleidet mit einem weiten medischen Mantel, der über und über mit bunten Stickereien geschmückt war – Reiter auf wild galoppierenden Pferden waren dort zu sehen, Gräser und Blumen und von Löwen gejagte Gazellen –, ging mit einer weit ausholenden freundschaftlichen Geste auf Larichos zu und führte ihn selbst zu seiner Liege. Dort hieß er ihn wie einen Ehrengast Platz nehmen. Eigenhändig reichte er ihm eine Schale gemischten feurigen afrikanischen Weines. Sie tranken, dann klatschte er dreimal in die Hände.

Larichos hatte die Augen etwas schließen müssen. Jetzt begann sich alles leicht um ihn zu drehen, und nur mit Mühe sah er zur Tür, durch die nun eine ganze Prozession von leicht bekleideten Tänzerinnen, Musikantinnen und große Kannen und Körbe tragende Dienerinnen kamen. In ihrer Mitte schritt ein Mädchen in einem weißen Gewand, über das sie eine ärmellose, mit zarten Blüten bestickte Tunika trug. An Kopf, Hals und Armen leuchteten die schönsten Schmuckstücke aus Gold und Edelsteinen. Wie das Bild einer Gottheit sah sie aus. Dabei trug sie einen riesigen Strauß frisch gepflückter Blumen, die ihr Gesicht verdeckten. Während sich die übrigen Mädchen unter den Klängen leiser Musik in bedächtigen Rhythmen links und rechts der Liege in zwei singende und tanzende Gruppen aufstellten, ging diese unwirkliche Göttergestalt geradewegs auf Heropompos zu, um die Blumen um ihn herum zu verstreuen.

Larichos krallte seine Fingernägel in den Stoff, daß dieser platzte. Und als das Mädchen auch ihm mit himmlischem Lächeln eine weiße Lilie anbot, brach aus ihm wie mit letzter Kraft ausgestoßen ein heiserer, krächzender Aufschrei:
»Rhodope!«
Dann schloß er seine weit geöffneten Augen und lehnte sich mit einem Seufzer tiefster Qual zurück.

Die Sängerinnen und Tänzerinnen waren von diesem Leidesstöhnen wie erstarrt. Sie ließen ihre Instrumente sinken und sahen ihn voller Neugier und Mitleid an. Die Diener und Sklavinnen, die bereits Geschirr und Brotkörbe herbeitrugen, blieben verwundert und wie angewurzelt stehen und starrten auf Larichos.

Heropompos blickte in höchster Verblüffung auf. Rhodope trat einen Schritt zurück, betrachtete ihn mit schräg zur Seite geneigtem Köpfchen und konnte sich nicht erinnern, diesen Jüngling, der seinen Verstand verloren zu haben schien, jemals in ihrem Leben gesehen zu haben.

Kennst du ihn? Hast du ihn schon einmal gesehen?, fragten die hochgezogenen Augenbrauen des Heropompos.

Sie schüttelte den Kopf.

Woher kennt er dich dann? fragte die kurz auf Larichos hinweisende Hand.

Wieder ein Achselzucken.

Heropompos erhob sich. Alles ging wieder an seinen Platz: die Flötenspielerinnen bliesen, die Harfenspielerinnen zupften und sangen, die Tänzerinnen drehten sich im Kreis und die Diener und Sklavinnen huschten von Tisch zu Tisch.

Auch Rhodope reihte sich auf ein leichtes Kopfnicken ihres Herren in den Reigen der Tänzerinnen ein und begann sich mit ihnen zu drehen und zu schwenken, um dann aber bald lautlos hinauszuhuschen.

Jetzt waren sie wieder allein. Larichos verharrte in seiner Stellung mit den geschlossenen Lidern, sein Atem ging hastig und ein wenig pfeifend. Heropompos stieß ihn leicht mit dem Ellenbogen an.

»Larichos!« sagte er leise, aber sehr streng. »Nimm dich zusammen! Du weißt sehr gut, was heute Abend für dich auf dem Spiel steht. Du kannst doch nicht beim Anblick eines schönen Mädchens kraft- und bewegungslos wie ein willenloser Meeresschwamm werden! Gleich kommen meine Mittelsleute, die du alle gut kennenlernen mußt, denn du wirst mit ihnen zusammenarbeiten.«

Larichos faßte sich in die Haare, verkrallte seine Finger in ihnen, öffnete unter unsagbarer Anstrengung seine Augen und nickte dann ergeben.

Heropompos war unerhört zufrieden. Egal, wo und wie er Rhodope einmal gesehen und vielleicht auch gesprochen hatte: Dieser Junge war ganz offensichtlich unsterblich in sie verliebt. Das konnte für Heropompos nur von Nutzen sein. Diese lächerliche Verliebtheit sollte nun der Bärenring für ihn sein, an dem er, der große Heropompos, ihn ganz nach seinen Wünschen tanzen lassen konnte.

Er klopfte ihm freundschaftlich auf die Schulter und neigte ein verständnisvoll grinsendes Gesicht dicht zu seinem hinüber:

»Ein feines Mädchen, nicht wahr? Die verdreht hier allen die Köpfe. Aber, woher kennst du sie eigentlich, daß du ihren Namen weißt?«

Larichos ging es langsam auf, in welch fatale Falle er getappt war und schalt sich einen Dummkopf und Tölpel.

Er schüttelte sich leicht, wie um alle qualvolle Überraschung abzuwerfen, und antwortete:

»Ach, hier in Kyrene kennen viele ihren Namen. Ich habe einfach von ihr gehört, war aber voll des Staunens über ihre Schönheit.«

Das klang plausibel.

»Aber«, setzte er hinzu, »mein Kopf schmerzt und sticht. Verzeih, wenn ich mich kurz ausruhen mußte. Du weißt, ich habe die vorige Nacht keinen Schlaf bekommen.«

Auch das klang eigentlich plausibel. Larichos verdeckte meisterhaft alle seine Gefühle, die an seinem erschöpften und verzweifelten Geist zogen und zerrten. Dennoch ließ sich Heropompos nicht täuschen.

Ruhe wurde ihm keine gegönnt. Man stellte ihm eine lange Reihe von dunklen Gestalten vor, nannte ihm ihre Namen, die zu behalten er völlig außerstande war, zumal viele von ihnen zu fremd und ungewohnt waren. Eher blieben ihm ihre Aufgabengebiete im Gedächtnis. Da war ein älteres, untersetztes Männchen mit einem kleinen Buckel, in dessen Mund riesige Zahnlücken gähnten, wenn er ihn zu einem metallisch meckernden, unreinen Lachen öffnete. Er überprüfte die Qualität des Silphions beim Einkauf. Ein anderer war aus Italien, mit kurzen, glänzend schwarzen Löckchen, der die Aufsicht über alle Waren nach Katana hatte und noch viele andere mehr. Ganz zum Schluß stellte man ihm einem riesigen, vor Kraft strotzenden Mann vor, der wahrlich dem keulenbewaffneten, mit wilden Ebern und riesigen Löwen kämpfenden Herakles glich. Er war wohl einer Ehe – oder zumindest Verbindung – zwischen einem Griechen und einer dieser Libyerinnen aus dem weiten Süden entsprungen, denn seine Haut war sehr dunkel, seine Lippen dick und wulstig und sein pechschwarzes Haar fein gekräuselt. Ob die Form seiner Nase auch von dieser Herkunft zeugte, war ungewiß, da ihr Bein gebrochen und daher unregelmäßig im übermäßig breiten Gesicht eingesackt war. Polybios war sein Name, und er paßte gut zu ihm. Er also war der Aufseher der Leibwache des Heropompos, der wichtigste Mann des

Hauses. Polybios und Larichos sahen sich aufmerksam einschätzend an, um dann einige belanglose höfliche Floskeln zu wechseln.

Es kostete Larichos viel Kraft, konzentriert zu wirken. Die Müdigkeit war zwar schon längst vergessen, doch der Name *Rhodope* schlug wie Paukenschläge in einem harten Rhythmus durch seinen Kopf und brachte seine Gedanken immer wieder in Verwirrung.

Der Morgen dämmerte schon über dem entfernten Meer, als er endlich in das für ihn vorbereitete Zimmer entlassen wurde. Ob er ein Mädchen haben wolle? Larichos winkte mit müdem Heben des Kopfes ab. Wie hätte er jetzt – Aphrodite möge es verzeihen – an ein Mädchen denken können?

Doch als die Tür hinter ihm geschlossen wurde, sprang er einem plötzlichen Entschluß folgend auf den Flur und rief dem bereits hinwegeilenden Sklaven nach:

»He, du da! Ja doch, bitte bringe mir ein Mädchen. Ich verlasse mich ganz auf deinen Geschmack!«

Man führte Lamia zu ihm. Als Larichos sie eintreten sah, hoch gewachsen, sicherlich zwei Fuß größer als er selbst, und mit festen, fast gewalttätig lauten Schritten, als gelte es, unter Trompetenstößen auf ein Schlachtfeld zu marschieren, da bereute er seinen schnellen Entschluß bereits und hätte sich am liebsten tief unter den Decken des weichen, geräumigen Bettes versteckt. Doch er blieb gerade sitzen wie ein aufrechter Soldat, der jedem Feinde zu trotzen bereit ist.

Er mußte seinen Nacken sehr nach hinten biegen, um ihr ins Gesicht zu sehen.

»Dich hat man also geschickt! Eine recht hohe Verehrerin der Aphrodite bist du allerdings.«

Lamia legte eine gewaltige Hand auf seine Schulter, beugte sich zu ihm herunter, wobei der faltenreiche Bausch ihres Peplos ebenso gewaltige Brüste freigab, und küßte ihn mit sehr feuchten und vollen Lippen auf die rechte Wange.

Larichos rutschte sehr pikiert zur Seite, deutete aber sofort auf den freigewordenen Platz, um nicht unhöflich und ungehobelt zu erscheinen und bat sie, sich neben ihn zu setzen. Und bevor sie ihre Attacken in bequemer Stellung fortführen konnte, nahm Larichos ihre wuchtige Hand, streichelte sie beruhigend – ob er sie oder sich selbst damit beruhigen wollte, bleibt ungewiß – und sagte ihr so sanft, wie es ihm in dieser Situation möglich war:

»Sei mir nicht böse, du Mädchen von herrlichem Wuchse. Doch du siehst, ich bin sehr müde. Ich habe dich nur deswegen rufen lassen, weil ich mich fremd und einsam hier in diesem unbekannten Raum fühle. Ein menschliches, ein weibliches Herz brauche ich, ein wenig Gespräch. Für heute Nacht möchte ich nicht mehr.«

Lamia war darüber nicht entzückt. Mürrisch zog sie den Peplos am Ausschnitt hoch und erwiderte störrisch:
»Warum hast du das nicht sofort gesagt? Man hätte dir dafür auch eine von den Ausgedienteren schicken können.«
»Nein, wie kommst du auf solch garstige Idee? Ich möchte mit einer schönen, sozusagen amtierenden Dienerin der Aphrodite sprechen, einer, die sich auf diesem Gebiet gut auskennt, die Rat geben und ein verzweifeltes Herz trösten kann ... genauso einer wie du«, fügte er dann mit etwas Überwindung hinzu.
Er sah sie vorsichtig von der Seite an. Seine Rede schien ihr gefallen zu haben.
»Und wie ist dein süßer Name?«
Honig träufelte von Larichos' Lippen.
»Lamia haben mich meine Eltern genannt«, antwortete sie stolz.
»Und du stammst von hier, von Kyrene?«
»Nein, erst vor wenigen Monaten kam ich von dem italischen Kyme in dieses Haus, doch meine Eltern stammen aus Phokaia in Kleinasien. Man hatte mich für Feldarbeit gekauft, doch als Struthes – so heißt der Aufseher der Diener hier – sah, daß ich dafür zu schade bin, ließ er mich im Haus. Nun kümmere ich mich um die Gäste, und man ehrt mich sehr.«
Sehr redselig war diese fürsorgliche Lamia, und das paßte Larichos sehr gut. Er stellte sich entsetzt.
»Du und Feldarbeit! Bei allen seligen Göttern, wer könnte so verblendet sein! Sicher hat das Heropompos auch sofort eingesehen.«
Jetzt seufzte Lamia tief und mit einem leicht schnarchenden Geräusch auf.
»Ach, der Herr! Seit dieses kleine Biest hier ist, hat er für keine andere mehr Aug und Ohr. Nur an ihr hängt er. Und nur ihr macht er Geschenke.«
»Ach, meinst du etwa dieses kleine, mickrige Mädchen mit dem goldenen Haarband?«
Lamia nickte mißmutig.
»Aber die kann dir noch nicht einmal das Wasser reichen! So unscheinbar und unbedeutend sieht sie aus.«
Lamia nickte in eifrigem Einverständnis:
»Und aufschneiden tut sie! Nie kommt sie zum Spielen und Klatschen zu uns anderen Sklavinnen. Dazu ist sie sich zu fein. Sie sitzt immer allein in ihrem Zimmer oder empfängt ihre Freundin – eine ordinäre Hetäre, die Chrysippe heißt. Eine Edelhure vom anderen Hügel. Dann gehen die beiden wie große Damen mit Palmenwedel im Garten hin und her. Lächerlich! Wie gewählt und künstlich sie sprechen und sich aus-

drücken! Dabei hat nur so ein schmutziger Ägypter diese fleisch- und seelenlose Rhodope verkauft.«
»Kommt sie etwa aus Ägypten?«
»Nein, ich weiß nicht, wo man sie aufgelesen hat. Irgend jemand erzählte einmal, sie sei als Soldatendirne bei Aschkalon im Philisterland gewesen.«
»Und erzählt man sich hier auch, wie sie dorthin gelangt war?«
»Erzählen tut man viel über sie. Doch niemand weiß etwas Genaues. Ich sagte dir doch schon, daß sie mit uns anderen kaum etwas spricht, es sei denn, sie will etwas.«
»Nun, liebe Lamia, genug haben wir über sie geredet, die uns doch gar nicht interessiert. Erzähle mir mehr von dir!«
Nichts tat Lamia lieber als das, und unter ihrem etwas vulgären und ordinären, nicht immer gleichmäßig dahinfließenden Redefluß sank Larichos, ohne es zu merken, immer mehr zur Seite, fiel auf ihren breiten, bequemen Schoß und schließlich in einen so tiefen Schlaf, daß sogar die leichten beleidigten Püffe der Lamia ihn nicht mehr wecken konnten.

Ein König war er, der zweite Battos von Kyrene. Ein recht hochtrabender Titel, für den die verschiedenen ägyptischen und mesopotamischen Händler, Söldner oder sonstigen Reisenden nur ein gerührtes Lächeln oder ein verächtliches Grinsen übrig haben konnten. Nicht nur, daß sein Haus auf der Akropolis – denn wollte man es Schloß nennen, müßte man es unbedingt in Gänsefüßchen setzen – nur ein wenig größer war als die der wohlhabenden Bürger der Stadt, nicht nur, daß er nur noch nach seinem Grundbesitz der Reichste hier war, denn an Schätzen und Geld hatten ihn bereits andere überflügeln können, nein, nicht nur das. Er hatte noch nicht einmal in seinem kleinen Stadtstaat genügend Macht, um allein entscheiden und seine Beschlüsse durchsetzen zu können. Eine einflußreiche Stimme in der Versammlung, der alle rechtmäßigen Bürger, die ein gewisses Vermögen vorweisen konnten, von Kyrene angehörten, konnte alle guten Vorhaben kippen.
Dabei hatte er sich eigentlich selbst diese Fallgrube gegraben. Schon sein Vater hatte eingesehen, daß Kyrene zu wenig Bürger hatte. Vor allem die Frauen waren ein großes Problem. Angekommen mit einer Handvoll Siedler aus Thera, hatten sie keine Frauen, um der Stadt ihre Nachkommenschaft zu sichern. Mit vielen Worten und Geschenken hatten sie schließlich von den libyschen Stammesfürsten dunkelhäutige und geheimnisvoll blickende Afrikanermädchen erhalten, die ihnen tatsächlich blühende Kinder mit großen schwarzen Augen und kräftigen Gliedmaßen gebaren, doch das Zusammenleben mit diesen kaum Grie-

chisch sprechenden Frauen hatte seine Tücken. Man brauchte unbedingt neues Blut aus Griechenland.

Also hatte er eine Gesandtschaft nach Delphi zum großen Orakel des Apollon geschickt, auf dessen Befehl diese Stadt ja gegründet worden war. Und der Gott hatte geantwortet, man solle viele neue Siedler aus allen griechischen Städten holen. Man hatte dem Gott vertraut und gehorcht: Überallhin gingen nun die Gesandten aus Kyrene, verkündeten den Gottesspruch und erzählten vom Reichtum des afrikanischen Landes. Und viele landlose Bauern hörten dies mit Freuden und kamen bereitwillig mit Frauen und Kindern.

Es gab unter ihnen aber auch viele Neuansiedler, die sich von dem einträglichen Silphiongeschäft hatten anlocken lassen, und diese waren viel gewitzter und wendiger, so daß er, Arkesilaos, mit all dieser bereits unangemessenen königlichen Würde, über die er oft stolperte wie über einen überlangen Schleier, es nicht ernsthaft mit ihnen aufnehmen konnte. Er hatte ein Gesetz herausgegeben, das jedem den Handel mit dem wertvollen Silphion, das nur hier um Kyrene wuchs, strengstens verbot, es sei denn, es läge eine besondere königliche Genehmigung vor. Doch in letzter Zeit war er aus verschiedenen Gründen – finanziellen, diplomatischen oder verwandtschaftlichen – gezwungen gewesen, einige solcher Genehmigungen zu erteilen.

Noch saß er im Amt, seine Berater hatte er fest im Griff, und auch seine Armee war ihm treu ergeben. Doch wie lange dies noch dauern würde, war ungewiß: Überall in der Welt, wo Griechen wohnten, verjagte man Könige – Tyrannen, wie man sie nannte – und diese Krankheit, die man als Demokratie bezeichnete, konnte auch nach Kyrene getragen werden.

Sein Gesicht verzog sich zu einer sorgenvollen und unglücklichen Grimasse, wenn er dieses üble Wort in seinem Geist hin und her bewegte: Demokratie. In ihr gab es keinen, der eine Richtung weisen und langjährige Pläne verfolgen konnte. Kopflos stürzte sich jeder mit seiner eigenen Meinung, gekleidet in wichtigtuende Worte, in die Volksversammlung und dünkte sich selbst ein König. Als wenn man, um Herrscher zu sein, nicht auch Erfahrung und die dazu erforderliche Ausbildung und Übung haben müßte! Konnte denn jedermann, der einfach daran Spaß zu haben glaubte, ein Rhapsode, ein Arzt oder gar ein Schiffsingenieur werden? Niemand würde so etwas für ernsthaft und sinnvoll halten. Und dennoch versteiften sie sich darauf, daß jeder König sein könne, jeder für ein Jahr, damit auch alle einmal an die Reihe kommen können. Lächerlich!

So aufgeregt dachte Arkesilaos über seine Staatstheorien nach, daß er unwillig aufsprang und wie ein wütendes Tier in dem großen, menschenleeren Saal auf und ab ging, die Hände auf dem Rücken gefaltet und seinen untersetzten, aber kräftigen Oberkörper wie im Sturm einer Schlacht angespannt nach vorn gestreckt.

Dieser junge Gast aus Lesbos, der an diesem Morgen vorstellig gewesen war, hatte in einer leidenschaftlichen Diskussion die Demokratie verteidigt, und Arkesilaos hatte aus Ehrfurcht vor Zeus, dem Hüter der Gastfreundschaft, und auch aus seiner ihm angeborenen Höflichkeit nicht barsch widersprechen wollen. Doch nun kamen alle so freundlich unterdrückten Gegenargumente mit solcher Kraft in ihm empor, daß er sie auch nicht vor einer ganzen Götterversammlung hätte unterdrücken können. Obschon dies gerade vor einer solchen Sitzung kaum notwendig gewesen wäre: War doch Zeus der größte König – konnte man hier etwa von einem Tyrannen sprechen? – im gesamten Kosmos!

Arkesilaos hatte sich ungewollt mit diesem hohen Gedanken an den Göttervater ein wenig beruhigt und kehrte, weniger angespannt, zu seinem aus schwarzen Ebenholz geschnitzten und dezent mit kleinen, aber höchst kunstvoll gearbeiteten Goldbeschlägen und Elfenbeinintarsien versehenen Thron – das Geschenk eines libyschen Stammeshäuptlings an seinen Vater, Battos – zurück. Zu jung war eben dieser Alkaios, um zu den richtigen Gedanken gelangt zu sein. Doch er stammte ja aus einem sehr guten Hause und würde folglich mit vorrückendem Alter, schmerzhaften Erfahrungen und gefestigtem Verstand auch zum einzig richtigen Verständnis finden.

Arkesilaos setzte sich nachdenklich. Die Fackeln waren bereits ganz heruntergebrannt. Sie beleuchteten den Raum nicht mehr, sondern warfen nur noch flackernde Lichtstreifen in die Dunkelheit, die von den Wänden als irrende Schatten widergegeben wurden.

Alles, was dieser junge Bursche mit ihm besprochen hatte, war sehr beunruhigend gewesen. Vor allem das, was Heropompos betraf. Er haßte diesen Namen mindestens genauso stark wie den der Demokratie. Denn alle frei geäußerten Meinungen waren öffentlich. Man hörte sie, beantwortete sie und konnte sie mit klugem Bemühen in Vergessenheit versinken lassen. Doch dieser Heropompos hatte um alle seine Geschäfte, Gedanken und Bekannte gleichsam eine Burg errichtet, hohe, uneinnehmbare Festungsmauern, über die hinweg keiner spähen konnte. Sooft Arkesilaos versucht hatte, sich Eintritt in sein Haus zu verschaffen oder ihn wenigstens in sein eigenes einzuladen, um bei einem gemeinsam eingenommenen Mahl ein wenig von dem angehäuften Mißtrauen abzubauen – immer wurde er auf eine höflich-beleidigende Weise abgewiesen. Heropompos erschien nirgends, gab nirgends seine Meinung ab, zahlte pünktlich seine Steuern und erschien zu den großen Festen der Götter nur, um ein großes Rind schlachten und an die Bürger der Stadt verteilen zu lassen, die es gierig auffraßen, während er sich selbst schon längst wieder hinter seinen undurchdringlichen Mauern verzogen hatte.

Trotz des anscheinenden Friedens aber fühlte sich Arkesilaos in höchstem Maße von Heropompos bedroht. Schon mehrere nächtliche Anschläge hatte es auf sein Haus gegeben. Zwar hatten seine tapferen Wachen sie immer abgewehrt, doch sie wiederholten sich, ohne daß die Feinde ihr Gesicht zeigten. Er hatte keinerlei Beweise in der Hand, war aber sicher, daß nur Heropompos dahinterstecken konnte.

Was dieser grüne Jüngling aus Lesbos ihm nun über diesen widerwärtigen Heropompos berichtet hatte, gab nun tatsächlich Anlaß zur Sorge, daß Heropompos weit über seine rechtmäßig erworbene Erlaubnis hinaus unsaubere Handelsgeschäfte betrieb.

Er war zwar der größte, einflußreichste und gefährlichste dieser Silphionkaufleute, aber auch nicht der einzige, der solch eine königliche Genehmigung dafür besaß. Hatte Arkesilaos doch vor kurzem auch einem anderen Neuankömmling, dem Larichos, Sohn des angesehenen Skamandrios aus Mytilene, auch eine Lizenz verkauft. Ein bescheidener Jüngling, der einen sehr guten Eindruck auf ihn gemacht hatte. Und diesen Larichos, so behauptete der Alkaios nun, habe Heropompos in seiner aufgezwungenen Gewalt. Ein Verbrechen wittere er, hatte Alkaios ihm sehr eindringlich erklärt, ein Verbrechen, das auch ihn, den König Arkesilaos bedrohen und ihm sehr schaden könne.

Arkesilaos fühlte sich hilflos. Nichts konnte er ohne Beweise gegen Heropompos unternehmen, nichts ohne in Gefahr zu laufen, hart gegen den Widerstand seiner Untertanen zu stoßen, die schon seit geraumer Zeit an den Gefälligkeiten und Geschenken des Heropompos Gefallen gefunden hatten und in deren Köpfen möglicherweise auch schon die wirren Gedanken an Demokratie stecken könnten.

Auch Alkaios war niedergeschlagen, mut- und ratlos. Schon sieben Tage lang hatte er erfolglos versucht, Larichos zu sehen. Mit großen Mühen und vielen offen oder heimlich zugesteckten Münzen und kleinen Geschenken und Gefälligkeiten hatte er lediglich erfahren können, daß sein Freund bei Heropompos sei, wohl nicht ganz freiwillig, da dieser ihm eine ganze Schiffsladung mit Silphion abgenommen habe – ein ganzes Vermögen! Davon redete man jetzt in allen Gasthäusern von Kyrene.

Am breiten Tor des befestigten Hauses hatte man ihn zuerst unhöflich, dann mit offenen Drohungen abgewiesen. Und nun hatte sich herausgestellt, daß der König, lächerlich wie sein Titel selbst, nichts mehr war als ein hilfloser, schwacher Alleinherrscher, den praktisch jeder an der Nase herumführen konnte. Und all das nur wegen eines verfluchten Weibes!

Das war das Stichwort. Er hatte Rhodope völlig vergessen! Die Sonne stand schon tief über den sanft geschwungenen Rücken der Waldhöhen. Er mußte sich beeilen.

Er lief den steilen Abhang zur Hauptstraße hinab, um dann den ebenso steilen Weg auf den östlichen Hügel einzuschlagen, auf dem sich das Haus des Heropompos befand.

Nur wenige Häuser und Gehöfte standen hier, und sie lagen weit auseinander verstreut. Als Alkaios keuchend oben am steinernen Gemäuer ankam, war kein Mensch weit und breit zu sehen. Die hohen und langen Wände erhoben sich wie uneinnehmbare Festungsmauern, und nichts war von innen zu hören. Er beschloß, sich zwischen die Bäume und Büsche zurückzuziehen und von dort aus den Eingang zu beobachten.

Sein Warten an den Mauern des Heropompos hatte bald Erfolg. Drei lustig schnatternde Mädchen mit prall gefüllten Körben näherten sich einem Seiteneingang. Rasch und im Bemühen, galant und zuvorkommend zu wirken, lief er auf die drei Schönheiten zu, machte ihnen artige Komplimente, die mit lautem Gelächter und funkelnden Blicken aus afrikanischdunklen Augen angenommen wurden, und kam solcherart schnell ins Gespräch. Bald hatte er den jungen hübschen Sklavinnen das Versprechen entlockt, Rhodope zu verständigen, daß er hier sei und auf sie warte.

Die Gefühle, die ihn beim wartenden Auf- und Abgehen überkamen, waren sehr gemischt. Da war die zierliche Mädchengestalt, das mutige, ja tapfere Auftreten, das klingende Lachen, das so viele bezaubernde Beitöne besaß, der wache Verstand, der jedes Wissen aufsaugte wie ein gieriger Schwamm; da war die weiche, weiße Haut, wie das Innere einer Muschel, diese unbeschreibliche Zärtlichkeit. Und als er daran zurückdachte, fuhr ein Schauer über seinen Rücken, daß es ihn schüttelte und er sich leicht zusammenkrümmen mußte.

Nein, denke an die andere Seite dieses Mädchens: Ihre Goldgier, ihren Instinkt, immer das Beste für sich selbst herauszupicken, diese beleidigten Gesichtsverrenkungen, die ihn immer so abgestoßen hatten, wenn etwas nicht nach ihren Wünschen ging! Und vor allem: Denke an deinen Freund, den du vor ihr und ihrem neuen Geliebten retten mußt!

Er richtete sich auf, seine Haltung wurde straffer, sein Gang disziplinierter und soldatenmäßiger, und so sah sie ihn, als sie aus der Türspalte hervorlugte.

Eigentlich hatte sie ihn abweisen wollen, doch ihre Neugierde war zu groß gewesen. Natürlich, er hatte sie gesucht. Das erfüllte sie mit einer gewissen Befriedigung und Genugtuung. Wenn er sich ihr gegenüber besser verhalten hätte, wäre alles nicht so gekommen. Doch trotzdem, so ehrlich war sie zu sich: Aus Liebe zu ihr stand er sicherlich nicht vor dem Haus des Heropompos. Und da sie den Grund unbedingt wissen wollte, hatte ihre Neugier sie schnell an die Tür getrieben.

Alkaios blieb stehen und musterte sie genau. Verändert fand er sie. Es war nicht mehr das kleine Mädchen neben dem alten, armen und lächerlichen Wanderpriester; dies hier war die Geliebte eines reichen Mannes: gut gekleidet und frisiert, mit einem feinen Goldgehänge um den schlanken Hals und zahlreichen kostbaren Armreifen um die immer noch schmächtigen Arme. Sie mußte sich hier wohl fühlen. Langsam trat sie auf die Schwelle, wie eine Katze, jede Sekunde bereit, schnell wieder in ihr Versteck zurückzulaufen.

Alkaios sah diese Gefahr und sprach sie mit leiser, beruhigender Stimme an, wobei er langsam, fast unmerklich auf die Tür zuging:

»Du hast dich verändert, Rhodope. Noch schöner bist du geworden.«

Rhodope warf einen schnellen Blick in den Gang zum Haus und zog dann behutsam die Tür hinter sich zu.

»Warum suchst du mich?«

Alkaios mußte lachen.

»Du hast dich also immer noch nicht daran gewöhnt, Fragen nicht mit Fragen zu beantworten?«

Rhodope lächelte verschmitzt.

»Aber ich will dir antworten, denn du hast vielleicht nicht viel Zeit. Ich bin gekommen, um dich dringend um Hilfe zu bitten. Ich bitte dich, denn es ist sehr wichtig.«

Jetzt machte Rhodope einige Schritte auf ihn zu und sah mit wacher, fragender Neugierde zu ihm auf.

»Kennst du einen Larichos?«

Alkaios sah sofort, daß ihr der Name etwas sagte. Doch sie blieb stumm.

»Ich muß ihn ganz unbedingt sprechen.«

Noch immer blieb sie unbeweglich.

»Erinnerst du dich, wie oft ich von meinem besten Freund aus Lesbos erzählte? Eben dieser ist Larichos. Ich bitte dich, bei unserer alten Freundschaft!«

»Ich kann dir nichts versprechen. Doch ich sehe, daß es dir wichtig ist. Warte dort drüben!«

Sie wies mit ihrem Arm, an dem die goldenen Reifen leise wie kleine Glöckchen klangen, weit nach vorn, auf den anderen Hügel in Richtung Marktplatz, auf dessen oberster Anhöhe sich ein kleiner Hain im Lila der bereits untergegangenen Sonne abhob.

»Dort, wo das Grab des Battos ist, dort unter den Bäumen wirst du mich finden, wenn die Nachtwache ihre zweite Runde beendet hat. Es ist ganz leicht, dorthin zu gelangen. Dann können wir in Ruhe miteinander sprechen.«

Damit raffte sie anmutig ihr langes Gewand vorne zusammen und schlüpfte flink in das Haus zurück.

Heropompos war zwar für einige Tage verreist, doch sie wollte nicht, daß seine Aufseher sie mit einem Fremden sahen. Und dazu einen Fremden, der etwas mit Larichos zu tun hatte. Larichos, dieser seltsame junge Mann, den sie seit jenem Abend nicht mehr gesehen hatte. Larichos, dessen Name einst in diesem gefährlichen Gespräch gefallen war. Ihre Neugierde war nun gespannt wie ein skythischer Bogen, und sie ließ sich darauf wie einen Pfeil aufsetzen, egal, wohin er fliegen würde.

Schon lange saß Alkaios nun in diesem kleinen heiligen, mit einer niedrigen Bruchsteinmauer umgebenden Ort unter Pinien, Zedern und Akazien und lauschte zerstreut dem Getöse der Zikaden und den zufälligen nächtlichen Geräuschen, die von den Häusern unter ihm heraufdrangen. Es sah hier fast so aus wie auf Lesbos: Die Bäume waren die gleichen, der Altar war der gleiche, und auch die Zikaden schienen in der gleichen griechisch-äolischen Sprache zu singen, obwohl sie es hier in Kyrene eigentlich auf dorisch hätten tun müssen. Verse setzten sich in seinem Kopf zusammen, doch sie galten nicht der zierlichen Rhodope, sondern seinem Freund, der sich in ungewisser Gefahr befand, die Alkaios immer stärker und bedrohlicher spürte, je länger er hier zwischen Bäumen und Zikaden auf Rhodope wartete. Die weißgelbe Hälfte des zunehmenden Mondes lag wie ein stark schwankendes Boot bei schwerem Wellengang zwischen den Pinienzweigen. Die Rhythmen der vagen Verse in seinem Kopf wurden immer aufgeregter und unregelmäßiger, und die Worte in ihnen abgehackter und kürzer. Die zweite Wache war schon in einem leisen Gespräch unten auf der Straße vorbeigekommen, da hörte er leichte, fliegende Schritte.

Alkaios fuhr auf. Endlich! Er ging dem eilenden Schatten entgegen, sein Gesicht wieder zu einem artigen Kompliment in einer etwas gequält künstlichen Grimasse zurechtgelegt. Da faßte die in ein dunkles Tuch eingehüllte Gestalt ihn unerwartet an beiden Schultern, fiel ihm um den Hals und umarmte ihn stark und verzweifelt.

»Du!« stammelte Alkaios und riß das Tuch herab.

»Ja, ich«, flüsterte Larichos.

Dann aber packte er Alkaios nochmals an der Schulter, doch dieses Mal, um ihn vorwärts zu stoßen, zu einem kleinen, noch neu im Mondlicht glänzenden Marmoraltar.

»Sie sind mir auf den Fersen«, keuchte er, »schnell zum Altar des Battos, dort sind wir zunächst in Sicherheit!«

Der Kauf

Sie kamen leise und stellten sich an der Umfassungsmauer auf, wo ihre Schatten mit denen der Bäume und Büsche verschmolzen. Alkaios und Larichos kauerten nun mit verhaltenem Atem Schulter an Schulter am niedrigen Altar des von Apollon geliebten Gründers der Stadt, des Vaters des jetzigen Battos Arkesilaos.

Wie überall, so hatte man auch hier den Mann, der die ersten griechischen Kolonisten nach vielen Gefahren und Abenteuern auf unbekannten Meeren und in fremden Inseln und Ländern sicher an diesen Ort gebracht hatte, der die Grenzen der zukünftigen Stadt abgesteckt und den Göttern den Grund und Boden ihrer Heiligtümer zugewiesen hatte, verdientermaßen zu einem Gottmenschen erhoben: Ein Heros war er geworden, eine Schutzgottheit, mit einer ansehnlichen Grabstätte am Rande des Marktplatzes, und jedes Jahr feierte die gesamte Bürgerschaft ihm zu Ehren ein großes Fest mit Wettläufen, Faustkämpfen und sogar Wagenrennen sowie auch mit üppigen Opfermahlzeiten, an denen sich Götter und Menschen gleichermaßen ergötzten. So, wie er zu Lebzeiten seine Gefährten behütet und sicher geleitet hatte, so tat er es auch nun, als verstorbener Gründer und lebender Patron der wachsenden Stadt. Und jetzt hatten sich Larichos und Alkaios unter seinen heiligen und sicheren Schutz gestellt.

Wie oft hatten sie sich auf ähnliche Weise als Jungen vor dem Zorn ihrer Eltern hinter irgendwelchem Gesträuch, Holzhaufen oder Schafställen versteckt! Oft waren sie dann vor Ermüdung eingeschlafen, bis der harte Griff eines Erziehers sie in die Wirklichkeit und zur Strafe hervorgezogen hatte. Beide erinnerten sich jetzt daran. Doch da war kein Lächeln der Rührung über diese Dumme-Jungen-Streiche, keine

Süße der Erinnerung an die gemeinsam verbrachte Jugend. Denn auch die damals durchlebte Angst kehrte mit diesen Rückblicken wieder und vervielfachte sich vor der jetzigen Gefahr, aus der es kein Entkommen zu geben schien.

So kam der Morgen über das Meer, der sie vor Kühle frösteln ließ. Auch den Belagerern wurde es kalt und ihre Geduld war fast am Ende. Gerade als der goldrote Rand der Sonne die Grenze zwischen Himmel und Meer erreichte, trat Polybios, der Aufseher der Leibgarde des Heropompos, an die kleine Holztür des Heiligtums und rief Larichos zu:

»Komme sofort mit deinem Gefährten heraus! Ich brauche dir nicht zu sagen, was passieren wird, wenn du nicht Heropompos' Befehl sofort Folge leistest.«

»Wir stehen unter dem Schutz des Stadtheroen und werden ihn nicht verlassen!« antwortete Alkaios. »Sage das deinem Herrn!«

Polybios trat zögernd zurück. In das Heiligtum einzufallen wagte er nicht. Trotz allem war der Zorn der Götter gefährlicher als ein Wutausbruch des Heropompos. In solch schwerwiegenden Fällen besaß er nicht den Mut, allein zu entscheiden. Er würde es besser Heropompos überlassen.

Der Wutausbruch war tatsächlich gewaltig. Verfluchungen, Schmähungen und Drohungen rollten wie Sturmgewitter über den gewaltigen Polybios hinweg, der sich ängstlich unter ihnen duckte. Dann ebbte der Zorn allmählich in den angestrengten Überlegungen ab, wie man diese beiden von dem Altar wegbringen könnte, ohne die Heiligkeit des Ortes zu verletzen. Schließlich wies er Polybios an, sie weiterhin nur scharf zu bewachen und nicht entfliehen zu lassen. Er sei für die Disziplin seiner Leute verantwortlich.

Gleichzeitig rief er Struthes zu sich, der den Auftrag erhielt herauszubekommen, wie es dem bewachten Larichos gelungen sei, aus dem Haus zu entkommen. Struthes verließ den Saal unter vielen Verbeugungen und Versprechungen, sein Bestes zu tun und außerdem mit dem schlechtesten und schwärzesten Gewissen, hatte doch gerade er diesen Ausbruch auf liebliche Bitte und klingelnden Beutel der Rhodope vorbereitet. So schwebte jeder an diesem Morgen in seinen eigenen tiefen Ängsten, und ein Ende der Furcht war wegen der gnädigen und schützenden Hand des göttlichen Battos nicht abzusehen.

Aus zwei Gründen konnte sich Heropompos nicht zu einem Sturm gegen Larichos und dessen ihm unbekannten Gefährten im Hain entscheiden: Einerseits mußte man ja tatsächlich den Göttern gehorchen. Mit Krankheit, Erdbeben, Meeresstürmen und was nicht sonst noch allem könnten sie ihm sonst nachstellen und ihn auf die furchtbarste Weise bestrafen. Es gab ja genügend abschreckende Beispiele. Erst kürzlich war einer seiner Bekannten, Glaukos von Kreta, ganz entsetzlich von Poseidon bestraft worden, weil er ihm aus dümmlichem Geiz das versprochene Weihgeschenk verweigert hatte. Zuerst starb seine Frau mit dem Neugeborenen im Wochenbett, dann versank sein Schiff mit einer Ladung im Wert von einem Talent Gold. Und schließlich stach er sich bei einem Sturz, bei dem er mit dem Gesicht auf ein Brett mit vielen großen herausragenden Nägeln fiel, ein Auge aus. Und nun war es aus mit ihm.

Doch nicht nur die Furcht vor dem göttlichen Heroen der Stadt hielt ihn ab. Auch die Bürger von Kyrene würden eine solche Verletzung der heiligen Gesetze nicht hinnehmen. Es könnte sogar zu seiner Vertreibung, Enteignung und Verbannung führen. Arkesilaos würde nur allzu gern jeden Vorwand dazu benutzen.

Er mußte also um jeden Preis versuchen, alles friedlich, aber auch zu seinem Vorteil zu regeln. Sobald er sich beruhigt hatte, kam ihm eine ganz ausgezeichnete Idee und er lobte sich selbst, sehr weise zu sein.

Die Gruppen schienen sich während der vielen Stunden des Wartens – des Wartens auf irgendein Ende dieser fatalen Situation, obwohl sich niemand solch ein Ende vorstellen konnte – versteinert zu haben. Kaum war in der Hitze des Mittags irgendeine Bewegung bemerkbar. Sogar die Zweige der Pinien gaben mit ihren leichten Wellenbewegungen im Wind mehr Leben von sich als die immer noch erstaunlich straffen Rücken der bewaffneten Männer und die müde und verzweifelt am Altar hockenden und auf den staubigen Boden vor sich hin starrenden Freunde. Als würden sie für immer und ewig so stehen- und sitzenbleiben müssen.

Doch dann kam plötzlich eine unerwartete, schreckliche Bewegung. Von Süden her, geradewegs aus der Wüste hinter dem waldigen Hügelland, erhob sich der gefürchtete Habub mit zahlreichen Windhosen, die den feinen, stechenden Wüstensand in rasenden Kreiseln über das Land fegten. Die Zweige verrenkten sich unter Knirschen und Ächzen, die Sandkörner trafen wie winzige Geschoße Gesicht und Arme und drangen in alle Poren ein. Ein Habub jagte direkt über den Hain des Battos hinweg. Alkaios und Larichos, die diese Naturgewalt nicht kannten, krallen sich in Todesangst aneinander, versuchten am Relief der Altarwände Halt zu finden, brüllten flehende Gebete an den Heros in den wirbelnden grau-gelben Orkos hinein. Äste, Bretter, Pfähle, Steine, Scherben, Tücher, alles, was so auf Straßen und Höfen stand und lag, sogar auch Teile von leicht gebauten Hütten wurden von dem Sturm aufgesogen und in trichterförmigen Kreisen umhergeschleudert. Dabei donnerte, grollte, krachte und knirschte, pfiff, fauchte und sauste es um sie herum, der Himmel hatte sich in fliegende Erde verwandelt, und sogar die Sonne schien der Wüstensand in sich eingesogen zu haben.

Wie der Habub gekommen war, so verschwand er auch wieder. Ungläubig, ihn überlebt zu haben, standen Alkaios und Larichos auf und beobachteten mit weichen Knien, wie er in rasendem Tanz weiter über die abfallende Fläche zum fernen Meer hin tobte.

Alles ringsherum war nun mit feinem Sand bedeckt. Staub und Hitze machten das Atmen unerträglich. Wenn wir etwas mehr Geistesgegenwart gehabt hätten, hätten wir entfliehen können, dachte Larichos und schämte sich nun über die übergroße Angst.

Weniger gut hatten einige Männer des Polybios den Habub überstanden. Manche waren von fliegenden Steinen und schweren Ästen getroffen und verwundet worden. Nun standen sie wieder wie versteinert, jetzt aber aus einem ganz anderen Grund: Eine übergroße Betroffenheit und ein unaussprechlicher Schauer hatten alle so stark ergriffen, daß sich ihre Haare sträubten und zahllose Gebete an den Heros, dessen Heiligtum sie belagerten, gerichtet wurden. Sie waren überzeugt, daß dieser Habub und die von ihm zugefügten Wunden vom göttlichen Battos selbst geschickt worden waren, der diese beiden fremden Männer unter seinen starken Schutz genommen hatte. Sie standen alle regungslos mit weit aufgerissenen Augen und Mündern und wären vielleicht bald in Panik von diesem Unglück bringenden heiligen Ort geflohen, wenn nicht die Erlösung aus dieser erneuten Erstarrung und Unbeweglichkeit jenseits und diesseits der Grenzmauer gekommen wäre.

Leicht und graziös, nicht zu sehr eilend, aber auch nicht zu gesetzt, wie ein sanft flatternder Frühlingswind erschien Rhodope auf der kleinen Anhöhe. Alle Köpfe wandten sich ihr zu. Sie ging durch die niedrige Pforte in das Heiligtum, als würde sie die vielen auf ihr ruhenden Augenpaare überhaupt nicht bemerken, als hätte es nie einen Habub gegeben, als stünden keine schwer bewaffneten Männer des Heropompos mit gesträubten Haaren umher. Sie richtete ihre flatternden Schritte geradewegs auf Alkaios und Larichos zu. Beide standen mühsam auf. Die Gelenke wollten ihre Unbeweglichkeit nicht so leicht aufgeben und schmerzten.

»Freunde«, sprach sie die beiden, sie ungläubig betrachtenden Männer an, »ich möchte euch helfen. Denn sehr schwer ist eure Lage.«

Geballtes Mißtrauen stand auf dem Alkaios' Gesicht geschrieben, helles Entzücken lag in den Zügen des Larichos.

»Beste Freundin, Erretterin!« rief er trunken vor Freude und wollte schon auf sie zueilen, um ihre Hände zu fassen. Doch Alkaios zog ihn mit einem groben Ruck zurück.

»Welche Botschaft bringst du?« fragte er trocken.

Rhodope sah mal auf Alkaios, mal auf Larichos und begann die Lage richtig abzuschätzen. Heropompos hatte Recht gehabt, dachte sie aner-

kennend. Larichos ist unsterblich verliebt und daher leicht zu überreden. Und so sprach sie zu ihm:
»Heropompos möchte alles friedlich beilegen. Er ehrt die Göttlichkeit des Battos und wünscht für Larichos, seinen Freund, nur das Beste.«
Dann wandte sie sich weniger höflich und gewählt an Alkaios:
»Und dich als dessen Freund möchte er natürlich auch kennenlernen. Doch ich rate dir dringend, von der Vergangenheit zu schweigen.«
Larichos sah beide fassungslos an. Alkaios und Rhodope kannten sich!
»Kannst du uns Sicherheit für unser Leben und unsere Freiheit geben?« hörte er seinen Freund fragen.
»Nichts außer mich selbst«, antwortete Rhodope. Dann ging sie feierlich auf den Altar zu, legte ihre mit einem Tuch bedeckten Arme auf die Brust, neigte sich zum Boden hin und sprach:
»Battos, Liebling des Apollon, edler und ewiger Geliebte der Quellnymphe Kyra, starker Beschützer von Kyrene, sei mein Zeuge, daß ich selbst Pfand für das Wohlergehen dieser beiden Schutzflehenden im Hause des Heropompos sein werde.«
Sie richtete sich wieder auf und sah beide herausfordernd an. Larichos eilte nun doch auf sie zu, und da sein Freund nicht schnell genug zugriff, fiel er vor ihr auf die Knie, nahm ihre Rechte und drückte sie an seine hoch erhitzte Wange.
»Dummer Junge!« fuhr Rhodope ihn erschrocken an, und Alkaios hatte seinen Freund bereits am Wickel und schüttelte ihn erbarmungslos.
»Willst du etwa, daß wir alle drei hier umkommen?« schrie er ihn an. Und tatsächlich hatten manche der Wachen schon drohend ihre Waffen erhoben.
Larichos richtete sich auf und warf einen flehenden Blick auf das Mädchen, das sich aber schon zum Gehen umgedreht hatte. Alkaios folgte ihr, und Larichos schleppte sich hinterher, glücklich und hilflos zugleich.
Struthes, der heimlich alles genauestens verfolgt hatte, lief wie ein Wüstenhase zu seinem Herrn, um ihm alles ganz genau zu berichten, und Heropompos war wiederum so zufrieden von sich und der Entwicklung der Dinge, daß er im Moment sogar vergaß, Struthes über die ihm aufgetragenen Ermittlungen zu befragen.
Heropompos hatte tatsächlich alles richtig eingeschätzt, einen möglichen Zorn des geehrten Heroen und eine sichere Anklage des Arkesilaos vermieden und würde nun mit diesen beiden unvernünftigen Jünglingen schon fertig werden. Sollten sie gehen, wo der Pfeffer wächst, aber nicht, ohne ihn für seine Großzügigkeit und Güte anständig bezahlt zu haben.
Doch er hatte nicht mit der dummen Halsstarrigkeit des Larichos

gerechnet, der, anstatt vor Dankbarkeit seine Füße zu küssen, sich erfrechte, Rhodope von ihm zu verlangen.

»Sage mir deinen Preis, und ich werde ihn zahlen und nie mehr zurückkehren«, sagte er Heropompos aufrecht und mit klarer Stimme.

»Jeden Preis?« fragte Heropomos mit verächtlichem Lachen zurück.

»Jeden Preis«, bekräftigte Larichos.

»Und woher nimmst du das Geld, das ich vielleicht verlangen werde? Nichts hast du. Was dein Besitz war, gehört nun mir.«

»Ich werde genügend Geld finden. Nenne mir nur den Preis!«

Alkaios wagte nicht, sich einzumischen. Es hätte auch keinen Sinn gehabt. Er war zu einer ganz bedeutungslosen Nebenfigur herabgesunken, deren einziger unglücklicher Zweck wohl darin bestand, Larichos durch seine Anwesenheit noch mehr Mut zu machen.

Heropompos schwieg, drehte lange und umständlich seinen goldenen Siegelring mit der schweren Gemme aus echtem leuchtend-blauem Lapislazuli, der aus ganz fernen Landen, den östlichsten der ganzen Erdscheibe kam, hin und her. Schließlich sagte er dann wie nebenbei:

»Nun gut, ein Talent Silber!«

Alkaios zuckte zusammen. Das war so viel, wie ein Mensch tragen konnte. Doch er kannte die Antwort des Freundes schon im voraus.

»Ich werde es dir zahlen.«

Die Antwort kam ohne Zögern und irgendwelches Hin und Her.

Heropompos lachte laut auf. Er klatschte in die Hände, und ein medischer Sklave, ein Eunuch mit edlen Gesichtszügen, stand in tiefer Verbeugung schon im Türrahmen.

»Rufe mir Rhodope!«

Jetzt war es Larichos, der zusammenzuckte. Nochmals ließ Heropompos sein hohes, meckerndes Lachen hören. Und als Rhodope, etwas blaß, unruhig, aber in schnellem Gehorsam auf ihn zukam, nahm er sie am Oberarm und zeigte auf den errötenden Larichos:

»Sieh ihn dir gut an! Er ist bereit, ein ganzes Talent Silber für dich auf dem Tisch erklingen zu lassen.«

Erst jetzt wurde Rhodope klar, daß sie Larichos damals auf Lesbos getroffen hatte, diesen zappeligen, lächerlichen Jungen, der vor dem phönikischen Wachmann Angst gehabt, ihr aber dennoch versprochen hatte, sie loszukaufen. Damals hatte sie es nicht geglaubt, kaum gehofft. Zwar hatte sie früher schon manchmal solch einen Zusammenhang vermutet, aber diesen Gedanken als zu unwahrscheinlich abgewiesen.

Und dieser also war der Freund ihres ehemaligen Geliebten. Dieser war der Bruder jener unsympathischen Sappho. Sie sah ihn zum ersten Mal genau an: Er war nun ein junger Mann, stark und sonnenverbrannt, aufrecht und in der Tat sehr tapfer. Aber er war nicht schöner als Alkaios, auch nicht kräftiger als Heropompos, und außerdem – zu wagemutig, zu unvernünftig, zu tollkühn. So, wie er sie die ganzen Jahre hindurch gesucht und verfolgt hatte, wie er sie nun ansah, glich er einem ergebenen Hund, der blind einem Menschen hinterherläuft, den er als seinen Herren auserkoren hat. Rhodope liebte keine Hunde.

»Und was sagst du zu ihm, meine Süße?« unterbrach Heropompos ihre Gedanken.

»Er ist verrückt«, stellte Rhodope nur fest, und Alkaios nickte in ausdrücklicher Bestätigung.

Heropompos machte eine abwehrende Handbewegung. Diese offensichtliche Tatsache hatte er nicht hören wollen.

»Du weißt, warum er für dich ein Talent Silber herbringen will?«

»Du hast es gesagt, mein Herr: für mich.«

»Richtig. Er will dich freikaufen.«

Prüfend blickte er sie von der Seite an, und zu seinem größten Wohlbehagen sagte sie in ihrer lieblichsten Stimme:

»Er wird sein Geld umsonst ausgeben.«

Heropompos umschlang ihren zierlichen Leib, so daß ihr Peplos verrutschte und ihre sanft gerundete linke Schulterkugel entblößte, zog sie an sich und flüsterte so, daß alle im Raum es hören konnten:

»Du irrst, meine Liebe, nicht umsonst. Wir werden uns mit diesem Geld viele Vergnügungen bereiten können.«

Rhodope sank in Heropompos' Arme, aber ohne Lächeln und Zärtlichkeit. Ihr war plötzlich sehr kalt. Schnell rückte sie das Obergewand zurecht und richtete sich auf.

Larichos beharrte trotz aller Mahnungen, Vorwürfe und sogar Verwünschungen von Seiten seines Freundes auf seinem Entschluß. Man kam überein, daß er weiterhin, nun aber als Geisel, im Hause des Heropompos bleiben solle, bis sein Freund mit der verlangten Summe wiederkehren würde. Und Heropompos unterließ es nicht, Alkaios offen zu drohen, daß er Larichos den Haien zum Fraß vorwerfen würde, wenn das Geld nicht innerhalb von neun Monaten bei ihm einträfe. Alkaios mußte sofort das Haus verlassen. Ein Gespräch mit Larichos wurde ihm nicht mehr zugestanden.

Heropompos war sicher, daß Alkaios zurückkehren würde, um seinen Freund zu befreien. Ohne gute Menschenkenntnis hätte er es nicht so weit bringen können in seinen Geschäften, und er hatte den Lesbier als einen Mann aus gutem Haus und mit hohen Idealen richtig erkannt. Der würde eher Haus und Gut verkaufen, als seinen Freund dem sicheren Tod auszuliefern. Der war kein feiger, geiziger Kaufmann, der nur auf seinen eigenen Vorteil aus war. Eigentlich wirklich schade: Mit solchen Männern wie Alkaios und Larichos hätte man gut zusammenarbeiten können.

Alkaios klopfte bereits drei Monate nach seiner Abfahrt von Kyrene wieder an das massive Tor des wohlbegüterten Hauses des Herren Heropompos. Das Silber sei im Hafen Apollonia, in großen Tongefäßen genauestens abgepackt. Heropompos solle Wagen und Wachen schicken, um es sich zu holen. Heropompos rieb sich erfreut die leicht gepolsterten Hände und erteilte seine Anweisungen. Und als der Wagen polternd und rüttelnd in den geräumigen Hof einfuhr und Heropompos sich von der Menge und Güte des Silbers überzeugt hatte, ließ er Larichos holen.

Man hatte ihn die ganze Zeit wieder in den Keller gesteckt, zwar ohne Fesseln und mit genügend Nahrung, doch in völliger Finsternis und verpesteter Luft. Doch nicht das hatte Larichos zu einem Schatten seiner selbst gemacht: Die Hoffnung, Rhodope würde sich aus Dankbarkeit für dieses ungeheure Opfer für ihn einsetzen, zumindest versuchen, ihn zu sehen, mit ihm zu sprechen oder ihm wenigstens eine schriftliche Nachricht zukommen lassen, war von Tag zu Tag mehr geschwunden, ohne daß Verzweiflung und Enttäuschung seine Liebe auch nur antasten konnten.

Wenigstens werde ich sie befreit haben, dachte er wohl tausendmal am Tag, sie wird frei entscheiden können und nicht mehr von solchen menschlichen Ungeheuern wie Heropompos abhängig sein.

Langsam begann er, sich in die Rolle des ganz entsagenden, aber alles gebenden Liebenden einzuleben. Doch dahinter, ganz unbemerkt von ihm selbst, stand die Gewißheit, daß er einst für diesen übermäßigen Großmut belohnt werden würde, die Gewißheit, daß sie in überschwenglichem Dank schließlich doch ihren Weg zu seinem so bitter und hingebungsvoll liebenden Herzen finden würde. Etwas anderes wäre ja ganz und gar unmöglich.

Er bedeckte seine Augen mit den Händen, bis sie sich wieder an das grelle Tageslicht gewöhnten.

»Dein Freund hat die Summe rechtzeitig hergebracht. Du kannst ihm danken, daß er es so schnell geschafft hat. Das Kerkerleben bekommt dir wohl nicht, du hast ziemlich abgenommen, trotz der Mühen meiner guten Köche«, spottete Heropompos. »Nun, jetzt kannst du meine Rhodope freikaufen und dich dazu. Soll ich sie holen?«

»Ja, natürlich. Das Geld ist für den Freikauf, so war es abgemacht.«

Als Rhodope in den Raum eilte, warf sie einen schnellen Blick auf den erschreckend abgemagerten Larichos, und er tat ihr leid. Sie wußte aber nur allzu gut, daß sie es nicht zeigen durfte. Gerade jetzt, kurz vor ihrem Eintritt in die Freiheit, durfte sie nichts riskieren, nichts auf irgendeine Spitze treiben. Und so ging sie rasch zu ihrem Herrn.

»So, mein Täubchen. Hier ist nun das Silber, das dich zu einer freien Frau machen wird. Du erinnerst dich: Du sollst nicht seine Sklavin, sondern frei werden.«

Larichos nickte.

»Nun also, du bist frei. Dein Sklavenleben hat ein Ende. Du darfst deinem freizügigen Gönner ein Dankeschön sagen. Und mir, der dir diese Freiheit gewährt hat, sollst du eine lange, süße Nacht schenken.«

»Nein!«

Sogar Heropompos zuckte wie von einem Peitschenhieb über dieses in rasendem Zorn in den Raum geworfene Nein zusammen.

»So einfach wird es nicht werden. Wir brauchen eine Garantie für Rhodope. Dein schmutziges Wort ist mir keine Obole wert. Morgen werden wir alle gemeinsam zum Heiligtum der Artemis hochsteigen und ihre Freilassung regeln, wie es sich gehört.«

Heropompos zuckte gleichmütig mit den Achseln und wandte sich an Rhodope, die neben ihm stand, als habe sich nichts geändert.

»Schön, soll es so sein, ich habe nichts dagegen. Und was ist jetzt mit dir? Dein Wohltäter frißt dich schon mit seinen Hungeraugen auf. Wirst du vielleicht doch mit ihm gehen? Was wirst du mit deiner Freiheit anstellen?«

Er war sich der Antwort so sicher, daß er gar nicht darauf wartete, sondern bereits etwas anderes mit einem Aufseher zu besprechen begann, und daher die Worte Rhodopes auch nicht mehr hören konnte:

»Ich werde nicht mit ihm gehen, aber auch nicht hierbleiben. Ich möchte frei sein.«

Erst jetzt, beim Aussprechen dieses Satzes begann sie über dieses Wort »frei« richtig nachzugrübeln. Sie war bisher nie wirklich frei gewesen. In der armseligen Fischerhütte bei Abdera war sie Befehl und Willkür ihres strengen Vaters ausgesetzt und dem Zwang des Lebens, der schon die Kinder zu unaufhörlicher, schwerer Arbeit anhielt. Und dann begann ihr Sklavenleben, unterbrochen von den Wanderungen mit Promenides und von dem Kriegszug mit Alkaios. Aber auch von denen war sie ganz und gar abhängig gewesen. Und dann hatte es sie hierher, in das reiche, aber manchmal auch sehr gruslige Haus des Heropompos verschlagen. Und es kam ihr plötzlich vor, als habe das Schicksal ihr in geheimer Absicht diesen Lebensweg bestimmt, auf dessen Stationen sie alles gelernt hatte, was sie jetzt in der neuen Freiheit brauchte. Nein, zu niemandem würde sie gehen. Es sei denn aus eigenem Entschluß, aus eigenem zwingendem Willen und nach reiflicher Überlegung.

Frei! Sie verspürte ein brennendes Jubeln, das nach frischer Luft, dem Singen der Vögel und nach duftenden Blumenkelchen verlangte. Sie sprang eilig in den Garten hinaus und mußten ihren Kopf vor Glück mit beiden Händen festhalten.

Es war der erste Abend, an dem Larichos und Alkaios ihre Münder öffneten. Alkaios saß dort, wo vor knapp einem Jahr sein Bruder Antimenidas gesessen hatte, die kleine, funzlige Öllampe verbreitete wieder ihr karges Licht und ihren ranzigen Geruch in dem kleinen, finsteren Raum. Sogar die kleine Katze, erfreut über die so lang entbehrte Gesellschaft, rieb sich mit lautem, wohligem Geschnurre an den nackten Beinen der beiden Männer, und ließ sich auch nicht von ihren abwehrenden Tritten davon abhalten.

Dann packte Larichos aus, was sie schnell noch an einigen dieser wackligen Holzbuden am Marktplatz gekauft hatten: Einen kleinen Schlauch mit süßem kyrenischem Wein, Fladenbrote, Feigen und Datteln, Ziegenkäse und etwas gesalzenen Fisch. Larichos legte alles auf einfache graue Tonschalen mit dicken, schwarzen Streifen auf den Außenwänden, goß den dickflüssigen Wein in einen nicht zu großen roten Mischkrug, auf dem tanzende Satyre in schwarzen Silhouetten abgebildet waren, und aus einer kleinen hellen Kanne frisches Wasser hinzu. Er füllte zwei flache Tonschalen mit schön geschwungenen Henkeln und reichte eine davon seinem Freund.

Sehr feierlich und sorgfältig versorgten sie zuerst die Götter mit Weinspenden und Weihrauchkörnern und sehr inbrünstig dankten sie ihnen für ihre Errettung.

Erst dann tranken sie selbst und setzten sich zum Mahl. Belanglose Worte wurden gewechselt: ein Lob auf das köstliche Fladenbrot, ein Bedauern, daß es hier keinen Schafskäse von lesbischer Qualität gäbe, über die nun noch mehr störende Katze, die zwischen den Krügen und Schalen herumstöbern wollte und solches mehr. Als sie ihren ersten starken Hunger und Durst gestillt hatten, wurden sie still und schauten sich an.

»Wir haben uns sehr verändert«, begann schließlich Alkaios.

»Nur äußerlich«, fiel Larichos schnell ein, dem das Wort *verändern* ganz und gar nicht paßte.

»Wir sind die besten Freunde geblieben. Wie können wir uns dann verändert haben?«

»Natürlich haben wir uns verändert. Männer sind wir geworden, jeder auf eine andere, auf seine Weise. Wir müssen uns erst wieder kennenlernen.«

»Nein, wir kennen uns in- und auswendig«, widersprach Larichos, »habe ich dir nicht ganz und gar vertraut? Hast du nicht alles getan, um mir zu helfen, als es schon nichts mehr als Hoffnungslosigkeit gab? Und kannst du nicht sicher sein, daß ich es genauso machen würde, immer und jederzeit?«

»Nein Larichos, so können wir jetzt nicht miteinander reden. Vielleicht später wieder, aber nicht jetzt.«

Larichos schreckte vor der Kälte zurück, die in diesen Worten und in dieser Stimme lag, und konnte sie nicht verstehen.

Da begann Alkaios, von seinem Leben nach ihrer Trennung zu erzählen. Er ließ nichts aus wie im Gespräch mit Sappho, schonte sich selbst nicht, zählte alle seine Schandtaten und Mißerfolge auf und beschrieb sein gemeinsames Leben mit Rhodope in allen peinlichen Einzelheiten.

Jeder starrte auf die dunkle Fläche des Tisches vor sich. Sogar die Katze hatte sich einen gemütlicheren Platz unter der Pritsche aufgesucht.

»Daß ich tatsächlich dein Freund bin, habe ich nun bewiesen«, beendete Alkaios schließlich seine Rede. »Es liegt nun an dir, ob wir die besten Freunde bleiben können.«

Beschwichtigend hob er die Hand, als Larichos leidenschaftlich auffahren wollte.

»Ich will nicht deine Dankbarkeit. Außerdem gehört sie weniger mir als deiner Schwester, die den größten Teil des Geldes für dich gegeben hat. Sie hat Schulden bei ihrer Schwägerin Herotima gemacht, und wird sie nur zurückzahlen können, wenn du euren Besitz in Mytilene wieder einnehmen wirst. Nein, keinen Dank! Du aber mußt entscheiden, ob diese Rhodope uns nicht trennen wird oder ob sie es noch einmal, und dann für immer, vermag. Denn ich werde schon in drei Tagen nach Sizilien zurückfahren. Sappho versprach ich, dich mitzunehmen, wenn du deine Tollheit aufgeben kannst. Bleibst du hier, so werde ich deinen Namen nie mehr aussprechen.«

Larichos war ganz in sich zusammengesunken.

»Das ist nicht gerecht«, murmelte er heiser. »Du hast nie geliebt. Du weißt nicht, was du von mir verlangst.«

»Was ich verlange?« erhob Alkaios seine Stimme. »Ich verlange, daß du zur Vernunft kommst. Ich verlange, daß du deine treusten Verwandten und Freunde liebst und ehrst. Ich verlange, daß du dich auf deinen Namen besinnst. Und ich verlange, daß du Sappho aus ihrem abhängigen Witwendasein befreist und euer Gut auf Lesbos rettest. Ich verlange, daß du die Diebe und Mörder, die die Herrschaft in Mytilene an sich gerissen haben, bekämpfst und deinen Vater rächst!«

Immer drohender war seine Stimme angeschwollen.

»Du sprichst wie unsere Väter. Bist du noch Alkaios?« fragte Larichos, ungläubig den Kopf schüttelnd.

»Bei allen Göttern, ich bin Alkaios. Doch du bist nicht mehr der Larichos, den ich kenne. Einer niedrigen Dirne folgend, unverantwortungslos, blind und nur an dich denkend! Glaubst du, nur du hättest recht, und unsere Väter – so viel ich auch immer genörgelt und kritisiert habe, und es noch immer tue –, daß sie nur Unrecht getan und gesagt haben? Daß es richtig ist, nur den eigenen Appetiten zu folgen? Nein, einen solchen Freund habe ich niemals gehabt und will ich auch nicht haben.«

Larichos war es, als würge ihn eine riesige, wilde Hand. Er rang nach

Atem, versuchte, sich aufrecht hinzusetzen. Etwas zerfleischte ihn, riß ihn in Stücke.

Alkaios sah es und bedauerte jetzt seinen letzten Satz. Er stand auf und legte seine Hand auf die Schulter seines Freundes.

»Entschuldige, ich hätte es nicht so sagen dürfen. Ja, du hast Recht, es ist nicht gerecht. Aber es ist nicht meine Schuld, auch deine nicht. Dieses verfluchte Leben ist an allem schuld. Doch wir sind Männer geworden. Wir müssen gegen dieses schuldige Leben kämpfen. Früher haben wir immer alles zusammen gemacht. Laß uns auch jetzt zusammen diesen Kampf aufnehmen!«

Larichos nahm die Hand auf seiner Schulter entgegen.

»Ja, du bist Alkaios.«

»Und du sei Larichos!«

Mehr sprachen sie darüber nicht an diesem Abend. Alkaios stellte keine Fragen, erzählte nichts mehr, sondern kaute stumm an einem zähen Fisch. Sie tranken noch eine Schale Wein, dann legten sie sich hin und verrieten einander nicht ihre Schlaflosigkeit.

Am nächsten Morgen zogen Larichos, Alkaios und Rhodope bekränzt und in Festgewändern hoch zum Tempelbezirk im südwestlichen Teil von Kyrene, zum Tempel der Artemis, um den Freikauf unter Schutz und Garantie der Göttin abzuschließen. Sie stiegen im kühlen Morgenwind den steilen Hang hinauf, vorbei am Heiligtum des dorischen Apollon Karneios, des obersten Stadtgottes, das man deswegen auch an der allerhöchsten Stelle errichtet hatte. Unterhalb des großen Baus stand der große Marmoraltar, an dem zu seinen großen Festtagen zahllose Rinder und Schafe geopfert wurden, und zwischen Tempel und Altar befand sich der in Fels gehauene Apollonbrunnen, dessen lebhaft sprudelndes Wasser direkt in den Tempel geleitet wurde. Es kam von einer Quelle, die weiter links auf einem kleinen Hügel – man nannte ihn den Myrrha-Hügel – aus einer kleinen, geheimnisvollen Felsgrotte entsprang. Das war die Quelle der Nymphe Kyra, die in einer üppig grünenden und mit dunklen Myrrhen überwachsenen Einbuchtung des Abhangs versteckt lag.

Rhodope schaute entzückt nach allen Seiten, und es schien ihr, als habe sie diese wundersamen Dinge noch nie vorher in solch einem Glanz, in solch einer göttlichen Harmonie gesehen.

Sie war noch nicht einmal verstimmt, daß Heropompos ihr hatte ausrichten lassen, er würde etwas später kommen, da er noch schnell einen wichtigen Vertrag zu unterzeichnen habe. Heropompos war so unwichtig, so bedeutungslos geworden.

Wortlos und still war dieser Aufstieg. Rhodope schwebte voran, und ihre Freiheitsträume malte sie immer wieder in den buntesten Frühlingsfarben auf den tiefblauen Morgenhimmel. Hinter ihr ging Alkaios mit schweren Schritten, in zähen Gedanken, Larichos hinter sich herziehend, der unsicher Fuß vor Fuß setzte, den Blick teilnahmslos auf den mit gelbroten Wüstensand gemischten grauen Wegstaub geheftet. Er konnte Rhodope und Alkaios nicht ansehen, wie sie so zielstrebig vor ihm herliefen, sie, mit ihren vergangenen Verbindungen, mit ihrem gegenseitigen Überdruß und Mißmut, sie, die einander so nah gewesen waren. Da war wieder dieses Würgen, wieder dieses Raubtier, das mit seinen Krallen in ihm wühlte. Sein leicht nach vorne geneigter Kopf stieß plötzlich gegen Alkaios' Rücken. Er hatte nicht bemerkt, daß sie am Artemistempel angelangt waren, der gleich hinter dem des Apollon lag.

Man darf sich hier keinen großen, prächtigen Bau vorstellen, keine glänzenden Marmorsäulen und keinen gorgonengeschmückten Giebel, wie man es aus Korinth kennt. Kyrene war ja noch eine ganz junge Stadt, die erst Kräfte zu ihrem großen Aufschwung sammeln und daher sparsam mit ihnen umgehen mußte. Ein kleines Haus war die Wohnstätte der Artemis, aber aus gutem Zedernholz errichtet, und ein kleiner, ungeschmückter Steinaltar stand vor seinem Eingang.

Die Priesterin, eine hochgewachsene, stattliche junge Frau hatte bereits alles mit routinierten Bewegungen für ein bescheidenes Opfer vorbereitet. Zum Erstaunen von Rhodope stand Struthes neben ihr und redete heftig auf sie ein. Warum war Heropompos nicht gekommen? Warum hatte er diesen untersetzten und listenreichen Aufseher geschickt? Doch sie beruhigte sich bald, als die kurze Zeremonie der Entlassung begann, die mit dem Eid des Struthes – stellvertretend für seinen Herrn – abschloß.

»Du bist nun frei und niemandes Eigentum«, sagte die Priesterin und ging freundlich auf Rhodope zu.

»Die große Herrin Artemis würde sich freuen, wenn du hier in ihrem Tempel bliebest. Hier hättest du ein bescheidenes Auskommen, jeder würde dich ehren und du bräuchtest dir keine Sorgen um die Zukunft zu machen.«

Hatte Struthes vielleicht dies mit der Priesterin besprochen?

Rhodope zögerte kaum merklich mit ihrer Antwort. Es war nicht so einfach, der Priesterin einer hohen Göttin eine Absage zu erteilen.

»Ich fühle mich von diesem Vorschlag sehr geehrt«, gab sie schließlich zurück, »und mit Freude würde ich ihn annehmen. Doch ich habe mich bereits einer anderen Göttin geweiht, und ich kann mein Gelöbnis nicht zurücknehmen.«

Das war tatsächlich nicht ganz gelogen. Sie hatte ja bereits ihre genauen Pläne, und diese waren ganz der Aphrodite geweiht.

Die Priesterin, die sich unter ihrem Gelöbnis etwas anderes vorstellte, nickte ihr wieder freundlich zu und verschwand im Inneren des Tempels.

Auf dem unrasierten Gesicht des Struthes lag ein Ausdruck dümmlichen Erstaunens. Er mußte nicht zum ersten Mal zugeben, daß dieses Mädchen gerissener war als er. Er hatte geglaubt, daß dieser Racheakt an seinen Herrn Heropompos, der ihn wegen seiner Nachlässigkeit bei der Flucht des Larichos doch noch hart bestraft hatte, glatt durchgehen würde. Denn wäre Rhodope Dienerin der keuschen Artemis geworden, hätte sich sein Herr Heropompos ihr nie wieder nähern können.

Der Abstieg war weniger mühsam, aber dennoch langsamer. Jetzt gingen Alkaios, Larichos und Rhodope nebeneinander, während Struthes mißmutig hinterdrein latschte. Sie kamen gerade an der versteckten Quelle der Nymphe vorbei, als Rhodope stehenblieb, sie lange und nachdenklich betrachtete und dann plötzlich Larichos fragte:

»Kennst du die Geschichte der Kyra?«

Larichos schüttelte verneinend seinen Kopf, in dem ganz andere Gedanken herum- und durcheinanderwirbelten.

»Ich weiß nur, daß diese Stadt ihren Namen von ihr hat.«

»Mir hat es eine Frau von hier erzählt, eine Libyerin, die einen Griechen aus Kreta geheiratet hat. Höre denn! Kyra ist eine libysche Nymphe, die Herrin dieses Ortes, mit dunkler und glänzender Haut, fußlangem, glattem, schwarzem Haar und einer wunderschönen, vollen Stimme. Man sagt, daß sie manchmal in besonders milden Frühlingsnächten, wenn der Vollmond sie bescheint, leise Lieder singe und alle Vorübergehenden damit betöre.

Als Battos mit seinen Gefährten aus Thera hier ankam, sagte ihm die Stimme des Apollon, daß er hier die befohlene Stadt gründen solle. So ließ er sich nach dem beschwerlichen Marsch von der Küste hier an dieser kleinen Anhöhe, dem Myrrha-Hügel, nieder und fiel in einen tiefen Schlaf. Da schlich sich ein riesiger Wüstenlöwe heran, furchtbaren Hunger hatte er, und Battos schien ihm gerade das Richtige für ein ausreichendes Mahl zu sein. Schon hob er seine gewaltige Pranke, als Kyra, aufgelöst vor Schreck, sich ihm entgegenwarf, ihn mit bloßen Händen erwürgte und so Battos das Leben rettete. Über diese Tat freute sich Apollon, dem diese Stadt ja geweiht ist, so sehr, daß er ihr dieses Heiligtum ließ und, so erzählt man, sich in Liebe mit ihr vereinigte.«

Alkaios hatte sehr aufmerksam zugehört. Wieder bezauberte ihn diese lebendige und weiche Stimme, die in den ausgesprochenen Worten immer so viel anderes mitschwingen ließ.

»Warum wolltest du mir das erzählen?« fragte Larichos dumpf.

»Ach, einfach so. Wir kamen hier vorbei, und mir fiel diese schöne Geschichte ein.« Und etwas leiser fügte sie hinzu:

»Auch hier ist von Errettung und Dank die Rede.«

Sie stellte sich direkt vor Larichos und sah ihm in die traurigen Augen.

»Ja, ich schulde dir sehr großen Dank. Ich kann nicht ausdrücken, wie groß er ist, ich bin keine wortreiche Dichterin wie deine Schwester. Aber du weißt auch sehr gut, daß ich dich nie um deine Hilfe, um meine Befreiung gebeten habe. Du hast es allein aus deinem eigenen Willen getan. Das macht den Dank nicht geringer, aber, verlange nichts von mir dafür, nichts, außer dem, was Apollon der Kyra gab.«

Larichos rang nach Worten. Am Morgen vor dem Aufstieg hatte er den Entschluß gefaßt, mit Alkaios nach Katana zu fahren, sich loszureißen von allem, was in den letzten Jahren sein Handeln, seine Gedanken, sein ganzes Leben bestimmt hatte. Jetzt war dieser Entschluß wie eine Pusteblume in alle Himmelsrichtungen zerstreut.

»Ich liebe dich«, war das einzige, was er herausbringen konnte.

Struthes spitzte neugierig seine Ohren, Alkaios hatte die Hände vor sein Gesicht geschlagen. Jetzt war es mit der Fassung Larichos' vorbei. Er ergriff beide Hände des Mädchens, zog sie an seinen Mund, sog ihren Geruch, ihre zierliche Sanftheit in sich ein für eine ganze Ewigkeit. Rhodope ließ es geschehen. Sie war sehr verwirrt und fand sich in ihren widersprüchlichsten Gefühlen nicht mehr zurecht. Sie zog ihre Hände mit einem Ruck zurück.

»Ich werde heute Nacht auf dich warten, hier an der Quelle der Kyra.«

Larichos nickte benommen, und Rhodope lief schon in eiligen Sprüngen den Hang hinunter, verfolgt vom jetzt sehr aufgekratzten Struthes.

Alkaios trat an Larichos heran, faßte ihn an der Schulter und zog ihn langsam auf den Weg nach Hause.

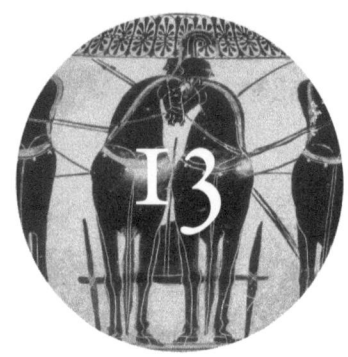

Die Quelle der Kyra

Worte hatten nichts ausrichten können, weder düstere und auffahrende Drohungen, noch sanfte Beschwörungen und Freundeseide. Larichos bereitete sich auf seine Nacht vor und war blind und taub für alles andere.

»Gut denn«, sagte Alkaios schließlich, »du hast mir schließlich dein Wort gegeben. Gestern Abend. Du wirst es halten müssen. Gehe, genieße, erlebe und werde danach wieder nüchtern! Morgen früh erwarte ich dich hier.«

Larichos nickte stumm, doch sein hektisches Kramen in seinen achtlos im ganzen Raum verstreuten Sachen zeigte Alkaios, daß er überhaupt nicht zugehört hatte.

Endlich fand Larichos den Gegenstand, nach dem er so lange gesucht hatte: Einen kleinen goldenen Ring, zierlich wie der Leib der Rhodope, besetzt mit kleinen bunten Steinen, die lustig in den Sonnenstrahlen strahlten und funkelten wie ihre Augen. Er hatte ihn einst für sie von einem sidonischen Kaufmann für viel Geld erstanden. Er hatte es ganz sicher gewußt: Einmal wird die Zeit kommen, einmal werde ich ihr den Ring als Zeichen meiner Liebe an ihren Finger stecken. Er hielt den Ring ins Licht und freute sich über seinen Schein wie ein kleines Kind. Es war soweit.

»Morgen erwarte ich dich!« hörte er nun die ungeduldige und sehr eindringliche Stimme seines Freundes hinter sich.

Lächelnd drehte sich Larichos um und wies auf das Kleinod in seiner Hand.

»Sieh, was für eine Schönheit! Als sei die ganze Welt, die ganze Natur in diesen Steinen zusammengefaßt!«

»Oh ihr Götter, wann endlich werdet ihr ihn beschützen und seine Augen öffnen!« murmelte Alkaios.

»Was redest du da, Alkaios? Bist du nicht der Dichter, der uns immer mit seinen Liedern voller Wahrheit belehrt und entzückt hat? Hast du nicht auch wie meine Schwester Liebe, Freundschaft, Schönheit und Harmonie als das höchste Gut der Menschen besungen? Und jetzt, da dieses höchste Gut mir greifbar nah ist, willst du mir einreden, es sei Unverstand, Verblendung, Lüge? Nein, die Götter sind nicht nur nahe bei mir, sie sind in mir, erheben mich zu sich. Nein, Alkaios, nichts kannst du verstehen.«

»Vielleicht«, gab Alkaios unwillig über diesen Ausbruch, aber doch etwas zögernd zurück, »vielleicht ist der Gott tatsächlich in dir, da du liebst. Doch vergiß nicht den alten Spruch, den du auch sehr gut kennst: Nur in dem Liebenden lebt das göttliche Feuer, nicht aber im Geliebten.«

Larichos schloß den Ring fest in seine geballte Faust ein. Es war ein tückischer Schlag gewesen, der sein Ziel genau getroffen hatte. Wieder überfiel ihn eine hektische Betriebsamkeit. Er suchte nach einem passenden Tuch, um den Ring behutsam einzuwickeln, hob die auf den Boden gefallenen Kleidungsstücke, Hausgeräte, beschriebenen Scherben und einige Papyrusstücke auf und tat sie sorgfältig an ihren Platz zurück, räumte die schmutzigen Krüge und Schalen vom Tisch und trug sie zur Wasserstelle im Hof, wischte die Tischplatte sogar noch mit einem dieser kleinen, harten und zerlöcherten Schwämme sauber, wie man ihn in den Tiefen des Meeres finden konnte, eilte hierhin und dorthin und sah immer wieder durch Tür und Fenster zur Sonne, die nicht einen Millimeter dem westlichen Horizont näher zu rücken schien.

Alkaios hatte sich inzwischen auf der harten Pritsche ausgestreckt, die Arme unter seinem Kopf gekreuzt, die Augen fest verschlossen und rezitierte in einem langsamen Auf und Ab der Silben ein Lied, das er in seiner wilden Zeit in Aschkalon gedichtet hatte:

Wer immer was immer einer Dirne verschenkt,
wirft's gleichsam ins grau wogende Meer:
soviel du auch wirfst, es wird nimmer satt sein,
so verlangt auch die Dirn' immer mehr.

Larichos hatte mit hochrotem Kopf zugehört. Alkaios hob mit der zweiten, noch unbequemeren Strophe an. Da lief sein Freund mit zugehaltenen Ohren und ohne ein Wort des Abschieds wütend aus dem Haus. Die Sonne stand immer noch hoch über den waldbedeckten Hängen im Westen.

Während Larichos, den in weißes Leinen eingewickelten kostbaren Ring in seiner Hand pressend in höchster Unruhe die Straßen Kyrenes auf und ab lief und dabei mehrmals den belebten Marktplatz überquerte, mehrmals die Akropolis umrundete und heiße Blicke auf das im dunklen Grün versteckte Heiligtum der Kyra warf, während diese so unsäglich langsame Sonne mit der abstoßenden Behäbigkeit einer kriechenden Schnecke ihren weiß-gleißenden Glanz in ein pastellenes Goldgelb milderte, steckte Rhodope in den größten Schwierigkeiten.

Weder Alkaios noch Larichos hatten bemerkt, daß unterhalb der Akropolis, auf dem Weg zur Agora, Heropompos mit einem ansehnlichen Gefolge – alle in kostbare, festliche Gewänder eingehüllt, umhangen von Gold- und Silberketten und mit riesigen Siegelringen an den Händen – auf das jetzt freie Mädchen gewartet hatte.

Rhodope war vor Staunen und Schrecken wie angewurzelt stehengeblieben. Sie hatte doch nur vorgehabt, ihre Sachen aus dem Hause des Heropompos holen, um dann wegzugehen. Alles hatte sie genau geplant: Wie sie ihre Kleider, Schmuckstücke, Öle und Parfüme, Tücher und Kissen verpacken und alles von zwei Sklaven zu Chrysippe, ihrer lieben und vertrauten Freundin, schaffen lassen würde. Liebreizend hätte sie sich von ihrem früheren Herrn verabschiedet, nicht ohne ihm noch viele Besuche zu versprechen. Doch nun stand er wie eine feindliche Schlachtreihe vor ihrem Weg, und kein Lächeln und kein nach ihr ausgestreckter Arm konnte diesen Eindruck verwischen.

Sie blieb in wachsamer und vorsichtiger Haltung stehen und kaute grimmig auf dem Nagel ihres kleinen Fingers.

Heropompos ließ sein meckerndes Lachen hören:

»Mein freies Täubchen, meine kleine Aphrodite, meine einzige Freude im Leben! Was stehst du da und stürzt deinem Geliebten nicht entgegen, fällst ihm nicht um den Hals, wie es sich geziemt? Wo ist der Dank? Habe ich nicht deine Freilassung erlaubt und erwirkt?«

Rhodope regte sich nicht von der Stelle. Heropompos ging auf sie zu. Seine Hände spielten mit einem schweren Goldreifen, dessen Enden sich in Form von züngelnden Schlangenköpfen kreuzten.

»Eines der Geschenke für diesen großen Tag«, sagte er feierlich, ohne es ihr entgegenzuhalten. »Du wirst es doch nicht etwa abschlagen?«

»Nein«, antworte Rhodope, immer noch reglos.

»Dann komm! Ich und meine Freunde wollen dich neu in mein Haus einführen. Nicht mehr als Sklavin werden wir dich mit allen Zeichen des Reichtums an der Schwelle bewerfen, sondern als meine Freundin und Gefährtin.«

»Nein«, antwortete Rhodope nochmals und begann abermals, ihren Nagel zu kauen.

»Nein?!«

Heropompos ließ das Geschmeide in seinen bockslederenen Beutel am

Gürtel verschwinden. Rhodope bedauerte dies mit einem kleinen, flüchtigen Schatten, der über ihre anmutigen Züge huschte.

»Höre, Heropompos«, sagte sie mit sichtlicher Anstrengung, doch mit unendlicher Erleichterung, die Anrede *Herr* jetzt weglassen zu können, »Ich bin geehrt von deiner Einladung, doch ... ich habe etwas anderes vor.«

Wieder war dieses meckernde Lachen des Händlers zu hören.

»Sieh an, sie hat etwas anderes vor!«

Mit drohend nach vorn gestrecktem Kopf trat er ganz dicht an sie heran.

»Mein Mädchen, du kannst nichts anderes vorhaben! Du hast kein Haus, kein Geld, nichts besitzt du. Glaubst du etwa, ich gebe dir auch nur eine schmutzige Bronzemünze, nur eine halbe Sandale, wenn du etwas anderes vorhast? Vergiß dann alle Geschenke! Sie bleiben in meinem Haus, alle!«

Rhodope konnte nicht so schnell entscheiden. Alle Pläne und Träume drohten sich in ein Chaos aufzulösen: Freiheit oder Reichtum – einem mußte sie den Vorzug geben. Doch sie wollte und mußte beides haben.

»Heropompos, mein Geliebter, mein starker Wüstenlöwe, den ich so gerne kraule, sei mir nicht böse! Laß mir ein wenig die Freiheit, laß sie mich etwas genießen! Gern werde ich immer wieder in dein Haus, zu dir, kommen, aber binde mich dort nicht an!«

Heropompos schüttelte unerbittlich seinen Kopf.

»Warum kannst du mich denn nicht verstehen?« fragte sie in heller Verzweiflung, »Ich wollte doch nur zu Chrysippe gehen, die mich so herzlich eingeladen hat. Vielleicht komme ich dann auch wieder, um bei dir zu wohnen. Laß mir nur ein wenig Zeit, ich bitte dich!«

In ihre zierliche Gestalt war nun Leben gekommen Sie unterstrich jedes Wort mit den Bewegungen ihres geschmeidigen Körpers.

»Nun gut, gehe zu deiner Chrysippe, denn ich kann dich nicht zwingen. Aber halte meine Worte in deinem Vogelhirn: *Solange ich lebe, wirst du keinen ruhigen Tag mehr haben.*«

Dann drehte sich Heropompos um, gab seinem Gefolge ein schnelles Zeichen mit dem rechten Arm, und alle wandten sich von ihr ab und gingen zur Hauptstraße, um an deren Ende in den steilen Weg zu seinem großen Haus einzubiegen. Rhodope blickte ihnen nach, bis sie hinter den hohen Terebinthen und Tamarisken verschwunden waren.

Dann hob sie bedauernd ihre lieblichen runden Schulterkugeln und machte sich in die entgegengesetzte Richtung auf, zum sehr viel bescheideneren Haus ihrer Freundin Chrysippe. Die Drohung hatte ihr keine Angst einflößen können.

Chrysippe erwartete sie auch schon voller Ungeduld. Ihre beiden Dienerinnen hatten alles für ein kleines Hausopfer und die anschließende

Mahlzeit hergerichtet und lugten auf die Anweisung ihrer nervös mit ihren gepflegten Fingern spielenden Herrin angespannt durch Fenster- und Türspalten. Endlich sahen sie die gemächlich die Straße hinunterschlendernde Rhodope und riefen Chrysippe so laut zu, daß sogar Rhodope es hörte, die lachend in kleinen, schnellen Sprüngen zur Tür hüpfte.

Nach dem Mahl legten sie sich in angenehmer Gesprächigkeit auf zwei sich gegenüberstehende Liegen, berieten, erzählten und dachten manchmal auch still und angestrengt nach. Der nicht allzu große Raum, durch dessen Fensteröffnungen gesättigte Lichtstrahlen langgestreckte Dreiekke auf die überall ausgelegten bunten Webteppiche warfen, duftete nach erhitztem Myrrhenharz und verbrannten Weihrauchkörnern.

»Erinnerst du dich, als wir uns zum ersten Mal kennenlernten, bei dem großen Empfang des Heropompos?« fragte Chrysippe in ihrer volltönenden Altstimme.

»Oh ja! Wie sollte ich mich nicht erinnern können. Es war der erste großartige Abend meines Lebens. So viele Gäste, so viel Musik und Tanz ...«

»Und so viele Komplimente und gierige Augen! Du warst die reizendste Aphrodite, die ich je gesehen habe.«

»Und du warst die einzige, die mir gefiel, die einzige, mit der ich Lust hatte, zu sprechen und zu lachen, denn ich fühlte mich so verwirrt und kannte ja auch niemanden.«

»Schon damals dachte ich, wie schön es wäre, wenn du zu mir kommen könntest. Ich kann es noch gar nicht fassen, daß es nun tatsächlich wahr geworden ist.«

»Wie gern bin ich hier! Ich habe mich immer mit dir frei gefühlt, auch als Sklavin, und nun kann ich meine Freiheit hier bei dir beginnen!«

Chrysippe lachte wohltönend auf:

»Nicht nur deine Freiheit! Hier beginnt jetzt ein ganz neues Leben. Du wirst sehen, du wirst es selbst zu etwas bringen, reich und angesehen wirst du werden. Denn es gibt hier nicht wenige Männer, die viel Geld haben und nicht wissen, was sie damit anstellen sollen.«

»Ja, wie Heropompos.«

Die Züge der Chrysippe verdüsterten sich.

»Zu leichtfertig bist du noch. Vor Heropompos nimm dich in Acht! Du weißt vielleicht nicht genug, wie gefährlich er sein kann, denn du hast seinen Zorn bisher noch nie gespürt.«

»Ach was, mit dem komme ich schon zurecht!« gab Rhodope tatsächlich sehr leichtfertig zurück.

»Denke besser an andere, nicht so machtvolle und grausame Männer! Mache dir lieber solche untertan, die dir die Welt zu Füßen legen, die dir jeden Abend wertvolle Geschenke mitbringen, die dich zu angenehmen Reisen einladen und überhaupt deine Wünsche von deinen Augen ablesen!«

»Ja, du hast recht.«

»Gestern war ich mit meinen Freundinnen und Freunden auf ein nahes Landgut eingeladen. Es gehört dem Nikias, dem Sohn des Hafenaufsehers von Apollonia. Der ist genau ein solcher Mann: Jeden Abend schleicht er um mein Haus, schickt Sklaven, um mich nach meinem Befinden zu fragen und mir Geschenke zu überbringen. Ach, du wirst ihn auch bald kennenlernen. Und bei ihm waren wir also alle eingeladen. War das ein Tag! So schade, daß du nicht bei uns warst!«

»Erzähle! Vielleicht bin ich das nächste Mal mit dabei.«

»Oh ja, das wäre schön! Wir fuhren früh am Morgen mit einem Ochsenkarren zu seinem Besitz. Leaina, eine unserer Freundinnen, hatte die ganze Nacht mit ihrem Geliebten Philopios durchgezecht und war daher übermütig und toll, wie nur sie sein konnte. Sie wand dem alten Ochsen einen Kranz aus grünen Zweigen und bunten Blumen und setzte ihn auf die Hörner. Doch der schüttelte und drehte seinen Kopf, bis er hinabfiel und er ihn genüßlich auffressen konnte. Leaina war außer sich vor Wut, und wir anderen schüttelten uns vor Lachen.«

Rhodope lachte auch, da sie sich den Ochsen mit den zarten Blüten im dicken Maul vorstellte, doch sonst gefiel ihr diese Erzählung nicht sonderlich.

»Und was habt ihr auf dem Landgut des Nikias getrieben?«

»Wir gingen zu den Nymphen, die dort an einer lieblichen Quelle inmitten von Zedern und blühenden Akazien wohnen. Es war nicht das erste Mal, daß wir an diesen Ort gingen. Denn vor den Blicken aller zufällig Vorbeikommenden versteckt liegt dort eine kleine Wiese, umsäumt von Myrrhensträuchern und wunderbar weichem Gras. Zunächst bereiteten wir einen Altar, legten Holzzweige und Kuchen darauf, Nikias schlachtete ein weißes Huhn, und dann gossen wir den süßen Wein darüber und warfen mit leidenschaftlichen Gebeten an Aphrodite und die Nymphen Weihrauchkörner ins Feuer. Und bei allen diesen hohen Göttinnen: Sie erhörten uns und gaben uns reiche Liebesbeute.

Jeder von uns mußte mindestens drei große Schalen Wein in einem Zug für die Liebe leeren. Und schon während des Essens fuhr Aphrodite in uns. Es begann mit heißen Küssen, ausgetauscht über die wild überschwappenden Schalen. Da schlug Nikias vor, daß wir uns entkleiden, um unsere guten Gewänder nicht mit den so schwer herauswaschbaren Weinflecken zu bekleckern. Ein so praktischer Vorschlag! Und als für die Augen alles frei war, wurde dies auch bald für die Hände und die

Glieder. Ich brauche dir wohl nicht näher auszumalen, was für ein wunderbarer Tag es wurde. Und wenn sich nicht zwei grunzende Schweine aus der Herde Nikias' Nachbarn zu uns verirrt und unseren kleinen Altar frevelhaft mit ihren garstigen Rüsseln umgestoßen hätten, wären wir vielleicht noch die ganze lange Nacht dortgeblieben.«

Chrysippe lachte wieder laut auf, denn sie erinnerte sich, wie die unbekleideten Männer versucht hatten, die unerwünschten Eindringlinge ins Reich der Aphrodite zu verjagen. Doch das hatte ein Eber in die falsche Kehle bekommen, der seinerseits begann, die vom vielen Wein wankenden und schwankenden männlichen Gestalten um die Nymphenquelle herumzuscheuchen.

»Erst Leaina gelang es, die Viecher mit einem brennenden Zweig zum Abzug zu zwingen.«

Rhodope hatte nur mit halbem Ohr zugehört. Sie ließ ihre aufmerksamen Blicke über die rot und blau gestreiften Wände wandern und auf den wenigen, schmucklosen Gegenständen, die auf dem beim Auftreten immer laut und vernehmlich knarrenden Boden standen, bis sie bei den durchgelegenen, mit Tüchern umhüllten Strohsäcken auf den Liegen hängenblieben.

Nein, dachte sie überzeugt, so wie Chrysippe will ich nicht leben. Auch werde ich ganz anders wohnen. Noch viel schöner als bei Heropompos wird alles aussehen: Ein großes, weites Haus mit einem Heer von Dienerinnen und Dienern von erlesener Schönheit, die teuersten und wunderbarsten Kunstwerke werde ich dort sammeln und nur diejenigen empfangen, die mir alles zu Füßen legen, was ich möchte. Alle werden zu mir kommen und mich verehren: die reichen Kaufleute, die wichtigen und einflußreichen Adligen, die Künstler und Sänger. Von weit her werden sie ihren Weg nach Kyrene suchen, um in meinem Hause zu verkehren. Und ich werde keine dummen Ochsenkarrenfahrten mit neureichen Söhnchen machen, ich werde nicht die Geliebte von jedem werden, der mich wie ein lüsterner Satyr anstarrt. Ich werde nur die Edelsten um mich versammeln. Sie werden für mich dichten und singen, tanzen und malen, mich in Stein meißeln und die Götter um mich anflehen. Sie werden vor mir wetteifern, um sich in Rede und Verstand einander auszustechen. Und ich, ich werde dann sorgfältig wählen und den Schönsten, Anmutigsten und gleichzeitig Ergebensten belohnen.

»Bist du dir eigentlich sicher, daß du heute Nacht zur Quelle der Kyra gehen mußt?« unterbrach Chrysippe ihre Gedanken.

»Ja«, antwortete Rhodope, sehr unwillig über diese Unterbrechung.

»Ich habe es ihm und der heiligen Nymphe Kyra versprochen.«

Und fügte dann noch entschuldigend hinzu:

»Er hat es wirklich verdient. So viel hat er gelitten und getan um mich.«

»Er hat nicht dein Mitleid, sondern unseren Spott verdient«, berichtigte sie die lebenserfahrene Chrysippe.
»Wenn du es zu etwas bringen willst, und das willst du ja, wenn du frei sein willst, und auch das willst du, mußt du dich vor Mitleid, Versprechen, Verpflichtungsgefühl und noch von vielem anderem freimachen.«
Wieder begann Rhodope an ihrem Nagel zu kauen.
»Laß mir etwas Zeit. Ich muß mich erst an all das Neue gewöhnen! Heute Abend muß ich gehen. Doch ich werde deine Ratschläge nicht vergessen.«
Sie stand auf, um sich herzurichten, und die Dienerinnen der Chrysippe halfen ihr dabei mit geübten und geschickten Händen. Als sie fertig war, nahm Chrysippe sie an beiden Händen und sah sie eindringlich an:
»Ich erwarte dich morgen früh. Dann werden wir Heropompos einen langen Brief schreiben und den Empfang für den Abend vorbereiten. Oh, wird das ein Empfang werden!«
Dann legte sie noch schnell eine goldrote Haarlocke zurecht, die sich nicht elegant genug an der Schläfe entlangkräuseln wollte.
»Du wirst schon sehen, wie dir das neue Leben gefallen wird. Gehe nun zur Quelle der Kyra und nimm Abschied von deinem ganzen bisherigen armseligen Leben!«
Die Sonne war schnell hinter den Hügeln untergetaucht, die Dunkelheit eilig hinter sich herziehend. Nur hier und da sah man schattenhaft die Wände entlanghuschende Gestalten, die dem häuslichen Mahl und der ruhigen Geselligkeit der Familie oder unter Freunden entgegeneilten.
Ja, es war Zeit, zur Quelle der Kyra zu gehen.

Schon lange hockte Larichos vor dem im Mondschein naß glänzenden Felsen, aus dem der kleine Quell lustig plätschernd hervorquoll. Wie in einer innigen Umarmung umfing dunkelgrüner Efeu den nackten Stein, und das kühle Wasser hatte seine Blätter groß und stark werden lassen. Die übermütige Leichtigkeit der Quelle hatte man allerdings sehr schnell, schon nach ihren ersten tollen Sprüngen, in strenge Bahnen gelenkt: Eine in den Stein gehauene Rille beruhigte ihr Hüpfen und Springen und führte sie straff und begradigt durch den mit Bäumen, Sträuchern und wilden Blumen überwachsenen Hain zum benachbarten Apollontempel, in dem dieses an seinem Ursprung so quirlige Wasser zu ernsthaftem Weihwasser wurde. Das war die Quelle der libyschen Kyra, nein, es war die Kyra selbst in ihrer ganzen Nymphengöttlichkeit.
Larichos beneidete sie um ihren so weisen Lauf. Auch von ihrem Hüp-

fen und Springen hätte er gern etwas gehabt, denn er fühlte sich schwer wie Blei. Doch könnte dieses gottgelenkte Beispiel des Nymphenlebens vor ihm nicht eine mögliche Parabel zu Rhodope sein?

Es raschelte im Gebüsch, und er spürte den duftenden Atem des Mädchens neben sich. Sie sagte kein Wort. Er griff nach ihr, zog sie an sich, und alle Nymphengedanken und Bleigefühle lösten sich in dieser Umarmung auf, in der sie sich leicht und weich, wie Mondstaub, biegsam und zart an ihn schmiegte. Larichos wagte kaum zu atmen. Dieses Glück war so weit weg von allem Irdischen, von allem, was er je in dieser Welt gesehen, gehört, gelesen, gefühlt und geträumt hatte, daß er Angst hatte, all dies könne wie ein flimmerndes Luftbild in der Wüstenmittagssonne plötzlich zerfallen und für immer verschwinden. Er mußte etwas unternehmen, um dieses Glück zu fixieren.

Er zog das sorgsam gehütete Tuch hervor und breitete es kniend auf dem feuchten Felsen aus. Wie verzauberter Mondschein funkelte der Ring im fahlen Licht. Dann stand er auf und nahm ihre Rechte in seine Hand.

»Was immer auch geschehen mag, wohin immer es uns verschlagen mag: Ich bitte dich, diesen Ring zu tragen.«

Rhodope mußte schlucken und fühlte einen bitteren Geschmack im Mund, wie von dem Absinth ihrer abderitischen Heimat. Sie nickte. Larichos nahm ihre zierliche, schmale Hand und zog den Ring über ihren Finger.

Wie oft hatte er sich diesen Moment vorgestellt! Und welch eine unbeschreibliche Glückseligkeit, welch ein weltumfassender Jubel war in diesen Vorstellungen gewesen!

Versonnen blickte Rhodope auf den Ring. Dann stand sie auf und begann langsam, sich zu entkleiden. Der abnehmende, doch immer noch volle Mond machte aus ihrem Mädchenkörper eine Statue aus glänzendem Marmor. Sogar ihr helles rötliches Haar, das jetzt dicht und wild über den geschmeidigen Bogen ihres Rückens fiel, wurde fahl und bleich.

Sie waren wortlos und still, wie es sich in einem von Göttern bewohnten Heiligtum geziemt. Rhodope gab sich hin wie ein Weihgeschenk, wie die Erfüllung eines zu hastig und unbedacht abgelegten Gelöbnisses. Es war ihr nicht angenehm und nicht unangenehm. Sie dachte an das göttliche Vorbild dieser Vereinigung, an Apollon und Kyra, an die heilige Pflicht und den Segen, den dieses Pflichtbewußtsein bringt.

Larichos' Gedanken hingegen kreisten um die Heilige Hochzeit der größten Götter, Zeus und Hera, so wie sie der unsterbliche Homer gezeichnet hatte:

Damit umschlang der Kronide sein Weib in starker Umarmung.
Gräser in hell-lichtem Grün brachte die Erde hervor;
unter ihnen, die sanft betauten Blüten des Lotos,
zärtliche Hyazinthen und dichten Teppich von Krokos;
hoch in den Himmel ragten die weit geöffneten Kelche.
Wie eine riesige Glocke sank golden die Wolke herab,
barg sie vor jeglichen Blicken, und blinkende Tropfen des Taus
tröpfelten warm in das Erdreich …

Bei diesen so überschwenglich lyrischen Versen vergaß er ganz, daß diese hohe Vereinigung nur ein Schachzug der großen Göttermutter gewesen war, eine Einschläferung männlicher Wachsamkeit, ein Betrug der göttlichen Sinnlichkeit, eine weibliche Lüge, stärker als alle furchtbaren Blitzbündel und Donnerkeile des mächtigen Göttervaters. Larichos hätte sich andere lyrische Verse aussuchen sollen.

Rhodope stand auf, ging zur Quelle und trank in langen, durstigen Zügen. Dann, Larichos den Rücken gekehrt, schlüpfte sie in ihr sorgfältig auf dem Moos ausgebreitetes Hemd, zog den Peplos darüber, befestigte ihn mit einer kleinen goldenen Nadel in Form einer Eidechse, gürtete sich und band schließlich ihr langes, aufgelöstes goldblondes Haar wieder fest nach oben.

Sie drehte sich um:
»Nun leb' wohl! Und folge mir nie wieder! Denn sonst bringst du dich und mich in Gefahr.«
Larichos sprang auf, wollte sie am Arm packen, sie festhalten. Doch sie schüttelte ihn ungeduldig ab.
»Hast du nicht verstanden? Ich bitte dich, daß du mich jetzt gehen läßt. Vergiß mich! Wir werden uns nie wieder sehen.«
»Aber, Rhodope, warte, ich liebe dich!«
Das Mädchen hob ihre Augenbrauen:
»Aber ich liebe dich nicht.«
»Und was war heute Nacht, hier, im Hain der Kyra?«
»Das war mein Dank. Ansonsten war es ganz ohne Bedeutung.«
Sie zog ihren Gürtel zurecht, legte die Falten ihres Peplos zu parallelen, diagonalen Streifen und ging.
Lange noch waren ihre Schritte in der ganz still gewordenen Nacht zu hören, und es schien Larichos, als sei jeder einzelne ein jede Schmerzgrenze übertretender Pauken- und Beckenschlag.

Kein Aufbäumen war mehr in ihm, kein Durchwühltwerden, keine stechende Schmerzen in Leib und Seele. Ja, sogar die Seele schien ihn ganz und gar verlassen zu haben. Saft- und kraftlos, als schwebe sie bereits in den düsteren Hallen des Hades, hing sie nutzlos um ihn herum, ihn, der sich wie ein geschlagener, räudiger Hund, nur von einem vagen Instinkt geleitet, zu seinem Haus zurückschlich. Die erregten Stimmen, Rufe und Schreie, das Klirren und Krachen von gegeneinander schlagenden Schwertern, all diese beunruhigenden Laute, die scheinbar von weit her in der sich neigenden Nacht zu ihm drangen, nahm er nicht wahr. Und als eine panisch fliehende, ihm gut bekannte Gestalt seinen Weg kreuzte, sah er nur kurz und ohne Neugier auf.

Alkaios, der die ganze Nacht vor Sorge um Larichos kein Auge zugetan hatte, war über sein Kommen zu beruhigt, um sich um ihn, den Seelenlosen, Sorgen zu machen. Während Larichos teilnahmslos auf seiner Pritsche saß, umschnurrt und umgarnt von der kleinen Katze, die wohl fühlte, daß er mitleidiges Umsorgen brauchte, packte Alkaios alles zusammen, was er des Nachts schon vorbereitet hatte, und drängte seinen Freund hinaus.

Auf der Straße stand der Ochsenkarren bereit, der sie nach Apollonia bringen sollte. Alkaios verstaute das Gepäck und seinen Freund darin und hieß den libyschen Kutscher loszufahren. Die Peitsche schlug sausend und klatschend auf die trägen Rücken der Tiere, und ruckend und schüttelnd fuhren sie zur Hauptstraße, um dann durch die Schlucht zum Haupttor der Stadt zu fahren.

Dort erwartete sie aber eine unangenehme Überraschung: Das Tor war geschlossen, und eine grimmig dreinblickende Schar von Soldaten in voller Rüstung hielten alle Reisenden an. Es hatte sich schon eine große Menge von Wagen, vollbepackten Kamelen und wild durcheinander rufender und gestikulierender Menschen angesammelt. Man fragte die Wachen nach dem Grund des Stillstandes, man beschimpfte und schmähte sie, doch sie standen schweigend da mit ihren gezogenen Lanzen und in der Sonne blitzenden, buschigen Helmen, Brustpanzern und Beinschienen, als wären sie leblose Statuen.

Larichos saß im Ochsenkarren und blickte mit leeren Augen um sich. Da berieten kleingewachsene, glattrasierte Ägypter in gestärkten Leinenröcken aufgeregt die Lage. Da brüllten sich die bärtigen libyschen Kameltreiber einer langen Karawane Befehle zu, manchmal unterbrochen und korrigiert von feinen Reden der Ägypter, die ihre Sprache verstehen konnten, da sie ihrer eigenen ähnlich war. Abseits stand eine ratlose Gruppe griechischer Kaufleute, die ihre Wagen mit Wein- und Ölamphoren, Straußenfedern und sicherlich auch kleinen Tongefäßen mit Saphran und Silphion vollgepackt hatten. Sie hatten es eilig, zum Meer zu gelangen, um von dort aus auf der Küstenstraße nach Ägypten weiterzuziehen.

Irgendwann erschien eine berittene Soldatentruppe mit einem hohen Offizier. Sie sahen aus, als kämen sie geradewegs aus einem Kampf, so verschwitzt waren ihre hochroten Gesichter, so zerkratzt und zerbeult ihre Panzer und Schilde.

Der Offizier hielt vor der zum Ausfahren bereiten Menge, so daß sie sich nun zwischen zwei Soldatenreihen befand, und befahl mit respekteinflößenden, und daher allen verständlichen Worten Ruhe.

»Heute Nacht hat man einen Anschlag auf unseren König Arkesilaos verübt. Verbrecher drangen in sein Haus und versuchten ihn zu töten und seine Tochter zu entführen. Doch der göttliche Geist seines Vaters schützte ihn und wird die Frevler zweifellos schwer bestrafen. Daher sind alle Tore der Stadt geschlossen und werden erst wieder geöffnet werden, wenn die Täter gefaßt und überwältigt worden sind.«

Ein aufgeregtes, stetig anschwellendes Raunen ging über den Torplatz. Einige hatten die Worte des Offiziers nicht verstanden, und man übersetzte sie ihnen, andere wiederum diskutierten über den schrecklichen Vorfall.

Alkaios schüttelte Larichos an den Schultern, der zwar alles vernommen, aber nichts verstanden hatte,

»Du warst doch heute Nacht dort oben, ganz in der Nähe der Akropolis. Hast du denn nichts gehört?«

Larichos schüttelte schmerzgepeinigt den Kopf. Das *heute Nacht* hatte nur einen einzigen Inhalt für ihn.

Der Entschluß des Alkaios kam plötzlich und wurde sofort in die Tat umgesetzt. Er ging zum Offizier, der verwundert von seinem Pferd aus auf ihn heruntersah, und sprach ihn an:

»Mein Name ist Alkaios, ich stamme aus einem alten, vornehmen Haus in Lesbos. Ich hatte die Ehre, Gastfreund eures gütigen Königs Arkesilaos zu sein. Und da auch ich Offizier war, möchte ich mich mit meinem Freund Larichos, Sohn des Skamandrios, zur Verfügung stellen.«

Diese Worte erfreuten den Offizier mit dem Namen Archidamas. Er sprang vom Pferd, gab Befehl, zwei Pferde und Waffen zu holen und fragte Alkaios aus, wo und wann er gedient habe, wohin er zu fahren gedenke und vieles mehr.

Larichos war vom Karren geklettert. Langsam ging ihm auf, was geschehen war.

Nach kurzer Begrüßung platzte er heraus:

»Ich weiß, wer diese Verbrecher sind.«

Alkaios und Archidamas blickten ihn starr an.

»Es waren die Leute von Heropompos«, erklärte Larichos, »und ich weiß: Der Anführer war Polybios.«

Nun drang wieder Leben in ihn ein, herangeschwemmt von Rachegefühlen und dem klaren Bewußtsein, daß er es schaffen könnte, den Überfall aufzuklären.

Als die Pferde und Waffen in kurzer Zeit ankamen, schwangen sie sich auf die drahtigen, kleinen libyschen Tiere, und der Offizier führte sie wieder hinauf auf den Hügel zum Sitz des Königs.

Arkesilaos war dem Überfall nur mit Müh und Not entkommen. Nicht nur, daß die Anzahl der Angreifer sehr groß gewesen war, offensichtlich hatten sie Helfer in seinem eigenen Haus gehabt, die die Wachen eingeschläfert und Tor und Tür geöffnet hatten. Wenn seine vor der Schlafkammer wachende Leibgarde nicht wie wütende Löwen gekämpft hätte, wäre er jetzt kaum noch unter den Lebenden. Mehrere Dolchstiche hatten tiefe Wunden in Gesicht und Leib geschnitten, die immer noch durch die Verbände hindurch bluteten. Dennoch saß er auf seinem Thron und koordinierte die Truppenteile seines kleinen Heeres.

Er freute sich, als die beiden Freiwilligen bei ihm vorsprachen: Jeder Mann mehr war schon eine große Hilfe. Und als Larichos beteuerte, daß er das Haus des Heropompos und alle seine Bewohner genauestens kannte, umarmte er ihn trotz der ziehenden Schmerzen am Schulterblatt.

Er ließ einen Gefangenen vorführen, den sein Sohn auf der Flucht mit einem eisernen Dreifuß niedergeschlagen hatte. Larichos erkannte ihn sofort wieder: Es war der Mann aus Italien mit den ölig glänzenden Löckchen, der übel zugerichtet in Ketten vor sie gezerrt wurde. Er schwieg beharrlich auf jede Frage und tat, als verstünde er kein Griechisch.

Larichos ging wütend auf ihn zu, packte ihn an den Löckchen und zwang ihn, ihm ins Gesicht zu sehen:

»Haben wir uns im Hause des Heropompos nicht einmal sehr gut und verständlich unterhalten? Bist du nicht derjenige, der für den Silphionschmuggel nach Katana zuständig war? Ich erinnere mich sehr genau, was für feine Witze du sogar in bestem Griechisch von dir geben konntest, so daß sich sogar die gemeinen Dirnen schamvoll abwandten!«

Außer sich vor Zorn schüttelte er den geschundenen Kopf hin und her, als könnten dadurch die Worte aus ihm herausfallen. Doch der Kopf schwieg.

»Laßt ihn«, sagte Arkesilaos, »es ist müßig, ihn auszufragen. Da er ein Mann des Heropompos ist, haben wir jetzt den sicheren Beweis gegen ihn.«

Und zu den Wachen gewandt rief er: »Führt ihn wieder in den Kerker. Aber laßt ihn noch am Leben, wir werden ihn noch brauchen!«

Die Abteilung, die den Angriff wagen sollte, war schnell zusammengestellt: Archidamas und Larichos, unterstützt von Alkaios, führten eine

Schar von fünfzig Soldaten an. Während sie die steilen Anhöhen hinunter- und hinaufgaloppierten, beschrieb Larichos, gegen das laute Stampfen der Hufe anbrüllend, seinen neuen Kriegsgefährten die Haupt- und Seiteneingänge, die wichtigsten Fluren, Zimmer und Verstecke des weiträumigen Hauses und den Weg der regulären Wachen.

Heropompos wurde überrumpelt. Nicht nur, daß er ahnungslos war. Durch seine grenzenlose Wut über die nicht abreißende Kette von kleineren und größeren Mißerfolgen waren Vorsicht und Umsicht von ihm gewichen. Er eilte zornbebend von Raum zu Raum, von Flur zu Flur, brüllte, drohte, bestrafte, schlug und gab einen unsinnigen Befehl nach dem anderen. Polybios, der die ganze Aktion gegen Arkesilaos verpatzt hatte, wurde in Ketten gelegt und in den modrigen, finsteren Kerker geworfen, der vor nur wenigen Tagen noch von Larichos belegt worden war. Den verletzten Männern, die sich stöhnend auf dem Boden ihres Gemeinschaftsraumes wälzten, jagte er in langen Flüchen alle bösen Geister und Gespenster auf den Hals und verbot den Frauen, die auch noch ihren Teil abbekamen, sich um ihre Wunden zu kümmern.

So hatte er sein Haus fast selbst entwaffnet, als die Mannschaft des Arkesilaos es umstellte und, mit Larichos voran, in den Haupteingang drang. Mit dem größten Vergnügen schlug Alkaios den Silphionhändler mit dem Griff seines Schwertes zusammen. Dann setzte er dessen Spitze auf seine Brust und fragte Larichos:

»Soll ich zuschlagen?«

Die Blicke des Heropompos verrieten weder Angst noch Unterwerfung. Blanken Haß versprühten sie, doch sprechen konnte er nicht mehr.

Larichos schüttelte den Kopf.

»Nein, laß ihn leben! Soll Arkesilaos entscheiden, und beschmutzen wir uns nicht die Hände mit solchem Kröten- und Schlangenblut!«

Schon am Nachmittag wurden die Tore der Stadt wieder geöffnet, und die wartenden Händler konnten endlich ihre Reise antreten. Bis Apollonia würden sie es bis zum Abend gut schaffen.

Doch Larichos und Alkaios waren nicht unter ihnen. Arkesilaos ließ sie nicht so einfach gehen.

Noch schwach von den frischen Wunden, aber glücklich und hohen Mutes, ein so lange schwelendes, nie zu packendes Problem so schnell überwunden zu haben, hieß er die beiden Freunde zu sich kommen.

»Ohne euch, und vor allem ohne dich, edler Larichos, wäre ich nicht so schnell und so leicht aus meiner Bedrängnis entkommen. Wie es uralte Gesetze befehlen, seid ihr nun meine lieben Gastfreunde. Heute Abend werde ich ein großes Opfer am Tempel unseres Herren Apollon einrichten, und ihr werdet die Ehrengäste dabei sein. Und warum wollt ihr Kyrene so schnell verlassen? Ich könnte gut solche tapferen Freunde hier brauchen. Reich und angesehen könntet ihr werden.«

Alkaios bemerkte ein aufflackerndes, verräterisches Blitzen in Larichos' Augen.

Nein, dachte er so eindringlich, daß der Gedanke Larichos erreichte, der daraufhin das Blitzen sorgsam verbarg. Gerade scheint er zu genesen, und jetzt wieder ein trügerischer Hoffnungsschimmer!

»Sehr geehrt sind wir von deinem Vorschlag und hätten ihn in einer anderen Lage vielleicht auch erfreut angenommen. Doch wir haben wichtige, bedeutende Aufgaben.«

Und er erzählte vom Bürgerkrieg in Mytilene, der Niederträchtigkeit des Myrsilos und dem Leid der Lesbier.

»Und außerdem müssen wir die Schwester des Larichos sicher zurückführen, die als Witwe mit einem kleinen Kind nach Katana verbannt wurde. All den Besitz des Skamandrios hat Myrsilos an sich gerissen. Ohne ihren Bruder hat sie keine Hoffnung, jemals in ihre Heimat zurückzukommen.«

»So, so«, meinte der enttäuschte König, »ihr wollt jetzt also wieder zurück nach Lesbos und für Pittakos kämpfen. Das lobe ich mir. Ein weiser Mann ist er, seine klugen Sprüche und Verse sind schon überall in der griechischen und sogar auch in der nichtgriechischen Welt bekannt. Er wird ein guter König eurer Insel sein. Und ganz besonders lobe ich, daß mein Freund Larichos die Pflichten gegenüber seiner Familie so heilig hält, wie es sich für einen wahren Aristokraten gebührt.«

Und er klopfte ihm in aufrichtiger Anerkennung auf die Schulter.

»Das war auch der Grund seines Hierseins«, fuhr Alkaios hinterlistig fort. »Beraubt von Myrsilos, voller Sorge um seine Schwester, wollte er hier etwas Geld verdienen, um Mittel für den bevorstehenden Kampf zu haben.«

Arkesilaos lobte ihn wieder überschwenglich, führte ähnliche Beispiele vorbildlicher Lebensführung aus den Epen Homers an und wischte sich vor Rührung sogar verstohlen eine kleine Träne aus den Augen. Wie sehr wünschte er in diesem Augenblick, daß sein Sohn, der junge Arkesilaos, auch so tugendreich wäre wie diese beiden tapferen Helden aus Lesbos. Doch der war leider ein Tunichtgut, auch wenn er in der vorigen Nacht tatsächlich zum ersten Mal echten Mut bewiesen hatte. Doch jetzt war er wieder fort. Und Arkesilaos, der Vater, glaubte zu wissen, wo sich sein Sohn wieder herumtrieb: bei dieser Hetäre Chrysippe.

Er war gleichzeitig aber auch zufrieden, daß seine neuen Bundesgenossen sein kleines Reich schnell verlassen würden. Dann würde er wirklich wieder der einzige Silphionhändler sein und er schwor sich, er würde keinem anderen mehr eine Genehmigung erteilen. Denn hier verbarg sich ein großes Übel, das Unglück über alle bringen konnte.

Als sich Larichos und Alkaios nach drei Tagen großzügigster Gastfreundschaft von Arkesilaos verabschiedeten, beschenkte dieser sie nach altem Brauch, wie es sich für einen geretteten König gebührt: einen eine Elle hohen Goldkessel mit getriebenen Jagdszenen darauf, je zwei goldene Becher mit eingelegten Edelsteinen, kostbare, golddurchwirkte Gewänder, dazu noch viele große Silbermünzen mit dem Bildnis des Silphion tragenden Apollon und einen langen Segen. So fuhren sie schließlich aus dem Stadttor hinaus, hinunter zur nicht allzu fernen Küste.

Ruckelnd und ratternd drehten sich die schweren Holzräder auf dem steinigen Weg, den ein Wüstensturm vor einer Woche mit gelb-rotem Sand gefüllt hatte. Nach diesen drei glorreichen Tagen saß Larichos wieder so in sich versunken im Wagen, daß Alkaios Angst wurde. Er faßte ihn freundschaftlich an den Schultern, rüttelte in leicht und fragte besorgt:

»Verfolgen dich wieder alte Gespenster?«

Larichos nickte.

»Ach, Alkaios, wenn du gewußt hättest, wie furchtbar der Weg zum Dankesopfer am Apollontempel gewesen war! Wir kamen genau an der Quelle der Kyra vorbei. Ich dachte, ich müßte sterben.«

Alkaios berührte Larichos' Hinterkopf zart mit seiner Stirn.

»Aber du bist nicht gestorben. Du hast dich gehalten wie ein Mann. Ich bin stolz auf dich.«

Zwanzig Jahre danach

Den ganzen Tag war es unerträglich schwül gewesen. Die bleigrauen Wolken mit dem goldgelben Schimmer, hell beleuchtet von der sich scheinbar gegen den nahenden Sturm mit aller Kraft wehrenden Sonne, hüllten den Fensterausschnitt vor ihr in ein hochdramatisches Licht. Noch war draußen alles still. Zu still. Rhodope, die nun schon zwanzig Jahre in Kyrene wohnte, kannte dieses Märchenlicht und diese Zauberstille bereits allzugut. Damals, als sie noch im kleinen Haus der Chrysippe gewohnt hatte, hatte der von einem solchen Sturm angewirbelte Sand sogar das ziegelgedeckte Dach eingedrückt.

Sie war schweißgebadet von dieser drückenden Hitze. Nervös trommelte sie mit ihren zierlichen Fingern auf die Lehne ihrer Liege aus schwarzem Ebenholz, die mit feinen Schnitzereien verziert war, und unter Lotusblüten äsende Gazellen und Antilopen zeigten. Bei diesem Wetter würde keiner den Weg zu ihr finden, doch sie fürchtete sich, jetzt allein zu sein.

Sie klatschte in die Hände, und auf der Stelle huschte eine zierliche, kleine Libyerin in einer kurzen Tunika herbei.

»Sage Philumene und Tais, sie sollen zu mir kommen und mich mit ihren Liedern aufmuntern!«

Das Mädchen, noch neu in diesem Haus und noch ungewohnt in ihrer Stellung als Sklavin, zog ein bekümmertes Gesicht.

»Warum, hohe Herrin, ist dein Gemüt so traurig? Hat nicht eben Arkesilaos, der Sohn des alten Königs Arkesilaos und hoher König, einen langen lieben Brief abgegeben, den ich dir vorlas? Wie kann dein Herz, das so viel Liebe empfängt, nicht immer jubeln und jauchzen?«

Eine Rede, die einer Sklavin eigentlich nicht zustand, doch gerade deswegen liebte Rhodope sie. Sie war gerührt über die ehrliche Zuneigung dieses Mädchens und mußte unwillkürlich lächeln.

»Du bist noch zu jung, um den unerklärlichen Gram zu verstehen, der die älteren Menschen befällt. Als ich so jung war wie du, wußte ich auch nichts von alledem.«

»Wie kannst du so sprechen! Du siehst jünger aus als alle deine Altersgenossinnen!«

Das war keine leere Schmeichelei. Ein erfahrenes Auge konnte zwar sehr wohl die Reife in ihren Zügen und besonders in ihren Augen erkennen, vielleicht sogar den ersten Anflug kleiner Fältchen um Mund und Schläfe. Doch ihre Gestalt, ihre Bewegungen und ihre Ausstrahlung waren noch die eines Mädchens.

Doch da Rhodope nichts erwiderte, sondern nur mit einem Seufzer und in leichten Schritten zum Fenster ging, um besorgt das Heranfliegen der immer mehr ins Schwarze übergehenden Wolken zu beobachten, lief die Libyerin aus dem Zimmer, um die Musikantinnen Philumene und Tais zu rufen, auf daß sie den betrübten Geist ihrer Herrin aufmunterten.

Doch in Kürze war sie wieder da und meldete aufgeregt:

»Besuch ist für dich eingetroffen. Eine Frau wartet vor der Tür und bittet um Einlaß.«

Rhodope wandte sich stirnrunzelnd weg vom Fenster. Sie hatte sich auf seelenberuhigende Musik eingestellt und nicht auf den Besuch irgendeiner Frau.

»Wer ist sie?« fragte sie unwirsch.

»Sie wollte ihren Namen nicht nennen, doch behauptete, dich vor vielen Jahren einmal getroffen zu haben und dich gut zu kennen.«

Da war wieder diese rasch aufsteigende Neugier, diese Freude an Überraschungen, obwohl sie schon längst gelernt hatte, daß Neugier gefährlich und Überraschungen durchaus nicht immer angenehm sein können.

»Laß sie ein und sage Philumene und Tais, sie sollen noch ein wenig warten!«

Recht verdutzt sah sie dann ihrem gesetzt eintretenden Gast entgegen. Zunächst meinte sie, diese Frau noch nie gesehen zu haben. Sie war alt, von kleiner, gebückter Statur, ihr dunkelhäutiges Gesicht war von tiefen Falten durchzogen, und ihr ehemals schwarzes, sorgfältig frisiertes Haar wies breite, weiße Strähnen auf. Sie trug sehr teure und elegante Kleider. Vor allem fiel der medische Umhang mit wunderschönen Stickereien ins Auge.

Die Frau schritt langsam und mit ernster Aufmerksamkeit auf Rhodope zu, die instinktiv zurücktrat. So viel Würde und Strenge lag in ihrem

Blick! Jetzt erinnerte sie sich an etwas, an jemanden, doch diese Erinnerung war zu blaß und vage und ließ sich nicht mit Bildern, Namen oder Begebenheiten verbinden.

»Du hast dich nicht verändert, Rhodope«, sagte die Frau, und der volle Klang ihrer Stimme verdichtete die Erinnerungen, die aber dennoch nicht ihr Ziel fanden.

»Ich aber habe mich sehr verändert, deswegen erkennst du mich nicht, wie ich sehe. Wir haben uns vor vielen Jahren bei dem göttlichen Künstler Theodotos in Korinth getroffen.«

Rhodope hätte sich fast an den Kopf geschlagen. Natürlich, das war Sappho, die Schwester dieses seltsamen Larichos, von dem sie nie wieder gehört hatte, aber dessen Ring sie nach ihrem im Heiligtum der Kyra abgegebenen Versprechen stets an ihrem Finger trug.

Aber, warum war sie hier? Warum suchte sie ein Gespräch mit ihr?

»Laß mich irgendwohin setzen, denn ich mußte in diesen Tagen viel reisen und laufen. Ich ermüde in der letzten Zeit schnell.«

Rhodope errötete vor Scham, Sappho keinen Platz angeboten zu haben. Gastfreundschaft war in ihrem großen und reichen Haus das erste Gesetz. Eigenhändig führte sie Sappho zu ihrer prunkvollen Liege und ließ sich selbst auf einem Sessel neben ihr nieder.

Sappho schwieg lange und betrachtete den großen Empfangsraum mit seinen Wänden aus weißem, rotgeädertem Marmor, den dunklen Möbeln, von denen jedes einzelne ein Kunstwerk darstellte, mit dem kleinen Dreifußaltar in der Mitte, dessen Füße die Form von verschlungenen Lianengewächsen mit weit abstehenden Blumenkelchen besaßen und mit den wenigen, aber vollendeten Statuen von Göttinnen und sterblichen Frauen. Es waren alles kostbare Gegenstände, herbeigebracht aus Ägypten, Phönikien, Griechenland und sogar Mesopotamien. Westliche und östliche Kunst waren mit verständigem Geschmack zusammengestellt, doch Sappho fand darin keine Harmonie, keine innere Einheit. Die Vielfalt, die nicht zusammenfinden konnte, störte sie.

Sie blickte wieder zu Rhodope, die während dieses Schauens vergeblich versucht hatte, Gedanken und Gefühle zu ordnen.

»Du fragst dich sicherlich, warum ich dich bat, mich zu empfangen. Ich will es dir gern sagen. Einen heiligen Auftrag habe ich zu erfüllen. Und da der König Arkesilaos mich schon seit langer Zeit eingeladen hatte – sein Vater war ja ein herzlicher Gastfreund meines Bruders Larichos – bin ich ihr nun gefolgt. Doch der Grund meiner Reise bist du.«

Nichts hatte Rhodope verstanden. Was für ein heiliger Auftrag? Was hatte er mit ihr zu tun? Nur ein Wort war klar in ihr Bewußtsein gedrungen.

»Warum sagst du, *Larichos war sein Gastfreund?*«

Sappho war beeindruckt von dem feinen Gehör und Gespür dieser Hetäre.

»War, weil Larichos nicht mehr unter den Lebenden weilt.«

Sie beobachtete bei diesen Worten Rhodope mit tieftraurigem, aber auch sehr aufmerksamem Blick.

War es die immer noch unerträgliche Schwüle, die immer noch unnatürliche Stille, der im Sonnenlicht immer noch so drohend vorrückende Sturm, die Rhodope bei diesen Worten in unerklärliche Trauer und Verzweiflung, ja, sogar in Panik stürzen ließen?

Sie sprang auf, lief wieder zum Fenster, blickte in die stehende Luft, und an ihren zuckenden Schultern sah Sappho mit größtem Erstaunen, daß Rhodope bitterlich weinte.

Sie wartete lange, dann stand sie schließlich nicht ohne einige Mühe auf, ging zu ihr und legte ihre Arme fest um die Schultern der Rhodope. Erstaunt bemerkte sie, daß beide von gleicher Größe waren.

»Und das ist mein Auftrag, heilig, weil ich es Larichos an seinem Sterbebett mit einem Schwur versprochen habe. Ich solle dich auffinden, und dir dieses geben.«

Sie ließ ihre Schultern los, löste eine feine goldene Kette von ihrem Hals und legte sie Rhodope an.

Langsam drehte sich Rhodope vom Fenster weg. Sie wagte es nicht, einen Blick auf das Kleinod zu werfen, doch betastete sie es behutsam. Sie wischte die Tränen mit ihrem Unterarm aus dem Gesicht. Sie konnte nichts sagen, sie wußte noch nicht einmal, was sie so aufwühlte und so unbeschreiblich verzweifelt machte.

Jetzt war es Sappho, die sie eigenhändig zur Ebenholzliege führte und sie sich dort niedersetzen hieß.

»Sieh dort«, begann sie mit leiser, beruhigender Stimme, »sieh dort die Göttin Aphrodite!« Und sie wies auf ein kleines Bronzebild am Eingang zum Raum.

Es war mit einem golddurchwirkten Stoff bekleidet, und eine rote Binde schmückte ihr Haupt. In ihrer vorgestreckten Rechten hielt die Göttin eine gerade aufflatternde Taube, die sie mit ihrem hohen, gütigen Lächeln betrachtete.

»Sie ist die Herrin allen Lebens, des geborenen und ungeborenen, des glücklichen und des unglücklichen.«

Es war dunkel, ja finster, geworden. Die Wolken hatten die Sonne schließlich doch überrumpelt, und sehr bald würde das Unwetter anbrechen.

»Ich hatte bislang immer gedacht, sie sei nur die Herrin des glücklichen Lebens, und daß das von ihr geschickte Unglück nur ein leichtes, sogar scherzhaftes sei.«

»Und nun verstehst du es besser?«

Rhodope nickte.

»Es gibt ein uraltes Märchen über die ersten Menschen dieser Welt«, begann Sappho, während draußen vor den Fenstern der Sturm in seiner ganzen Kraft zu wüten begann.

»Es ist aus den Ländern des Orients zu uns gekommen. Höre denn zu! Als die Götter die ersten Menschen erschufen, bildeten sie diese nach der Form der Gestirne: rund und sich in Kreisen fortbewegend. Du mußt sie dir so vorstellen: jeder besaß einen Kopf mit zwei sich gegenüberliegenden Gesichtern, doppelt waren ihre Brust, ihr Bauch, vierfach die Arme und Beine, mit denen sie sich wie Radschläger rollend vorwärtsbewegten. Doch verwegen wurde dieses Menschengeschlecht, verwegen und stark, und trachteten sogar nach göttlicher Macht. Da ließ Zeus alle olympischen Götter zu einer außerordentlichen Ratsversammlung zusammenrufen, und sie überlegten, was zu tun sei. Vernichten wollten sie sie nicht, denn sie ernährten sie ja mit Opferfleisch und süßen Honigkuchen. Man konnte sie aber auch nicht mehr gewähren lassen.

Da schlug Hermes vor, sie einfach zu zerschneiden, sie durch die Mitte in zwei Hälften zu zerteilen, wie man Äpfel oder Pfirsiche auseinanderschneidet. Denn, so führte er den staunenden Göttern genau vor, damit sei ihre Kraft gespalten: sie könnten den Himmlischen also nicht mehr gefährlich werden. Und außerdem hätte man damit doppelt so viel Menschen, also doppelt so viel Altäre mit duftendem Opferfleisch und Kuchen. Der Plan wurde einstimmig angenommen, Apollon beschied man die Ausführung.

Er nahm also das uralte Göttermesser aus Kupfer und schnitt jeden Menschen sorgfältig in der Mitte durch. Dann hüllte er jeden mit neuer Haut ein, die er vor dem Bauch zusammenknotete. Und damit den Menschen ihr Gespaltensein immer vor Augen sein möge, drehte er ihr Gesicht nach vorne, vor die Knotennabelstelle. Übrigens drehte er auch ihre Geschlechtsteile auf diese Seite, damit sie sich bei der Begattung ins Auge blicken und erkennen sollten. Denn seit dieser Zeit sucht jede Menschenhälfte ihre ursprüngliche und innerste Ergänzung, und findet sie diese, versucht sie wieder mit ihr Eins zu werden, wieder zu ihrem Uranfang zurückzufinden.

Hast du je das Gefühl gehabt, daß dir eine Hälfte fehlt?«

»Nein, nie,« war die Antwort, »ich glaube, ich bin immer ganz gewesen. Glaubte ich.«

»Dann hast du auch nur mit einer Hälfte die Kraft dieser hohen Göttin erfahren, die zweite, viel mehr beglückende, kennst du nicht. Du weißt nur von der irdischen Aphrodite, doch die himmlische ist dir immer fern geblieben.«

»Welche ist diese andere Hälfte? Welche soll diese andere, diese himmlische, mir unbekannte Kraft der Liebesgöttin sein?«

»Das kann ich dir nicht in Worten beschreiben, und keiner wird das je vermögen. Kein Künstler kann dies mit Farben und Formen ausdrücken, kein Musiker in Flöten- oder Saitenklänge legen. Nur andeuten können es die besten unter ihnen. Denn die göttliche Kraft kann der Mensch nur selbst erschauen, wenn es die Göttin ihm gestattet und wenn er sich selbst darum bemüht. Vielleicht wird es einmal Weise geben, die einen sicheren Weg dorthin finden, doch ich kenne einen solchen nicht.«

»Erschauen? Und was werde ich dort sehen können?«

»Die Liebe, aber nicht die irdische, nicht die zur Schönheit eines anderen Menschen, nicht die zur flüchtigen Vereinigung, sondern die Naturgewalt, die uns wie die Eichenstämme auf den Bergkämmen im Sturm entwurzelt, die uns zwingt, unseren sicheren Boden aufzugeben, um in einem Ganzen ein neues Leben zu beginnen. Die furchtbare Naturgewalt des Zusammenfügens, des Zusammenfügens zu der Harmonie, die die Götter uns ursprünglich erschaffen haben, und die wir aber jeden Tag aufs Neue fliehen.«

Sappho schwieg erschöpft. War es der sich ständig neu aufbäumende Sandsturm um sie herum, der ihr diese Bilder eingegeben hatte?

»Du hast das sehr schön, aber unverständlich gesagt.« Rhodope hatte ihren Blick geneigt und kaute gedankenverloren an einem Fingernagel. »Aber wie könnte ich diese unsichtbare Naturgewalt erschauen?«

»Durch das Lieben. Laß uns Aphrodite ein Opfer bringen und sie mit ganzem Herzen anbeten. Vielleicht wird sie dir eines Tages geneigt sein.«

Die beiden Frauen standen auf, Rhodope ließ ein Opfer vorbereiten, und auch Philumene und Tais kamen mit ihren kunstvollen Instrumenten. Sie hörten nicht mehr auf das Krachen und Bersten des Sturmes dort draußen, horchten nicht mehr ängstlich auf das Zersplittern von mächtigen Zweigen und das rollende Grollen fallender Ziegel.

»Sprich du das Gebet!« bat Rhodope Sappho. »Du kennst die Göttin besser und weißt die richtigen Worte.«

Und so sprach die Dichterin ihr langes Gebet, daß Aphrodite die Hetäre Rhodope zur rechten Liebe führen solle:

Aphrodite, die man die Höchste nennt!
Älter bist du, stärker als all' die and'ren.
Ewig lenkst du, immer erfüllst du mit Leben
Himmel und Erde.

Ursprung, Grund und Ursache, Kraft und Körper,
Geist und Seele, alles in einem, thronst du,

*schaffst mit Eros Licht und den Schatten, Sonne,
Mond und Gestirne.*

*Ohne dich kann nichts auf der Welt entstehen.
Leere Wüste, Stürme aus Staub und Steinen,
Finsternis und klaffender Schlund: das wäre
Ewiges Chaos.*

*Du erschufst die blühende Welt mit Liebe.
Kühles Wasser rauscht aus der tiefen Quelle,
nährt den Hain, den Efeu und auch die Seele
suchender Menschen.*

*Dich zu sehn und erkennen, innigst ehren,
dir sich nähern, erfahren, gnädig von dir gesegnet,
Schönheit, nicht vergleichbar mit keinem Gut
auf dieser Erde.*

*Komm denn, Göttin, schmücke dein Haupt mit Kränzen,
um in goldnen Schalen als reiche Gabe
den zu frohen Festen bereiten Nektar
uns zu bescheren!*

An einem freundlichen, windstillen Morgen verabschiedeten sich die beiden Frauen ohne Mißgunst und Feindschaft.

Rhodope aber verkaufte einen großen Teil ihres ansehnlichen Vermögens und schenkte die Hälfte ihres Erlöses dem Tempel der Aphrodite in Kyrene und die andere dem großen Gott Apollon in Delphi. Denn er hatte ja die Menschen einst getrennt und eben er, so dachte sie sich, würde ihr bei ihrer neuen Suche am besten helfen können.

Man sagt, die Götter hätten ihre Opfer und Gebete erhört und sie habe in bereits fortgeschrittenem Alter nach vielem Bemühen in der Frömmigkeit und in der Liebe die Kraft der himmlischen Aphrodite erschauen und erfahren können.